马吝 著

碧玺

一个北京珠宝商在阿富汗的奇遇

北京日报出版社

一

那个阿富汗人又来了，这次他带来了三颗碧玺。

宝石被一块不大干净甚至已经发灰的白布包着，他从敞开的西服内兜儿里取出，放在玻璃面茶几上小心地打开，碧玺便跃然呈现出来。

这是三块碧玺原石。大的是一块如拇指粗约四公分高的圆柱体，小的一块如食指粗，也是圆柱形，中等大小那块有棱有角是不规则形状，像是大块碧玺碎裂后的其中一块。

阿富汗人满是胡碴儿的脸上挂着永远谦恭的微笑。他像变魔术一样把宝石亮出后，那缩在眉毛下的黑眼睛就盯紧了对方的脸。

高诚一眼就认出这是碧玺。他眼睛一亮，怦然心动。每次见到好的宝石他都会有这种激动。这三颗碧玺块头够大，重量不轻。特别是那块大的，已属罕见。让他兴奋的还有那鲜艳多彩的颜色。他拉过曲杆聚光灯到眼前，拿起碧玺仔细地观看，目光沉浸在宝石的光泽中。

这三块都是双色碧玺。圆柱形的两块为红绿双色呈玻璃体，侧面有纵纹。另一块一头是红中带粉的颜色，逐渐变浅至纯净透明的无色。三块碧玺皆晶莹通透。在聚光灯下翻转着观看，色彩绚丽变幻。他又拿起放大镜观察宝石的内部，内含物和裂纹都有但很细微且不多。这三块碧玺，无论光泽、透明度、颜色，乃至瑕疵都属碧玺中的上品。

高诚抬起头朝阿富汗人微微一笑，说："碧玺。"这句说的是汉语。因为他不知道英语、俄语或其他什么语管碧玺怎么称呼。以后说的却是俄语："颜色、品质都不错，也够大。"

阿富汗人听懂了。他脸上的笑容中添上了一丝得意，说："这是在一堆里挑出来的，是最好的。"他说的也是俄语，但听起来含混不清瓮声瓮气的。

高诚欲言又止。双眼继续在宝石的光色中漫游。作为宝石商人，拿到这么好的宝石，自然欣喜爱不释手。但这是桩生意，虽说在这潘家园门店经营宝石生意已经多年，但一直经销的是玛瑙、水晶、杂玉之类的中低档半宝石。碧玺虽不在名贵宝石之列，却仅在五大名贵宝石之后、半宝石之首，而且越来越得到国人的认可和青睐，价格快速攀升。玩宝石这几年，无论什么宝石，他都做足了功课，但毕竟头一次收这么贵重的宝石，不能不慎重。价格判断上要准确无误，同一种宝石因品质颜色不同，价格差异巨大，别打了眼。还要盘算如何讨价还价用合适的价格把宝石拿下。

阿富汗人正在等待下文，见高诚没了言语，继续闷头看宝石，陷得有点深的双眼多了几分猜忌。阿富汗人叫沙哈利，不到四十的年龄须发却已花白。脸不仅黑而且油腻，给人早上起床没洗脸的感觉。一顶白色钩织的穆斯林圆顶小帽扣在已经谢顶的头上。他穿深蓝色西服上衣，里面是衬衫领的到膝盖的浅驼色半大长袍，袍子里是口袋般无比宽松的裤子。没穿袜子的脚踹着一双松紧口黑色皮鞋。

高诚和沙哈利认识已有半年，这是第三次给高诚送来宝石。前两次高诚都给收了，是松石、水晶、绿宝石和青金石，都货真而且价格便宜。沙哈利每次到中国来都带些宝石，但他却不是做宝石生意的，而是做服装生意的。来北京雅宝路采购服装运到阿富汗去卖。据他说有个朋友是做宝石生意的，每次过来从朋友那儿拿几块到中国卖了，挣个机票钱降低一下到中国采购的成本。第一次带宝石过来时，就在他采购服装的那个雅宝路店里问翻译，哪有收宝石的。翻译想到了高诚。原来高诚在干潘家园之前在雅宝路做了三年服装生意。翻译曾在他那里工作过，就把沙哈利引见过来介绍给了高诚。高诚上学学的是英语，大学毕业也拿了英语六级。后来在雅宝路做生意，接触的几乎都是俄语客户。耳濡目染的三年下来，学会了会说不会写的俄语。沙哈利自己说曾在苏联占领阿富汗时期到苏联上过一年学，但他的俄语现在说得不怎么样。英语也会点儿，只是说起来短胳膊少腿残缺不全，还不如他的俄语，所以俩人用俄语交流。偶尔俄语不够用时借用一下英语。至于语法就不管了，彼此能懂就行。

高诚放下宝石，抬起头问："多少钱？"显得胸有成竹。

沙哈利前倾一下身子，问："三块都要？加在一起的价格？"

高诚点点头。

"三千美元。"

高诚没动声色，拿起三块碧玺到柜台上的电子秤称了称，又用计算器算了算。就这个成色重量这个价钱不高，实在说当属便宜。他抬眼看了看沙哈利，见他正用揣测的目光看着自己，心想他价格的余地可能不小，不如狠一点还价，探一探他的底价。

他坐回椅子，笑着摇了摇头，举起二个手指，还价说："两千。"

沙哈利顿时皱起了眉头，摇头喊："不！这不行！太低了！我要赔钱的。"

"这是原石，你不能按切磨的价格算，你的开价太高了。"高诚的态度同样坚决。因为他观察到沙哈利的态度并没到不可妥协的程度。

“宝石和宝石是不一样，这是好品质的宝石，价格是不同的。”沙哈利的俄语说得磕磕巴巴。

高诚指着宝石挑毛病说：“颜色还可以，但内含和裂也不少，形状上做什么都要损伤不少。这个价格肯定接受不了。”他变得愈发坚决，因为他看准了沙哈利没有拉倒不卖的意思。

果然几轮争执后，沙哈利首先降价。再经几轮讨价还价最终以两千六百美元成交。

高诚心中暗喜，立刻打开保险柜拿钱。摁着计算器按当天美元兑人民币汇率付了人民币。这三块碧玺他志在必得，即使三千美元不降价他都会拿下的。现在能以这么低的价格购入，心里美得很。

反观沙哈利却是一脸的委曲无奈，只是点起钱来才露出欣喜。不过高诚突然觉得他的表情像是装的，后来流露出的笑意才是真的。他居然以这么低的价格就出手了，晃价够高的。这个价格肯定他是有利润的。他的底价到底是多少？这阿富汗宝石怎么这么便宜。高诚心中有了许多好奇。

高诚收好了宝石，拉沙哈利去饭馆吃饭。以前也是这样，成交后请吃饭。一来联络感情，二来聊天了解一下商情。做了多年生意，他知道很多商路是朋友关系疏通的，很多商情是喝酒聊天获得的。

找了个清真馆子。知道沙哈利能吃肉，点了几个实实在在的牛羊肉菜。第一次请他吃饭，知道穆斯林不能喝酒特地问了问他，他摇了摇头不好意思喝。第二次他却主动要酒喝。喝酒的方式也着实新鲜，白酒兑可乐。这次高诚也别问了，要了一瓶二锅头外加一大瓶可口可乐。北京一般朋友熟人聚餐喝酒，都用大杯，能喝多少倒多少，省去了用小杯频繁斟酒的麻烦。高诚给自己倒满一杯酒，然后把酒和可乐推给他，由他自己去勾兑。

菜陆续摆上。望着一盘盘香味扑鼻的佳肴，沙哈利脸上堆起笑容，眼中闪烁出不加掩饰的旺盛的食欲。他朝高诚手捂左胸欠了欠身表达谢意。他总是这样彬彬有礼。然后抄起筷子吃将起来。无奈筷子使得实在不好，三番五次才夹上一块肉，赶不上急切的口舌需求。高诚叫服务员拿来一个大盘和一把勺子，把菜给他布在面前用勺吃，才解决了他的困顿。

他边吃边竖起大拇指："好吃。我喜欢中国菜。"脸上浮现出孩子般的愉悦。

"你们在家平时用什么吃饭？叉子？勺子？"高诚问道。

"手。"

"手？"

"是，家家都是，用手抓着吃。"他有些自嘲。

高诚以为用手吃饭是古时候的事，或是一时没餐具偶尔解困为之。没想到这是阿富汗人日常的进食方式。见沙哈利有些不好意思，也不再继续这个话题。

"你来回跑生意，利润还行吗？"

"开始好，利润大。现在跑的人多了，阿富汗货太多了利润就小了，货也卖得慢了。"

"挣了些钱吧？"

"还行吧。"

"挣了钱都想干什么？"

"盖房、养孩子，再娶个老婆。"他笑着有些腼腆。

"再娶老婆？噢，你们伊斯兰教可以娶四个老婆。"

"是，是。"

"你们阿富汗人都这样吗？"

“哪里。在阿富汗娶老婆很费钱。穷人娶一个老婆都难。只有富人才能娶几个老婆。”

他把二锅头酒倒进玻璃杯约一半，兑上可乐倒满，然后举杯一口气喝干。

这喝法让高诚吃惊。上次喝酒他有些拘谨，不像今天这样放得开。虽说兑了可乐，那也足有小二两的白酒。这不是喝酒，简直就是灌！

“你们在阿富汗常喝酒吗？”

“不常喝，在家里不能喝，有老人。只是朋友聚会时喝。”

“都喝什么酒？”

“伏特加、威士忌、啤酒。没有中国酒。”

“你们是伊斯兰国家，不是没有酒吗？”

“是。现在喀布尔外国人很多，有专供外国人的商店，那里有酒。阿富汗人不让进，我们就托认识的外国人替我们买。”

“你们那儿外国人多吗？都是当兵的吧。”高诚就这个话题发生了兴趣。

“不，不是当兵的外国人很多。”

“都是干什么的？”

“干什么都有，做援助的，开公司，开工厂，开饭馆旅馆的，做生意的。你们中国人就有很多。”

“什么？还有中国人？”高诚觉得惊异，他不知道阿富汗有中国人而且还很多。

“多，干什么都有。”他又自顾自地干了一杯白酒可乐。

沙哈利的话勾起了高诚的兴趣。一个想法闯入他的脑际。这么多中国人在阿富汗做生意，说明他也可以过去，可以去做生意。这个突然冒出的想法让他兴奋。他喝了一大口酒，思考了一下又问：

“你们那儿不是挺乱的吗？本·拉登和他的基地组织正打仗，搞恐怖、搞爆炸。”

“喀布尔和北方基本没什么事。南边和巴基斯坦边境山区有些乱，但也不像电视报纸说的那么严重。”

高诚思忖了一下，问：“阿富汗宝石多吗？”

“多，我们那儿出宝石，品种也多。”

“价格贵吗？”他尽量显得不经意地问了一个有些敏感的问题。

“原来很便宜，现在贵了。外国人那么多，都买，把价格炒起来了。比两三年前翻了几倍。”

沙哈利倒并没在意，没觉得这问题不妥。他喝得有些多了，面色已黑中透红，表情也不像以前那般安分，似乎已忘记了他们之间的商业关系，倒像是朋友在坦诚聊天。

“噢！外国人都买宝石？”高诚眼睛瞪得有些大。

“阿富汗没什么东西，只有宝石和手织地毯有名。去阿富汗的人都买这两种东西。虽然现在贵了但比外国还是便宜不少。”

高诚又喝了一大口酒。他的情绪更加兴奋。这时他不仅认为阿富汗可以去，而且应该去，值得去。他夹了一口菜，没等嘴里的肉嚼完咽下，就脱口亮出了自己的想法。

“我也想去阿富汗，你能帮助我吗？”

沙哈利闻言稍怔了一下儿，立即就欣然允诺：“当然可以。好啊。”

“去阿富汗看看，看看宝石。能做就做点生意，做不了就当旅游一趟。你们那旅馆吃住都方便吧？”

“都没有问题。住我家就行，我家房子多。”沙哈利变得热情洋溢。

“你可要保证我的安全啊！”

“保证！百分之百没有问题。”他俨然正色，挺胸抬头说：“我哥哥是内政部的，许多亲戚朋友都是政府中的大官，你放心！”言之凿凿的生怕高诚不信。脸上没了以往的谨小慎微，添上了几分强悍和豪气。

他又暴饮了一杯白酒可乐。

高诚突然想到一个重要问题，问：“对，签证好办吗？”

沙哈利一指脸，满应满许说：“阿富汗驻华使馆我有认识人，我去给你办，两天就能下来。如果你决定去，我明天就去办。没问题。”

原来高诚还心存顾虑，怕沙哈利不乐意自己去阿富汗收宝石，掏了人家的底，断了人家的财路。没料到他如此热情义气。顿时对他添了许多好感。

“太好了，那就说定了！你给我办签证……对了，你这次什么时候回阿富汗？如果来得及，咱们一起走可以吗？”

“来得及，我下周才走呢，可以一起走。”

就这样，高诚灵机一动的想法，一顿酒的工夫，阿富汗之行就这么敲定了。

定是定了，高诚心里还是打鼓。因为没有爹妈的同意他是去不成的。而他估计爹妈不会同意。去其他什么国家他们都不会反对的，问题是他去的是阿富汗！在爹妈眼里或是在中国人眼里，阿富汗有塔利班和本·拉登的恐怖组织。美国和北约正在那里打仗。电视中爆炸、战争、杀人、贫穷、荒芜、裹头大胡子挎枪的男人和穿着“布嘎”看不见脸的女人，这些影像碎片蒙太奇成了落后混乱恐怖的阿富汗影片。不让他去的原因很简单，不安全。他对自己能说服爸妈特别是妈妈，信心不足。

他想到了姐姐。若是能够得到姐姐的支持，由她出面帮忙做爸妈的工作，成功的把握就大了很多。

潘家园这个门店是他和姐姐共同经营的。

高诚大学毕业后遵从父母的愿望进了国企。干了半年嫌管得太严、人际关系难处、干部作风不正，辞职不干了。又去了外企，还是只干了半年，烦工作时间长还受气当孙子，又把工作给炒了。一个从小学到中学做了十二年同学的哥们儿，在雅宝路拿了一个门店，拉他过去一块儿干，做对俄罗斯独联体的批发贸易。爸妈虽对他的朝秦暮楚有些气恼，但还是支持他自主创业，给了他十万块钱。头一年生意好得不得了，不仅还了父母的钱，生意的资本还扩大了几倍。第二年生意出现起伏，他和同学哥们儿的关系也变得磕磕绊绊。开始是在经营上意见相左出现分歧，以后生意上失误亏损又互相埋怨，以至于相互怀疑。第三年最终闹翻散伙。正好姐姐也下岗没了工作。姐姐过去的一个师傅，就是刚参加工作时的组长，全家移民去了加拿大，潘家园有个门店连货低价出让。姐姐和他商量，把这门店接了下来。他钱不够，姐姐给添上凑足，也不让他还，算作了股份。姐姐虽下岗，但姐夫在建筑公司当项目经理，收入尚可，并不缺钱。姐姐算是有了份工作，平时打理门店，雇了两个店员，带着她们做一些项链、耳饰、手串等半宝石饰品。他们经营了快四年，生意算平稳，没大的起落，赚了些钱但不多。

给沙哈利打了个出租车送走，高诚回到店里已经下午三点了。姐姐午饭后才过来，正和店员摆弄那三块碧玺。她们撕了些纸屑在桌上，把碧玺搓热去吸，果然纸屑被吸附到宝石上。见他进来，姐姐笑盈盈地说：

“真是碧玺，没错。品质颜色都好。我上网查了，你收的可真便宜。”

趁姐姐高兴，高诚说出了自己的想法。

“去阿富汗？”姐姐变得惊奇，“那儿不正打仗吗？能去吗？”

“仗打完了，就是南部山区有点零星的，我又不去那里。我去喀布尔，那儿中国人还挺多的。”

“我看电视报道那里挺乱的，妈不会让你去的。”姐姐也预见到了妈妈的态度。

“这可是条道儿。姐，你看，这个阿富汗人这么便宜把宝石给了咱们，他肯定有利润赚，说明阿富汗那里价格相当便宜。趁着中国人还没人去做这个，最起码这潘家园的人还没过去，咱先过去拿这第一手，生意就上来了。这机会可难得呀！”

姐姐想了想，说：“要说也是，现在这生意都走死了，像北京搞咱们这些货的，货一样，货源一样，经营方式一样，都仗着互相压价做点生意。再这样下去，这生意真坚持不了多久。是应该开发新的货源。现在高档货越来越好，要是有一手货源，生意真就起来了。”

姐姐每天在店里，明白他灵机一动所做决策的重要性。他趁热打铁。说：“就得先下手，晚了就没戏了。这机会要失去了咱可后悔一辈子。”

姐姐看看他，点点头说：“你也老大不小的了，是该闯闯。既然做了这个生意，就要做出个样子。”

姐姐同意一起做妈妈的工作。

晚上俩人一起回家吃饭。

妈妈已退休几年，爸爸刚退不久。听说他们回家吃饭，特地包的饺子吃。吃过饭，高诚拿刚收的三块碧玺显摆给老人看。话里话外往阿富汗上引，慢慢端出了自己的想法。

不出所料，妈妈立刻变了脸，劈头盖脸一顿数落：“不能去！荒山野岭的净是大胡子灰头土脸的野人。耍刀弄枪的杀人爆炸。你不要命了！三十岁的人了，想起一出是一出，就是不让爹妈省心……老不大不小了还跟孩子一样。连个媳妇你也拢不住，离婚四年了还找不上。该着急的事不着急……”

高诚大学有个初恋女友，毕业后去了美国留学。谁也没提分手，慢慢却断了联系。在雅宝路做生意时聘用了一位兼职的服装设计师，人长得漂亮而且激情澎湃。俩人一见钟情，立马坠入爱河，三个月领了结婚证，又一个月后办了婚礼。结婚不到半年，高诚发现她总借故回家很晚。一查手机发现她有了外遇。俩人倒也干脆，没吵什么架，离婚！悄没声地把婚离了。闪婚快离，算是人生的一个经历，一个玩笑，生活中的浪花。年轻人倒也无所谓。但可把爹妈坑苦了，张罗他们婚事，老人心思精力能力财力都空前地投入，花光了全部的积蓄，人也累得够呛。当他们还沉浸在为儿子体面地办婚事而开心、为孩子成家美满幸福而喜悦时，俩人离了！老人的心情可想而知。这个玩笑开得大了点。这以后只要妈妈生气唠叨，什么事都和他的婚史联系起来，几乎成了固定的程式。

这次爸爸也明确地反对，过来帮腔：“你有房有车有自己的买卖。比上不足比下有余，有钱挣够花就行了，要知足。别贪大冒险，阿富汗那地方多野，美国人派那么多兵都镇不住，人生地不熟的，人家能轻易让你赚钱？三十岁了想什么还那么简单。”

亏了姐姐鼎力相助，掰开揉碎和颜悦色地劝说，他也一再保证，终于让妈妈吐了口。

“你也三十岁的人了，我也管不了你了。自己看着办吧。”

虽然高诚预料会遭爸妈的激烈反对，但他也预料了暴风雨后会是晴天。妈妈的允许还是让他高兴，他宣誓般地举着拳头，煞有介事地保证事事小心，绝不冒险。牢记爸妈的教导，安全第一，快去快回。最后朝妈妈腆着脸笑着说：

“说不定还有什么艳遇呢！到时候给您带一个外国的漂亮儿媳妇回来。”

“你自己全须全尾地回来就行了，不指望别的。”显然他讨笑并没达到预期效果。妈妈的脸依然沉着，看不到任何欢喜的内容。但家里这一关总算是放行了。

签证办得也顺利。这沙哈利没吹牛，两天就把他的签证办下来了，而且还是三个月多次往返。俩人确定一起走，当即去买了机票。这时高诚却想到了一个重要问题。

“钱怎么带呀？”

“什么钱？”

“我们国家出国带钱有限额，海关查出来要扣的，通过银行汇款要办很多手续，我办不到。钱怎么解决呀！”

“我们都是通过旅行社办的。”

“旅行社？”

“可靠吗？”

“可靠，我们阿富汗人都通过旅行社汇款，收费比正规银行还低。从没听说出过什么事。”

“他们能汇多少钱？”

“多少都没问题，三天之内准办好。”

“汇人民币，提美元行吗？”

“可以，按当天汇率。”

高诚颇感惊异。“你们阿富汗人够能耐的。”

沙哈利笑了。他很享受恭维赞许，不论是对他本人还是对阿富汗人。

高诚记下了旅行社在北京办事处的电话地址，问清了手续，一道难题解决了。

临行前几天，他做着方方面面的准备，心情一直处在亢奋中，以至于夜里都清醒精神睡不着觉。

高诚必须做足功课，要能够在众多宝石中不借助仪器，一眼识别出真假宝石，区别出是什么宝石。真假辨识已属不易，区分宝石品种更难。一些宝石之间差别极其细微，肉眼很难分辨。如红宝石和红尖晶石，祖母绿和绿宝石，单色碧玺和红、蓝、绿宝石。不仅区别是什么宝石，还要能够准确地判断宝石的品质和价位。宝石品质的高低，价值偏差巨大。没有这样的本事，宝石是不能玩的，碰都不能碰。

他把几年来积累的知识重新复习，争取做到烂熟于心。确定了基本的策略就是，吃不准的不拿。以碧玺为主，目前国内喜欢碧玺的人越来越多。够档次又不过于昂贵，销售面广，货走得快，适合自己的经营条件。本钱就这么大，玩太贵的吃不消。阿富汗人带来的三块碧玺仍让他爱不释手，他把宝石浸上水，让宝石更加通透鲜亮。他的目光长久地徜徉在碧玺变换的色彩中，体味它的美丽。人们把碧玺称作沉思之石，究竟是在碧玺的光影中获得灵感而使思想在深刻的思考中延伸，还是碧玺万花筒般无穷变化的颜色让人痴迷及貌似沉思样而获得此称呼呢？他想不清楚。人们也称碧玺为愿望之石。这点他有了实在的体验。正是碧玺跳动的色彩点燃了他的愿望，开启了即将的旅行。

当然让他亢奋的不仅是宝石，还有阿富汗。

赤裸的纵横交错的山脉沟壑，矮小的土垒的简易房间，陌生的民族，他们的生活方式，那里的风土人情，一夫多妻的家庭，裹着头的大胡子男人，搂着枪披着白底黑格头巾的少年，躲在“布嘎”里面的女人，还有现代化飞机坦克和土造炸弹的对垒……

那是个神秘的国度。

他喜欢新奇变化的生活，期待着即将开始的充满刺激和未知悬念的经历。

走的头天晚上，高诚还是去爸妈那里吃饭。吃的是送行的饺子。

妈妈给他收拾了一些她认为必备的旅行用品。爸爸絮絮叨叨地叮嘱了他许多纷繁的注意事项。

他突然发现妈妈爸爸变老了。心目中永远不老的父母，头发已经被岁月悄悄染白，额上刻满纵横的裂纹。衰老正慢慢地改变他们的神态、思想和容颜。

他一阵心酸。他发现他从没想过应该给父母做些什么。他头一次感到对父母的愧疚。

二

心想事成。高诚坐上了去阿富汗的飞机。望着飞机腾空飞翔于白云蓝天，心情异常兴奋。碧玺变动的颜色所产生的思想灵动竟然几天内成行实现。让他觉得好像是一种神奇的力量推动他，美好的前景召唤他，牵引着他。

不过，他开始的旅行并不顺利。

北京到阿富汗没有直达班机。他们坐中国南航飞机到乌鲁木齐转乘阿富汗航空公司飞机去喀布尔。

阿富汗的客机有些老旧，据沙哈利说是印度赠送的，机型是波音727。乘客不多，只坐约一半的座位，绝大多数是阿富汗人，而且全部是男性，有几个西方人，好像还有两三个中国人。

飞机起飞后开始很正常。飞了一个多小时后有些抖动起伏歪斜。高诚和机上的乘客虽然察觉到了异常，有些紧张，但也没过多去想，以为遇到了强烈的气流。这种情况一段时间之后，广播中传来机长的声音。他讲的是英语，然后用阿富汗语反正是高诚听不懂的语言重复。话直截了当，语速比平时广播快了不少。

“女士们先生们，飞机出了一点小故障。为了安全需要中途降落检修，我们正在联系最近国家的机场，请大家坐好，系好安全带，不要离开座位。再重复一遍，只是小故障，正在联系机场降落……”

顿时机舱内像炸了锅一样，嘈杂的议论和其他动静轰然响成一团。所有乘客都挺直了原本萎缩在椅子靠背上的困倦休息的身子，高耸起脑袋睁大了双眼。都急于想知道事情的严重程度和可能造成的后果。

乱七八糟的提问加剧着机舱内的紧张气氛。

高诚也耸直了身子。他的心跳加速血往上涌，脑子里闪过飞机失事的各种惨烈场面，内心充满了恐惧，但还保持着安静。

保持安静的还有沙哈利。他低头瞄着窗外的机翅，对高诚说：“没什么大问题，飞机飞的还行。”他虽然也正襟危坐睁大眼睛，但表情中没有明显的惊恐。

这让高诚高看了他不少。这阿富汗哥们儿胆够大，够爷们。这话也让高诚心安了许多。他也把头扭向窗外，他靠窗坐看外面更开阔。下边一望无际的全是山头，有着积雪和尖锐山峰的山头。飞机飞在这群山之上，离得那么近，机腹几乎就贴着山尖在飞，飞得缓慢吃力。他越看越心惊胆战，忙把目光收回机舱内，只觉头皮发麻，手湿腿软。

乘务员在回答着乘客们七嘴八舌的问题。

四名男乘务员岁数都在三十岁往上，穿着白衬衫，搞不清楚是航空制服还是自己的衣服，好像没经过什么正规的航空服务培训，工作不那么专业，提供服务时的言语举止像是在家里招待客人，没什么规范。英语就会几句，说得费劲，听的人更费劲，所以他们只用阿富汗语回答阿富汗人的问题。

高诚只好问沙哈利听到了什么，沙哈利说和机长说的话大致一样，什么故障乘务员也不知道，只说问题不大。

这时突然传来一个人的吼声，可能他再三提问无人理睬至愤怒了才发出这么大的动静。

“你们必须告诉我们真实情况！到底出了什么事！我们有知情权！”

乘务员听不懂这么紧促高调门的英语，还是没有理会。

高诚向那个方向望去，越过椅背看见那发出吼声的人在他侧后不远处，英语说得标准纯正，却是个中国人。五十岁左右，架了副眼镜，长得有模有样的。高诚记起了这个人，登机之前在候机室曾经看见过他。和他在一起还有一位女人，长得端庄娴静，样子像他的夫人。在候机室听到他们用汉语交流，所以判断他们是中国人。现在这个女人就坐在他的身边，正劝阻他。而他对夫人的劝阻并不理会，继续吼着，发出明显和他的相貌身份不大相符的声调。

“我们要知道真实的情况！故障是什么？危险有多大？或是根本就没有什么故障！是不是遭受了恐怖袭击或是恐怖威胁……”

他想的很多思路够宽。高诚奇怪自己怎么没想这么多，这些的确也是自己想知道的。不过这个人实在有些过分，他的愤怒表现得过于强烈了，引得很多乘客都探头看他。

其实在候机室时就感觉这对夫妇神情不对。这男的铁青着脸，看什么都不顺眼，就像别人欠他的钱。那女的也怪，好像夜里没睡好净做噩梦，两眼肿得通红失魂落魄的。而现在这男的表现让人觉得欠他钱的是全世界。

有英语不错的乘客向乘务员转达了他的呐喊。乘务员嘟囔了几句，又由这位乘客用英语传达回来。

“机长只说有一些机械故障，没有发生其他情况。大家要保持安静，不要打扰机长，这样才是最安全的。”

乘务员说的没错。从各方面判断，飞机的故障没严重到失控的程度。况且如果那样乘客闹也是瞎掰，只能听天由命让老天处置了。

大概乘客们都明白了这个道理。全体变得缄然，都睁大眼睛紧张地注视着感受着飞机工作的情况。

再次传来机长的广播。这次他先用阿富汗语后用英语，语调轻快平静。

“塔吉克斯坦允许我们飞机临时降落，二十分钟后飞机将降落在塔吉克斯坦杜尚别机场。”

这消息让人振奋。乘客们都松了一口气，紧绷的神经缓解了许多，相互的议论也都表达了轻松的情绪。

不和谐的声音总是有。

“哎……”先是女人焦躁而又无奈地叹息。

“这个破飞机……”话说得狠狠的，反映的也是焦躁的情绪。

不用看，高诚就知道这恶劣的声响出自那位中国人之口，虽然和他文质彬彬的外貌并不相符。亏了他用的是汉语，没人能懂，否则肯定会造成不良的反响。

他们好像有很急的事去阿富汗，所以对耽误他们行程的行动十分愤怒。

一个疑问冲上高诚的脑际，这两个或这对夫妇去阿富汗干什么？这个问题的确让人好奇。

肯定不是出公差。出公差的人都那么的坦然从容，不会这么窘迫，更不会这样情绪极端过分。

旅游？不会的。这岁数的人谁会去那穷山恶水打冷枪埋地雷的地方玩去。也看不出他们有走马观花的闲情逸致。

做生意？倒像是要账的，而且数目不小。

猜不出他们去阿富汗干什么。

一直到飞机平稳着陆。大家虚惊一场。乘客们笑逐颜开，鼓起了掌。

警报解除。人们彻底放松，蹬腿扭腰伸胳膊开始轻松地议论聊天。

透过舷窗看到偌大空旷的杜尚别机场，映入眼帘的还有士兵握着冲锋枪在站岗，机场安保在飞机周边布置了警戒线。

“哼！把咱们当恐怖分子了。”用汉语表达的肯定还是那位仁兄。

一架别国的飞机冒冒失失地降到本国机场，人家肯定要布置警戒，这很正常，有什么可发牢骚的。高诚白了他一眼，这人讲话永远不着调。

乘务员在通道上讲话通报情况。

“塔吉克斯坦方面虽然同意我们紧急降落，但不允许我们出飞机，大家在机舱内等候。我们正在联系公司驻塔吉克斯坦办事处，由他们过来交涉处理。”

“飞机到底出了什么状况？”有乘客问。

“飞机一个引擎停止了工作，空中启动没有反应，只得就近降落了。”

人们长吁了一口气，都觉得万幸。

乘务员是用阿富汗语讲的，沙哈利给高诚用俄语做了转达。而用英语传达给那位中国先生的则是刚才给他充当翻译的阿富汗青年乘客。

“时间？要在这耽误多长时间？”“中国先生”又严厉地发问。尖锐的声音盖过了机舱内嘈杂的议论。

乘务员避开他愤怒的目光，耸耸肩嘟囔一句：

“不知道。”

“不知道？我们有急事。你们耽误了我们的事！”

“我怎么知道飞机多长时间能修好。”乘务员讲完扭身走了。

那位女的，可能是他的夫人拦阻了他进一步的喧嚣，他气哼哼地嘟囔说：

“一个引擎是可以飞过去的，非要在这降落耽误时间。”

这话太矫情了。让飞行员用一个引擎开故障飞机飞行。这几乎就是拿全体乘客的生命开玩笑。

飞机脱离了危险人们庆幸之后，一系列令人烦恼的问题开始陆续袭扰他们。最迫切的是温度。虽是六月又是大下午，但这杜尚别的气温显然比北京和乌鲁木齐高出了不少。飞机停转没了冷气，这机舱内温度急速蹿升，没多久就燥热得让人淡定不住了。让高诚更忍耐不了的还有混在热气中扑面而来的阿富汗人或其他外国人身上那种呛人的体味。当然这恼人的气味还来自身边的沙哈利，让他不好意思对这气味采取防范举措，怕沙哈利多心脸上挂不住。但他又实在难挨，便站起身挤过沙哈利站到了过道。

往这稍空的地方一站，立刻觉得氛围缓解了许多。往前后舱看了看，乘客坐得分散。亏了只有一半左右的乘客，要是坐满了，躲都没地方躲去。他发现阿富汗人耐热，机舱里都热到这份上了，他们还是把自己捂得严严实实的。全部都还戴着帽子，穆斯林小圆帽、圆筒带沿平顶毡帽或头上缠着布。

时间一长，在这种恶劣的环境中闹意见的就不只是那位中国人了。大家七嘴八舌嘈杂一片。

也是，要水没有。正常飞行发饭时给了一盒水，就没再发第二次。厕所不许上，多长时间等候不知道。

只有一句鼓舞人心的话，就是已经联系上阿富汗航空公司驻杜尚别的代表了。他们过来处理后面的事。

说完这话乘务员索性躲在工作间不出来了。

人们焦躁抱怨却也无奈。

高诚想起自己提包里有把折扇，是妈妈给他准备的。妈妈说，阿富汗听说挺热的，可能还没电，带它兴许用得上。他打开头顶上的行李箱，取出提包，抽出折扇，忙不迭地扇了起来，顿觉清爽了许多。不禁感叹妈妈的英明，心里笑了。

时间一点点过去，没有任何消息。已近傍晚，但这里的夕阳依然厉害，烤得机舱酷热无比。人们生理上的忍耐是有限度的，即使是老实巴交的阿富汗人。

人们的抱怨变成了抗议。

沙哈利也加入了抗议的行列。“如果问题一时解决不了，让我们去候机室等候！”

问题是机组人员何尝不想如此呢？乘客们大概也明白这一点，所以抗议显得底气不足，不过是发泄而已。高温酷热、刺鼻的汗味和其他恼人的气味袭扰着人们推不掉躲不开，让时间分分秒秒成了煎熬。

首先扛不住的是飞机上的唯一女性，那位中国妇女，她歪倒在丈夫的怀里。

暴脾气的丈夫由不停地厉声抗议转为对妻子慌张的呼唤。

高诚扭头看见，毫不犹豫地拨开人挤过去。看那女人双目紧闭，脸色惨白，似乎已处于昏迷状态。

“怎么回事？”

“刚才说心慌受不了。就是热的中暑了。”

“会不会是其他什么病？”

“就是热的中暑。她最近身体弱，经不住这么热这么折腾。”

高诚把一排座位的扶手全部抬起，把病人放平躺在椅子上。用手中折扇朝她脸上和上半身扇风。扇了几下想起提包里还有妈妈放的小药，把扇子交给她的丈夫继续扇，自己回身取出提包，打开放药的小袋，有仁丹、清凉油、十滴水等降暑药。拿过来让她丈夫在她太阳穴前额涂上清凉油，又招呼沙哈利去找些水来，沙哈利到机头乘务员工作间拿回了一盒饮料，看来飞机上还有存货。

高诚把饮料插上吸管，连同十滴水一同交给她的丈夫，让他给病人喂服了。接过扇子继续扇着。这知识分子伺候病人笨手笨脚，但总算把药给喂了。又一点点把水挤着给喝了。

这一系列的处置后，病人的情况和缓了一些，神智苏醒了过来，睁开眼睛，朝正在摇着扇子的高诚勉强地笑了笑，表示了感谢。

此时整个情况也有了转机。阿富汗航空公司的人终于来了，登上了飞机宣布：飞机短时间内起飞不了。跟机场方面协商，乘客们可以在国际候机室休息等候。

乘客们一阵欢呼，拎着手持行李鱼贯而出。那中国妇女也在丈夫的搀扶下缓缓走出。他们身后是挎着自己的包又帮助提着他们大号拉杆箱的高诚。

太阳已经落下，机舱外空气凉爽清新。跨出飞机顿感惬意，神清气爽。没有摆渡车，要步行两百米远到候机室。清凉的空气胜似药力，让那女人恢复了活力，步履虽然艰难缓慢，但也一步没停地走完了全程。

候机室不大，设施也显旧，但还干净，最主要的是温度宜人，与刚才机舱比简直就是天堂了。而且有卫生间商店和咖啡厅，功能还挺全的。

那病歪歪的女士落座后，即欠身向高诚致意。“谢谢你，多亏你帮忙。”她仍显得有气无力，身体还没恢复，也可能走了一路又累着了。

“应该的，咱们都是中国人。”高诚把提箱放好，话说得很洒脱。

“是呵！还是咱们中国人，懂得互相帮助。”她若有所思，嘴角露出一丝苦笑。又有了新的发现，“你说话像是北京人？”

“对，我是北京人。”

“太好了！我也是北京人。我爱人是南方人，大学毕业分在北京工作。”她显得有些高兴。

他们的确是夫妇。

“你家在哪？”她显然对在异域见到老乡很感兴趣。

“我在西城长大。现在住方庄。”

“西城？我们也在西城。”

“什么地方？”

“后海。”

“后海？就是什刹海后边。”

“对呀。”

“咱们还真不远，我们家原来住地安门大街。”

“那可不远，可真是老乡。”

“现在家在什么地方？”

“现在……”她神情有些游移，说话犹豫。“我们移民了。”

“噢，去哪儿了？”

“美国，咳……”她长叹了一口气。心情莫明其妙地变得沉痛，甚至有些悲哀。

“噢，是美籍了？”

“不。绿卡。”

敢情他们是半个中国人。刚刚因为同是北京人而拉近的亲近感立刻变得有些淡，高诚甚至略感尴尬。

老婆刚刚安顿，那位先生又迫不及待地开始尖刻的提问。他堵住了航空公司的代表。

“我们要在这里停留多长时间？”

“这架飞机暂时不能飞，我们正在请示喀布尔公司总部，大家肯定要停留一段时间。”这位代表英语说得流利，是科班出来的。

“你们应该给乘客提供免费水和餐食。”

“对不起，我们没有这个服务。水和餐食那里有。”他指了指大厅内的咖啡厅，又补充说：“但要自己付费。”说完扭身走了。

这话把这位老先生气得够呛，还给噎住了，一时语塞。

高诚朝一直讲话的女士点了一下头，示意离开。

“哎，先生！”她却叫住了他，“您贵姓。”

“免贵姓高。”

“我姓刘，我爱人姓朱”。

高诚点了点头，看也没看一眼那姓朱的先生，走开了。

在闷热的环境中待了三个多小时，高诚早就渴得要命，拉了沙哈利到咖啡厅吧台上要了几瓶凉啤酒，两盘沙拉，几个煎蛋，满足一下身体的需求。

凉啤酒下肚，那叫一个爽。高诚不着急，没着急的事，安全第一，早一天晚一天无所谓。只是说好到了后立即给妈打电话。看来办不到了。妈妈肯定不放心，一晚上别睡觉了。

咖啡厅是开放式的，就在候机室中央。他瞟了一眼那对夫妇，他们买了瓶装水正在座位上喝。女的还是愁容满面，男的依旧一脸铁青。这俩人好怪。原来他们已移民美国，不好好在美国待着享福，跑这儿来干什么？这么大岁数受这罪。人也怪，这男的好像跟谁都有仇，吃了枪药张口就冒火。这女的病恹恹的总像噩梦乍醒还没缓过神来。他们去阿富汗干什么？什么事让他们火急火燎地勇往直前？高诚想了半天还是猜不透这谜底。

凉啤酒喝得痛快，很快几瓶啤酒就喝完了。这里都是小瓶啤酒，没国内的大瓶啤酒经喝。

“我们要在这儿过夜了，这架飞机飞不了了。”沙哈利自作聪明地做着判断。

“这飞机要是明天也修不好怎么办？”

“有可能，说不定要等几天。一是修好这架飞机，二是用其他飞机来接咱们。可阿富汗这么大的飞机能飞的只有两架，指不定什么时候能安排开了来接咱们呢。”

果然，过了一会儿，那位航空公司的代表进来宣布：“飞机今天肯定修不好了，大家就在候机室过夜。”

一片慨叹声。然后就是分散找长座椅占地方准备过夜。

高诚一点睡意没有，想想索性多喝点把睡意催上来再睡。他把提包放在椅子上以示占领，然后他回到吧台继续喝酒，喝了一阵有了困的感觉后才回去躺倒睡下。

一觉醒来，见窗外天色已蒙蒙亮。阿富汗人挤在卫生间洗手洗脸，还把脚搬上脸池也洗了。问沙哈利才知道这是在为“礼拜”做准备。这时他才发现阿富汗人的围巾用途广泛，白底黑格好像是人造棉的质地，平时围在脖间擦汗，洗脸洗脚完了用它擦干。礼拜时铺在地上隔尘，人跪在上面礼拜。

这是高诚第一次看到穆斯林做礼拜。他们双手垂握，低头站立，然后跪着做捧读状，缄默而虔诚。

高诚用胳膊碰了碰沙哈利，用头指了指礼拜的人们，意思是说，你为什么不去做？

他笑着眨眼摇头，小声说："我只在爸爸跟前做。"

中国夫妇早已起来，也可能一夜就没怎么睡。朱先生正和几位白种人西方人中的一个聊天，态度平和道貌岸然，刘女士凑过来和高诚搭讪。

"昨天多谢你。"

"不用谢，您现在怎么样？"

"好多了，没事。你会阿富汗语、普什图语、还是达里语？"

高诚笑了，看来她没少观察他，以为他和沙哈利谈话用的是阿富汗语。

"不，不会。我和他说的是俄语。"

"俄语？"她有些诧异。"阿富汗人会俄语的多吗？"

"听他讲，三十岁往上的人不少都会。"

"噢，认识不少阿富汗人？"

"不，就他一个。我也是第一次去阿富汗。"

"去阿富汗做什么？"

"去看看……想做些生意。"

"哦，做什么生意？"

"想先去看看再说。"萍水相逢，虽是老乡，高诚也不愿意披露自己的商业规划。不过借这个话头倒想解开心中的谜底，便反问道："你们去阿富汗干嘛？"

她一时语塞，停顿了一下说："也是去看看。"显然她在搪塞，并立即把话题转开，“也不知道什么时候能走。”

高诚把沙哈利的判断向她重复了一遍，换来了她的一声长叹。

她又问了很多在阿富汗吃住交通和其他方面的问题。

就这样坐着聊天，又吃一顿便餐，接近中午才传来消息，这架飞机修理不好暂时飞不了了，航空公司决定用飞杜尚别至喀布尔航班的飞机拉他们。那班船班也只有五成乘客，两班乘客合并一起走。

乘客们悬着的心踏实下来，情绪变得平和乐观，等待飞机的到来。

刘女士表示亲近地把手搭在高诚的胳膊上，说：“高先生，到阿富汗以后，如果有事需要你和你的朋友帮助，我可以找你吗？”她的眼睛里有一种悲怆得使人无法拒绝的期许。

“当然可以……但我也是第一次来，朋友也就只有他一个。能帮的一定帮，不过……你们在阿富汗没有朋友吗？”

她摇摇头。

“你们也是第一次去阿富汗？”

她点点头。

“那你们……”他想问你们去那里干吗，刚出口又咽了回来，人家不愿意说何必追问。

高诚写下了沙哈利在阿富汗的手机号码，给了刘女士。等了一段时间，飞机终于来了，乘客们一阵欢呼。

又等了一段时间，排队登机。没有摆渡车，乘客在士兵的监控下步行过去登机。高诚仍然帮这对中国夫妇拉着提箱，跟在他们后面。外面骄阳似火，烤得人燥热难捱。高诚望着他们的后背，他们去阿富汗干什么的疑问还在困扰着他，脑子里列出了几乎所有的答案，都对不上，大千世界芸芸众生，真是什么怪事都有。

进了机舱，更热了，温度比昨天还高。高诚刚进去就已大汗淋漓，坐到座位上时衬衣都湿透了。机场没给飞机配发电车，没有冷气。他取出折扇使劲扇着，作用都不大，全是热风，就盼着飞机快点起飞。

时间却在耽误。乘务员要转机乘客坐后舱，要坐满，乘客们并没按要求坐而是胡乱坐的，乘务员费了很大劲逐排调整才达到了要求。调整后，高诚几人坐到了转机乘客的头一排，这么一折腾，时间一长这机舱里高温燥热加上汗臭熏天，简直让人无法忍受。

然后杜尚别的乘客才登机入座。最先登机的是两位穿着“布嘎”的阿富汗女人。这是高诚第一次见到“布嘎”和穿着“布嘎”的阿富汗女人，原来只是在电视中见过，在杂志中读过，实际上是从头罩到脚无袖的裙袍。头顶是圆顶清真帽，长裙从帽下沿一直散开向下，罩住全身。面部眼睛处是方窗，有带小孔的针织面纱遮住。里面的人可以看外面，外面的人却无法窥视到里面。进来的俩人穿的“布嘎”都是灰蓝色，个子一高一矮，不知道她们年纪多大，相貌美丑。最初看到有女人登机有些兴奋的心情现在未免扫兴。

当这两顶“布嘎”到高诚前面时，他觉得一缕香气袭来，十分的宜人。

乘务员过来继续调整座位。原来阿富汗的妇女是不能和男子混坐，在公共汽车或者饭店等公共场所有妇女单独的隔离间。飞机上没这个设施，但也不能和男子并排。这个班机没有空座，乘务员只得把这两位调整到和刘女士并排，这样朱先生和另一位男士要到前排去坐。这遭到朱先生的反对，理由是刘女士身体欠安。的确，在比昨天更差的环境中她虽仍在坚持，但显然已经有些不能自持，到了病倒甚至昏迷的临界。

但乘务员方面没有妥协的余地。

争执中，站在通道上等候的两位阿富汗妇女其中一位在“布嘎”里发话说：“没关系，我是做医疗工作的，我可以照顾她。”

声音圆润柔和，是那位高个子发出的，由沙哈利和高诚翻译的。她的话起了作用，朱先生妥协了。除了这位看不到面目的女人主动承担以外，他也明白解决现在身体困境的唯一途径是飞机尽快启动，好开放冷气，耽误时间是不明智的。

他们调整座位挪动身体都在高诚旁边进行，那香气阵阵拂来，沁人心脾，高诚确认这香味源于那位高个妇女也就是自称医务人员的人，这种香水味他从没闻到过，清雅芬芳，可能是混合了体味，独特而有魅力。座位调整完，三位妇女和他同排。他和那个高个子女医务人员隔了一个过道。他捕捉到那缓缓香气，无疑让他饱受蒸熏的身体器官得到舒缓。

乘客全部就座，飞机坐满。但飞机并没有起飞，乘务员没有给出明确的理由，机舱里的温度和沼气般的气味在令人恐怖地攀升，考验着人们的忍耐极限。

不久传来消息，边检人员要登机核实人数，再次查验护照，要全体乘客拿出护照备查。

首先没经受住考验的还是中国的刘女士。原以为飞机马上起飞，苦难即将结束，精神的坚持把持住了身体，而起飞还要拖后的消息打击了她的精神，后果和昨天一样，只是昏倒在了把头藏在“布嘎”里的阿富汗女人身上。这位自称是医务人员的女人立即进入了她承诺的角色，把座椅背放倒，把病人身体放平，看眼睛，试体温，把脉，招呼乘务员拿水来。高诚注意到她“布嘎”裙下伸出的两只手，细白修长灵巧。

几名军官是俄罗斯军人。沙哈利告诉高诚说，俄罗斯军队负责塔吉克的边防。一名军官过来问了问病人的情况，阿富汗女人做了回答。高诚听到他们讲话用的是俄语。她的俄语讲得流利纯正。

边检军人从后往前清点人数，看护照出境章。

高诚用俄语向正在照看病人的阿富汗女人问了声好，把那些去暑热的小药递给了她，并介绍了使用方法。她用俄语回了好，接过小药，给病人内服外用，并用湿毛巾给病人降温，动作专业、麻利。

大概几名军人也耐不住这酷热，很快做完了他们的工作下机了。不久飞机启动，在跑道上速度加快，飞上天空……

机舱冷气开放，气温迅速下降，恼人的臭味也散去，空气变得清新，人们的感官恢复了舒适的感觉，那位病人也逐渐苏醒恢复。

高诚一直想和旁边会讲俄语的女人交流，却找不到话题和机会。

杜尚别和喀布尔的飞行距离不远，飞机飞行一段时间就开始下降。透过舷窗看见褐色的群山环绕的灰蒙蒙的城市越来越大，扑面而来……

高诚心里一阵激动，陌生而新奇的异域，充满悬念的人生经历也正朝他扑面而来。

三

没有摆渡车，乘客们需顶着仍然炙热的夕阳走过一段很烫脚的路去那座小楼通关。喀布尔的机场看上去空旷荒芜，候机室和机场各功能室是一座很小的两层陈旧建筑，没有廊桥什么的现代化设施，机场跑道边杂草丛生的空地上堆着飞机残骸，是过去战争的遗留。

飞机舷梯过于老旧，踏上去有些不稳。刘女士可能是心不在焉竟闪了一下，亏了被身后的高诚手快拽住才没跌倒。而她身旁一直照顾她的那女人由于“布嘎”困住了视线，发现的晚了，但这以后她搀住刘女士一直走下舷梯。朱先生提着那偌大的软箱走在前面。

刘女士的身体恢复得很快。不仅是身体，精神状态的变化更是明显。在飞机即将落地前，她已然满脸的清醒，双眼精神。

那阿富汗女人一直在照顾她，下飞机之前又用手比划着告诉她要戴头巾，刘女士有所准备，从提包里取出头巾戴在自己的头上。

从舷梯下来踏到那火热的地上，高诚惊奇地发现刘女士竟然热泪盈眶。她停顿站立了一会儿，放眼望着，泪水侵蚀的目光透射出以前不曾发现的悲壮和坚定。

这让高诚觉得，这陌生的土地上好像有着让她魂牵梦萦的感情牵挂，有着牵肠挂肚的血肉联系，要不然怎么会如此动情。

高诚拿沙哈利的手机立即给北京家里打电话报平安。耽误了整整一天妈妈早等急了，呵斥了他几句追问是什么情况，他搪塞说飞机晚点，借口用别人的手机就把电话挂了。他知道妈妈最关心的是他现在的平安抵达。

沙哈利给他弟弟通了电话，弟弟一直在机场外面等着接他们，沙哈利着急，拉着高诚快点走，想抢在众人前面通关出去。

高诚向刘女士打了招呼，就快步朝前走了，临走时瞟了一眼那高个罩着“布嘎”的女人。原来还想和她们一起通关，过边检时要打开“布嘎”露出脸来，到时可以看到她的容颜，现在看来落空了，心里未免遗憾，他想象她长得一定漂亮。

到边检才知道，亏了赶在前头，这机场只有一条通道边检，过得非常慢。出关后取了行李出门，沙哈利的弟弟就等在门口，兄弟俩见面立即拥抱在一起，热烈的程度像是久别重逢，还左一下右一下地亲腮，末了居然嘴对嘴地一吻，算是高潮并结尾。把高诚看呆了，实在想象不出大庭广众之下胡子拉碴的大老爷们儿还有这样的礼节交流，特别是最后一吻，足够让人惊悚的。俩人又寒暄了几句，沙哈利才把高诚介绍给弟弟。还好他弟弟没有上前拥抱亲吻高诚的冲动，只是捂胸欠身致意问好，态度友好，彬彬有礼。

弟弟开来接他们的车是辆丰田两厢旧车。这款车中国国内没见过，可能是款式太老而且圆头圆屁股的太难看。后来一上路才看到满喀布尔大街跑的全是这种车，几乎占了百分之八十。看得高诚实在诧异，搞不清楚阿富汗人为何如此偏爱这款车，一窝蜂地全买它，而且多是右舵，道路又是右行，让人看着实在别扭。

进入阿富汗首先感受的是战争气氛，机场周边都用几道铁丝网封锁，到处是荷枪实弹的士兵。机场离城市不远，车行没多久就进入市内。街区上有三五一组的北约士兵全副武装地持枪巡视，其中还有女兵。行驶中碰到装甲巡逻车队，汽车停住让行，是轮式装甲车，一共约十辆左右，从车身上涂的十字军徽看是德国的军队。车顶上机枪直指路上车流人流，士兵手握扳机做着射击的准备。车又行了一段应该是进入到了市的中心区域，高诚听到头顶轰然作响，从车窗探头向天空看去，是一架直升机从头顶飞过，机身涂成黑色，恰如它的名字黑鹰。飞机飞得特别低，也就比树梢高点，机上士兵的五官都清晰可见。飞机两侧无门，架着重型机枪，士兵手握扳机时刻准备射击，那黑洞洞的枪口正从他的头顶掠过……

高诚只觉得脑皮发麻脊背窜凉，瞬间浑身血液沸腾……稍后平静下来，他问前座的沙哈利：

“士兵把枪对准着人，这要走火怎么办？”

前座两兄弟听明白了他的话，一阵缄默，都没回答他的话。沙哈利的脸上还出现了过去没见过的沉痛。他明白他问了一个让主人感到尴尬的问题。过了一会儿，沙哈利才说：“误伤老百姓是常有的事，阿富汗人命贱，不算什么……要不怎么恐怖分子越打越多呢。”

高诚理解他们的心情。回想刚才看到枪口对准自己头顶的感受，心想如果这事发生在北京，外国直升机拿枪指对着人群，北京人包括他自己非拼命不可！

喀布尔城区楼房平房都有，但几乎全都破旧不堪，街道尘土飞扬，整个城市建筑、街道甚至树木都披着土。一些楼房墙面还能清晰看到累累弹孔。街上车和人都不少，男人不管是老人或是孩子穿的几乎都一样，颜色几乎都是灰蓝或驼色，头上戴的多数是穆斯林小圆帽，或平顶卷口的毡帽，也有用布将头缠起的。当然还有女人，大都穿着“布嘎”，幽灵般地在街上飘来荡去。整个城市没有让人兴奋的颜色，没有让人心悦的影像。

沙哈利的家在一条狭长的巷子里，两侧是土墙，路也是土路。路的中央有浅小的水沟，里面流着各家的污水，是下水道。让人感觉到了很久以前的村落。

在门口迎接他们的是沙哈利的哥哥和他们的孩子们。见面依然是热烈的拥抱，左一下右一下的亲腮和令人惊悚的亲嘴。对高诚则还是捂胸欠身握手问候。

进门来，院子不小，三面有房，都是平顶土房。进屋房子也宽阔，四壁皆空。沿墙脚铺了一圈坐褥，上面有靠枕。几个男人坐在褥子上，像是沙哈利的亲属或是朋友。这间房子像是客厅。沙哈利又一个个轮着握手拥抱亲吻，你一句我一句挨着个没完没了地寒暄，听起来寒暄的语言大体一致，只是每人重复地使用。这一套程序完成之后，又和高诚的简单握手和问好。

真让高诚感慨，和以前对阿富汗的印象完全不同。礼仪之讲究，礼节的繁复叹为观止，只是让人觉得太过繁琐，太费时间了。

从进院到进屋，没见到女人。

房间没有任何家具摆设，只有一支AK-47冲锋枪斜立在墙角处。

礼毕后，人们重新坐下。高诚也被让到里面坐下，喝茶谈天。他们或盘腿或斜靠在枕头上，坐的非常随意，每个人的脸上都那么老成持重，说话缓慢平和。他发现阿富汗人虽长相各异，但特征却非常一致，浓眉大眼，面色黝黑油腻，脸上除额头眼鼻处外都布满浓重的胡须。你很难从相貌上判断他们的年龄，三十多岁就已谢顶，寸草不生，脸上的胡须就渐渐花白。他们年轻的面庞比他们的年岁行走要快很多，非常短暂一下子就步入了老年。

他们用他们的语言聊天，高诚全然不懂。偶尔听到他们谈到中国，他们叫中国为“CHINA”。表情上看出他们对中国非常敬佩和推崇，这让他欣慰。沙哈利也介绍了他和他的来意，他们很和善地用英语和俄语和他打招呼，但无法聊天，因为他们英语和俄语的水平只能满足简单的问候。

沙哈利特别介绍了一下坐在高诚对面的大胡子，说他就是做宝石生意的那位朋友，名字叫穆加迪。俩人再次打了个招呼握了握手。穆加迪的胡子长而浓密，而扣着圆帽的头顶却是秃秃的，让人觉得他脑袋上的头发严重分配不公，该长的地方不长，有的地方过于茂盛。

沙哈利的弟弟肩搭毛巾，提着表面刻花造型别致有细长弯嘴的电镀铁壶挨个为客人冲水洗手，用一宽沿平底盆在下面接水，然后铺开一张足有两个双人床大小的人造革，两旁坐着的人向前凑了凑，屁股仍在褥子上，腿和光着的脚放在了刚铺好的人造革上。

高诚看明白了，这铺开的人造革就是他们即将就餐的餐桌，他们席地而餐。

沙哈利的弟弟开始摆放餐具上饭菜，让高诚错愕的他竟然光着脚在铺好的人造革上踩来踩去，来回走动，阿富汗的馕饼和中国新疆圆形的馕饼不同，长且大。他把馕饼撕成两半，分派在众人面前。有的饼子就放在他的脚刚踩过的地方。

高诚立马就没了食欲。

所有餐具，盘碗盆全都是玻璃制品，十分洁净。食物也非常丰盛，炖羊肉热气腾腾，烤肉嗞滋冒油，抓饭香味扑鼻，炸鸡颜色金黄，还有各种蔬菜水果。但这种独特的上菜方式影响了食物的诱惑力，不过这种影响只作用于高诚，其他人不以为然。沙哈利的弟弟一直往来在房间外的厨房和那铺开的人造革之间，上人造革之前脱掉拖鞋，下了人造革再穿上，赤着脚在已放好的食物盘碗间穿行跳跃，直到把丰盛的食物摆满了“饭桌”。

这时高诚才明白，这么丰盛的筵席绝不是家常便饭，显然是沙哈利电话授意，家里人精心筹备特意为招待他这个中国朋友安排的。而沙哈利此前并没有向他表示。原以为和沙哈利仅仅是商业关系，过来在他家简单吃住，走的时候给些住宿费。看来他低估了阿富汗人的待客之道，他却没想到应该带礼物来，不禁有些汗颜。

沙哈利和坐在旁边的人给高诚盘里夹满了肉和菜。没有开场白，简单地示意了一下，众人就开始吃饭。为照顾他这个中国客人，给了他一副叉子和勺，其他人就都直接用手吃了。高诚这是第一次见人用手吃饭。他们掰一小块馕在手中捏成喇叭卷，放入菜盘中捏出菜和菜汤投入嘴中，把菜和包住菜的部分的馕吃掉，再用手中剩下的馕去捏菜。肉则直接用手拿着吃，抓饭用手指捏着吃，吃得非常投入津津有味。

高诚品尝了盘中的各式菜肴，与中餐有区别，但都很入味好吃，只是这些人的进食方式干扰了他对美味的享受。特别是看到他们把手中的食物吃完后，还要舔食一下指间残留的汤汁。

早先听沙哈利介绍过他哥哥是内政部的官员，高级警官。从相貌外表到言谈举止，他的确显得高出一个层次，他的俄语比沙哈利差，英语稍好一些。

他们用他们的语言聊天。高诚听不懂，也判断不出他们谈话的内容。他觉得要方便一下，刚进院时凭气味已经瞄好了院子里的厕所，趁他们聊得热闹，自己便起身去厕所。出了客厅是个小厅，迎面撞见两个妇女端盆提桶的正在干活，看年龄像是沙哈利和他弟弟的老婆。高诚想着如何与他们打招呼，没料到两位妇女见到他扔下手里的东西慌张地扭身就跑，窜回了对面的房间，那情形就像耗子瞅见了猫。

高诚一时尴尬，进退失措。沙哈利的弟弟从屋里追他出来，引导着他去厕所，又等着他完事，接他返回屋里。

大家仍然和善地对待他，没有责备的目光，也没有人对刚才的情形做出解释，就像没发生一样。不过高诚知道了，在阿富汗，男人是不能和妇女照面打招呼的，特别是在朋友的家里。

他们一直热烈地聊天，话题似乎很广泛，不乏一些国家大事。没有故意冷落高诚，除了语言无法交流以外也没有话题。他们吃得很慢，用时很长，吃得很多，几人几乎把满满的肉食全部吃光。然后又舒转身体或斜靠在枕头上，悠闲地吃起了水果。

餐后，沙哈利的弟弟又提来水壶水盆为客人洗手。这次还拿来一个水杯，让客人漱口刷牙。他们刷牙不用牙刷，用食指作牙刷在口中往复刷牙。

又让高诚看得那叫一个晕。

大胡子穆加迪约好明天去看宝石，并请高诚到家里吃饭。

几位客人一起告辞，依然彬彬有礼道别。

屋里只剩下沙哈利和高诚俩人时，高诚拿起了那支AK-47冲锋枪。沙哈利赶忙拿下了枪的弹夹，又查了一下膛里没有子弹后，才交给他去把玩。

这时几个孩子进屋来，是沙哈利兄弟们的孩子。他们吃着大人们没吃完的水果，好奇地盯着高诚看，见他玩枪，一个孩子又拿出一只手枪递给他玩。他后悔为什么没想到给孩子们带礼物。

高诚摆弄着长短枪。AK-47是木柄的，常见的制式，看上去有些旧了，枪身各个凸起的位置都有磨损，枪口也十分光滑，应该是无数次发射累积的留痕。手枪形状规整小巧，手柄有五星，也是苏联产的军队普遍配制的手枪。高诚摆弄枪轻拿轻放，两个稍大的约摸八九岁的孩子过来和他一起摆弄。他们用极快的速度将长枪分解成零件，又熟练地把零件结合恢复原状，他们让高诚模仿着做一遍，高诚做得笨手笨脚，但终于在他们的指导下分解组合了一次，孩子们见了夸赞地笑了。这在中国难得接触、摸都摸不着的东西，在阿富汗就是孩子们的玩具。

夜里，高诚一个人睡在这屋里，想着到阿富汗短短半天的见闻，这是一个完全陌生的国度，完全不同的世界。

早晨叫醒高诚的是城市上空回旋的、悠扬的、高音喇叭传来的、让人们祈祷的呼唤，睁眼看窗外天空依然迷蒙，那仿佛天外传来的催人清醒、拨动人心的声音，让人感受到一种神秘的力量。

他看时间还早，翻个身想再睡但没睡着。

早餐是和沙哈利一起吃的。沙哈利用木托盘端来茶水煎蛋和馕饼，在他睡褥旁铺开一方小的人造革摆上吃的。

吃过饭俩人抽烟聊天，等着穆加迪。等了好大一会儿他才到，进门依然如昨天一样捂胸欠身一阵的客套寒暄。聊了一会儿，抽了一支烟，他们才起身一起出门。

出门之前高诚说要换些阿富汗钱，他想着要给孩子们买些礼物。仨人一起开车出发，开的还是昨天那辆沙哈利的丰田车。到了市中心一个热闹的街区停下车，街边有一个肩背着包、手拿着成捆的阿富汗尼（阿富汗货币——作者注）的人沿街站着，沙哈利先上前搭话问清了汇率，引高诚过去换钱。高诚换了两百美元的阿富汗尼。

他扭转身把钱塞进口袋，几个小孩却围住了他，几只脏兮兮的小手伸到他面前向他讨钱。他把兜里的零钱掏出来，散给了几只小手，正要走，却见一群破衣烂衫的孩子向他聚拢过来，有的甚至正在从很远的地方飞奔过来，其中还有穿着“布嘎”抱着幼孩的妇女。

他口袋里已没有零钱，全部是大额整币了。他没有把整币散给讨饭的人的心理准备，但他已被要饭的人群层层围困到了中央脱身不得。好在正在街摊上买烟的沙哈利俩人发现了他的窘况，跑过来推开人群拉他上车。一些孩子和穿“布嘎”的妇女还试图围住车辆。沙哈利往车窗外洒了一把零钱，趁这些人伏地捡钱时开车跑了。

高诚向沙哈利道了谢，他干笑了笑说：“要不就不给，要不就走的时候扔给他们，特别是外国人。”

这成了高诚的一个经验。

他们开车到了一个集市边停下，下车到一个地摊上扯了几米浅驼色的的确良布，然后又开车到了另一个集市停车下来，这个集市是新建的，虽然一排排的门店都很简易，但整个市场还算整齐。进了市场来到一个门店，沙哈利指指说：“这是我的店。”

门店不过十几平米，两面墙上挂着从北京雅宝路批来的各种男式服装，一个长得干干净净的小伙子在给他卖货。

高诚看了看货，问沙哈利：“你是做批发还是零售？”

“批发。”

“生意怎么样？”

“过去好，现在要看货。货对了走的还是可以的。”

沙哈利和卖货的小伙子说了几句话，就带着高诚出来了，穿过市场，钻入一个小店铺。这是间裁缝店，沙哈利和店里年轻的裁缝问候寒暄，把刚才买的面料交给他，指着高诚交待了几句，裁缝过来用软尺给高诚量身段。

见高诚一脸的疑惑，沙哈利笑着说：“到了阿富汗就要穿阿富汗人的服装。”

原来是给他做衣服，这让高诚感到意外。不知是阿富汗人的待客之道还是朋友之间的感情投资。他想是不是应该把买面料的钱给沙哈利，把做衣服的钱给付了，又一想这样做显得斤斤计较负了人家的美意，不如客随主便欣然接受，领了这份人情，将来有的是机会再还。

出了裁缝店，又到附近一个移动通讯的商店买了个号，给手机充上值，高诚当即跟北京的妈妈通了电话，告诉妈妈电话号码，并叮嘱说这里电话信号不好，有些地方没有信号，如果给他打电话拨不通不要着急。

他们又回到沙哈利的商店。沙哈利的弟弟也在这里，他打开了一个枣核型的铝锅，高诚看了看原来是个高压锅，里面盛着黄澄澄的手抓饭，他用盘装了分发给几人，几人就在这里简单地用了午餐。高诚是用勺吃的，其他人是用手抓着吃的。

吃完，几人又喝茶抽烟聊天。他们对防火并不在意，就在市场里随意吸着烟。

高诚想昨天说好今天看宝石，不知道为什么还没安排。想问一下他们，又想他们既然说了，肯定有他们的安排，客随主便吧。

聊了一会儿，沙哈利问高诚带护照没有，他说穆加迪要买酒，要高诚帮忙去买。

仨人便出了门店市场，开车穿了几条街道出了城，拐进一个四周用又高又厚的水泥墙围起来的场地，将车停好。沙哈利指着前面一座军营式的建筑对高诚说：“这就是我跟你说过的联合国开的专供外国人的商店，我们阿富汗人不让进，你帮我们买点酒。”

穆加迪递给他二十美元，他揣进口袋，下车走了过去。把门的穿着铁皮灰的阿富汗警察查了他的护照就放行了，商店门里还有一道岗，又查了一遍护照。这里看来是严格把关，严防阿富汗人进来。

商店没什么装修，是那种仓储式的超市，商品门类很多，从日用百货到调料食品烟酒，以非清真食品为主，如冷冻猪肉、海产品和各种肉罐头。烟酒都是国际大牌货，价格不贵，没有中国的商品。

高诚买了两瓶七百ML芬兰产的伏特加，买了一箱灌装啤酒，共花了三十多美元，打算给穆加迪；买了一箱可口可乐和几盒巧克力打算给沙哈利家的孩子；买了一条烟自己抽。付完款后，他用推车推到汽车前，把酒交给了穆加迪，把可乐和巧克力放入了车的后厢。

穆加迪掏钱要把超出部分给他，他没要。

沙哈利开车又回到了市场他那家门店。坐了一会儿，他打了个电话，高诚听出来了，他是问衣服做好没有，得到肯定的答复后，三个人便起身去了裁缝铺。果然衣服已经做好，他们叫高诚换上。

高诚脱下身上的衣服，穿上宽大的裤子和衬衫领的半大长袍，身体立刻松快了很多。虽然这衣服把浑身裹得严实，但肥大宽松，特别是裤子，用1.5米幅宽做的腰围，穿上立马觉得通风，大热天的极为惬意。

沙哈利俩人笑着打量着他。

“好，像个阿富汗人了。怎么样，印度、巴基斯坦、阿富汗三国男人的服装，舒服吧？”

穆加迪指了指自己戴的钩织的圆帽，又捋了捋胡子，意思是高诚现在就差帽子和胡子了。

沙哈利说：“走，去市场买一顶圆帽戴上，完全就像阿富汗人了。”

高诚掏钱想付工费，被沙哈利拦住了。由他付了工费，高诚向他道了谢。

到市场卖帽子的门店，买了个钩织的白色小圆桶帽戴上，高诚照了照镜子，自己觉得形象大变，像不像阿富汗人不敢说，但确实像穆斯林了。他觉得好笑。

这次他们开车直接去了穆加迪的家，他家和沙哈利家大同小异，只是院子和房子要小一些。客厅也是四壁皆空只有坐褥。高诚和沙哈利在坐褥上坐定，抽上烟喝上茶之后，穆加迪端来一个有背带的可以挎在肩上的木箱。用钥匙打开锁掀起盖，里面是一个布包，包的是宝石。他让高诚靠窗坐，这里有阳光斜射进来，亮一些。他在地上铺开围在脖子上的黑格围巾，从箱子里拿出包着的宝石，放在围巾上，他并不急于将宝石全部拿出摊开，而是缓慢地一个一个地摊开让高诚看。

原以为会带他去门店看宝石，没想到来到这里。高诚心里有点激动，睁大了双眼，有些周折的阿富汗之行终于到了打开宝匣的一刻，期待已久的满目琳琅的宝石即将展现。

穆加迪打开了一个布包，里面还有若干纸包，他逐一打开，十几颗红色宝石便摊开呈现出来。这些宝石都是原石，形状各异，颗粒不大。他又打开一包，里面还是十几颗红色宝石，是已经切割好的，形状也都不同，颗粒也不大。

一堆颜色浓艳、光芒跃动的红宝石让高诚怦然心动。他逐一拿起换着各种角度，借助窗外的阳光，查看每颗宝石不一样的颜色、通透、内含和光泽，目光和思想完全沉溺在宝石的晶体光色之中。把所有的宝石全部看完之后，他挑出几个不同品质的个体，问了问价格。

穆加迪又打开了一批宝石，全部是蓝宝石，有原石和切割好的，个头和红宝石差不多，蓝宝石较之红宝石颜色差异更大，和红宝石给人的感觉不同，明丽鲜亮，有天空般的深邃。高诚依然把每颗宝石看个遍，欣赏那光色的灵动，评判每一颗的品质。

穆加迪指着这两堆宝石，用英语说：“ruby（红宝石），sapphire（蓝宝石）。”

高诚点了点头，没有讲话。

红宝石和蓝宝石是仅次于钻石的名贵宝石，这两堆宝石块头多数在一克拉以上，有几颗在两克拉以上的，两颗原石甚至超过了三克拉。超过两克拉的红蓝宝石已经比较少见，三克拉的已属珍品了。它们在颜色、通透、内含和络裂等方面差异很大，有好有坏。穆加迪的报价就红蓝宝石来讲是很便宜的，但高诚总是有些怀疑。这些宝石全部是天然宝石应该是没有问题的，但总觉得这些宝石没有达到刚玉的品质，特别是颜色十分均匀，不像红蓝宝石的颜色特点。他虽然不能十分肯定，但觉得这些宝石最起码大多数不是红蓝宝石，而是尖晶中的红晶石和蓝晶石。当然穆加迪的报价按尖晶石来讲也不贵。

以后打开的是绿色的宝石，也是十几颗，个头稍大些，也有原石和加工过的，穆加迪说是祖母绿。高诚仔细看过，觉得颜色和祖母绿的绿色有些差距，而且还不如祖母绿颜色浓艳，在形状上有的原石是六边形柱体，所以应该是绿宝石。

三包宝石摊开后，色彩斑斓，晶莹绚丽，就算不是红蓝宝石和祖母绿，也是可做的生意，价格合适东西不错，但高诚这次来是奔碧玺来的，这些品种的宝石并不在考虑之内。

第四包打开的是碧玺。

数量比刚才几个品种的宝石多，块头明显要大了许多，最小的也比刚才最大的大不少，多数是原石，也有一些切割过的。大的有几块如手指粗，最大的两块是如拇指粗的圆柱体，就个头而言属罕见，颜色几乎全是单色绿，有两个单色粉，有两个红绿双色，高诚依然是一个个地把玩观察，看个仔细。

碧玺是宝石级的电气石，是一个宝石族群的统称，有丰富的颜色，晶体的颜色多达十五种复色之多，被称为“宝石万花筒”。现在这批碧玺，都是天然宝石，颜色品质都不错，在高诚的采购计划之内。让他有些失望的是没有看到丰富的颜色。

最后拿出的宝石是青金石，穆加迪强调说：“这个宝石货很多，这是样品。”

阿富汗是世界青金石的最大产地，这几块样品，深蓝的颜色十分纯正、均匀，质地致密细腻，品质很好，但并不在高诚的采购范围之内，他只是把玩欣赏了一遍。

高诚的目光一直在宝石的晶体光色中漫游，心无旁骛。不知不觉天已暗了下来，屋里陆续来了一些客人。沙哈利提醒他，马上要吃饭了，应该收起来了。高诚放下宝石，抱歉地笑了笑，看见穆加迪在用揣测的目光看着他，好像是在等待着他对这些货的评判和意向想法。这时他意识到，沙哈利在回阿富汗之前一定给穆加迪打过电话，知道他要来，所以穆加迪在货上做了准备。他并没有向他们讲过这次来主要是打算采购碧玺，所以穆加迪没有以碧玺为主备货。他想了想说：

“这些货都不错，这次过来主要想多看看碧玺。”他拿起最大块的双色碧玺，“像这样的货还有吗？特别想看看红色的，蓝色的，还有双色的。”穆加迪点了点头，转了转脑子说：“有，这样的货有，其他颜色都有。”

高诚指了指眼前的这些宝石，说：“这里边有些我打算要，多看看以后再挑选好吗？”他不想让穆加迪失望。

把宝石重新包好放回箱子。饭菜即摆上，开始晚餐。今天的晚餐几乎是昨天晚餐的翻版。无论是就餐形式和饭菜的内容，都和昨天差不多，人数也差不多。高诚明白，这是阿富汗朋友对他的款待，也是阿富汗人的待客之道。

饭后沙哈利和高诚俩人开车回家，高诚把装在车上的可乐和巧克力送给孩子们。

孩子们已在他睡觉的房子里等着他了，见他回来，高兴地把AK-47步枪递上来，继续玩瞄准射击和把枪分解再组合安装的游戏。

四

早餐后，高诚问：“穆加迪有门店吗？”

沙哈利吸着烟，说：“跟别人合作有个店面，摆几个样品，宝石比较贵，不要多大地方，一般都是有了客户，约好地方看货成交。”

“今天怎么安排？”

沙哈利给穆加迪打了电话。

“他过会儿过来，给你拿过来你需要的货……这样，我店里有些事要去一下，你在家里等他。”说完他就走了。

高诚抽烟喝茶在屋里等了很久，穆加迪没有来。

中午，沙哈利的弟弟给他端来饭菜，陪他吃的午饭。饭后他睡了会儿。醒来穆加迪还没来。

他想，穆加迪没来是不是没有货，现给他找去了呢？昨天那箱子里的货整个算下来，价值不菲，应该说有一定的实力。就怕这些货不是他的而是串来的，或者有些货是自己的，有些货是串来的。

又等了一段时间，穆加迪才来，是和沙哈利一起来的。这次没提箱子，直接从衣袋里拿出布包，摊开在高诚面前。十几块各种颜色的碧玺闪亮显现，跃入他的眼帘，让他砰然心动。

最为耀眼的是一块红色碧玺，他拣出来拿在手中观看。这是一块玫瑰红色的碧玺，色彩浓艳，晶莹通透，最大直径足有四公分，呈不规则形。

碧玺以红碧玺价值最高，其中以玫瑰红和紫红色最佳，在中国有“孩儿面”的叫法。这块碧玺颜色纯正，色泽艳丽，晶体通透性好。虽然一面络纹深了些，但没有裂，是一块难得的碧玺珍品。

还有一块亮眼的红碧玺，个头是那块玫瑰红的一半，颜色在宝石上有由深到浅的变化，晶体通透，也是一件珍品。

其他还有几块红色碧玺，块头更小一些，颜色有粉红、褐红，深浅浓淡各异，也都不错。

再有的就是两块红绿双色和几块深浅不同的单色绿碧玺，全部都是没加工过的原石，而且块头都比较大。

高诚反复地拿起所有宝石，长时间地变换各种角度和方位观看，目光沉溺在碧玺跃动的艳丽变幻的色彩中，享受着自然瑰宝带给他的视觉享受和愉悦心情。

许久，他才放下宝石，询问价格。

穆加迪从兜里拿出一张纸，核对着不同大小的宝石，几块大的他按块单个报价，其他按重量报的价，每克多少钱。

价格不高，合乎来阿富汗之前的接受价格。但高诚没有立即给出对价格认可的态度，他的脑子里还在延续着刚才的猜测，他觉得这批货不是穆加迪自己的货，一定是今天白天现找来的，从同是经营宝石的朋友手里串过来的。如果是这样的话，价格中包含了他加上的一块利润，报价比实际要高。

高诚想了一会儿，说：“今天这些货，我全要了。昨天那些碧玺大部分也都可以，到时候再挑选一下也打算买，只是价格呢，咱们再商量一下，再给我便宜一些。”既给了穆加迪一个定心丸，又给自己留下余地。

穆加迪听懂了他的意思，但沙哈利还是把话翻译了一遍。

“这个价格很便宜了，我们是朋友，我没报很高的价格。”穆加迪没松口，但态度并不坚定。

“我买的多，而且将来打算长期合作。你再考虑考虑核算一下，给我最优惠的价格。我的钱过几天才过来，你再计算一下，等钱过来再说。”

穆加迪犹豫了一下，没做出明确的表示。

“我想到你店里看一下，可以吗？”

“可以，但是店里也就这些货了。”

“没关系，也可以看看其他店里的东西，来一趟想多了解一下，也多买些货。”

穆加迪和沙哈利俩人对视了一眼点了点头，态度不大积极，但还是答应了。

第二天，沙哈利和穆加迪带他来到一条满是店铺的街。这些店铺经营的门类品种不同，但全都是古旧物件和纪念品。有的挂放着古旧的阿拉伯弯刀盾牌弓箭等冷兵器时代的各种武器，还有刚进入热战时的长枪短枪，和电影中八国联军打北京用的枪一模一样。有马鞭、油灯、铜壶、瓷碗、玻璃器皿，过去的家居出行用的古旧物件，还有银制、铜制、锡制的各种鑽花器具，挂毯、地毯、服饰等各种有民族特色的手工艺品。搞不清楚这些是过去传下来的玩意儿还是仿旧的制作或是新工艺品。还有狼皮狗皮羊皮貂皮豹皮等各种皮毛，自然还有项链戒指等各种饰品。

高诚明白了，这就是喀布尔的“潘家园”。

穆加迪把他引入一个以经营饰品为主的商店，就是他说的和人合作的商店。看到在柜台一层面上一个托盘里码放着几块不同品种的宝石原石，穆加迪说是他的货，实际上只占了柜台一小块地方。高诚估计他可能是拿一些货给这个店代销，或是只租用了这一小块柜台作为销售窗口。

这个商店经营的主要商品是宝石镶嵌的银制或其他金属雕花的老旧饰品，花色品种很多。高诚大致看了看，其中有些东西是新作仿旧，大多数宝石很难判定真假，只有青金石和松石可断定是真的。

柜台里还摆放了一些切磨好的裸石，有几个品种的宝石，红宝、蓝宝、绿宝、碧玺、水晶等都有，宝石的品质和穆加迪箱子里的东西差不多，都是简单的切工而且切工不是很好。

把店里所有的原石和切好的裸石看了个遍，没有超过前两天看的让人亮眼的东西。他们出了这个店，沿街挨个店接着看。多数店铺即使不经营饰品，也都在柜台里摆些宝石，品种都差不多，而且都有原石和简单切好的裸石。高诚几乎是逢石必看。天然宝石就是有这样的魅力，没有一枚是完全一样的，特别是碧玺，更是千姿百态丰富多彩。店铺老板们见他看得仔细又不买，总问他需要什么货，去给他拿，他都含笑推辞了。他清楚这些老板问清他的需求后去别的店铺拿货来加价卖他，挣个拼缝钱。他在雅宝路、潘家园干了这么多年，深知稳住客人串货拼缝这一套。实际上现在穆加迪就是这样做的。高诚第一次来这里又想长期做，还是应该亲自把货源了解清楚。

就这样，一条街几十个店铺逛了两天才看完，看完有些失望，货远不如原来想的那么多而丰富，虽然这些货也值得拿，但亮眼的难得的珍品几乎没有见到。

不过从最后的店铺出来倒让高诚眼前一亮。十字路口过去的街上居然有几个花店，店里店外摆满盛开的鲜花，姹紫嫣红鲜丽喜人。高诚驻足流连，目光在花丛中徜徉，就像欣赏那多彩的碧玺，心情愉悦而兴奋。这是他在这个尘封的无色的城市见到的唯一多彩的风景，荒漠中仅有的一洼春色。

当天晚上高诚请客吃饭，答谢沙哈利和穆加迪的热情接待和帮助，请的都是这几天一起吃饭的他们的亲戚朋友，在市里一家中国人开的中餐馆吃的，菜做得水平不怎么样，也就是乡镇水平的，连县城的档次也够不上，但价格比北京五星级饭店还要贵。几位阿富汗朋友吃的挺香，连连称赞中餐好，估计是菜的味道新鲜、好。

第二天早晨，沙哈利出去忙他的生意。高诚想去那些店铺看一看，就自己一人打车去了那条街，串了几个店铺又看了看，和一个英语不错的店铺掌柜聊了聊天，听他介绍才知道这店铺街和花店相交的十字路口一边有个专卖宝石的小市场，高诚心中大喜，立即按他的指示找了过去，原来就在十字路口一边的一座小楼里，与那几个花店几乎近在咫尺。高诚不禁哑然失笑，沙哈利和穆加迪俩人带他路过这里都没带他进去，他们不想让他接触更多的直接的货源，想承包他的生意。这作为朋友显得不够意思，作为生意倒是可以理解的。

不过这小楼从外面看确实也不像店铺，没有任何标识，进门楼道两侧是一个个小房间。他推门进了一个房间。里面很简陋，有破旧的地毯和坐褥，坐褥上盘脚坐着两个人。一个人花白长须四十多岁，一个短须岁数小些。见高诚探头用英语打招呼，请他进来坐下。问明他是中国人，态度十分友好，彬彬有礼的，然后在桌上铺开一块白布，打开身旁的木箱，木箱里有很多布包，逐一拿出在桌子上打开，亮出里面的宝石。不久桌上就变得五颜六色满目琳琅。

最先看到的还是红宝石，有原石也有切磨好的，剔透晶莹，红光闪耀，拿在灯下变换角度观看，可看到跳动的鲜红色彩。也有不好辨认的一些，红色也有差异，但不乏纯红色的珍品。其次是祖母绿，其中大部分还是有绿宝石的可疑。高诚不打算采购这些宝石，但仍爱不释手地观看。欣赏这大自然千万年形成的瑰宝，领略其中动人的美丽，让他身心愉悦，是其人生的莫大享受。

当然他的关注点还在碧玺。摊开在桌上的碧玺不少，但多数是一克二克的原石颗粒，以绿色为多。让他亮眼立即抓在手里的是一块红粉双色碧玺原石。这颗碧玺有3公分的直径，一头是带紫的深红色到中间变成粉色，变化明显而中间又看不到界线。这红色也是碧玺中难得的颜色，也被称为“孩儿面”。拿在手中对着光变换角度观看，可见活光在宝石中跳跃闪烁，每个角度颜色都有不同的变化，让高诚爱不释手，还有一块粉色的碧玺，颜色十分娇嫩，个头也不小。另有几块绿红双色碧玺也在可选的范围内。他问了价格，把打算购入的记在小本上。

高诚一家家地看下去，一直看到下午市场关门，也就看了一半，午饭都没吃。饱览了众多瑰宝丽色光华，看得他很是过瘾。把选中购入的记在本上。这些碧玺价格上比穆加迪的报价稍低，但差不多，但探卖家口风感觉有砍价的余地，他心里也就有谱了。

高诚突然醒悟，穆加迪也是以这种方式做生意。这里商家有的是一户一个房间，有的是两三户分用一个房间。穆加迪可能也在这里做生意，不过瞒着他没带他过来。

次日早晨，穆加迪很早就过来了，高诚仿佛不经意说到昨天逛街发现了一个小市场里有不少宝石。穆加迪脸上发红露出尴尬，高诚假装没看见，把话题岔开，没必要让朋友难堪，况且生意上的事是可以理解的。

继续遛市场，把没看完的商家看完，这次沙哈利和穆加迪一起陪他看的。穆加迪果然跟市场里的商户全认识。

在一家发现了一块蓝色碧玺，让高诚欣喜。是原石，约二十克，颜色艳丽明澈，遍体通透，绝对是难得的珍品，让他百看不厌，越看越爱，一问价格高了些，但物有所值，而且跟中国国内的价格比便宜多了。

在另一家看到两块硕大的碧玺，有茶杯粗，大的足有两公斤，小的也有一公斤多，让高诚惊讶。细看上去，色很淡，只有轻雾般的绿色，晶体很差。看了半天他有些迷惑，和穆加迪对了一下眼神，穆加迪不让人察觉地摇了一下头，出去后他说，虽然个大，但品质太差。

的确，碧玺是宝石级的电气石，电气石很多，而碧玺则很少。这两块个头大但级别不够，如果是这么大的碧玺，那可就是绝世的佳品了。

房间串完后，高诚把可选的货一一记下，这时穆加迪才说了实话，他确实在这市场和人拼租了一个房间在经营，第二次拿的碧玺就是在这市场上向熟人收集来的。只有几家关系不熟的没收，他已经都看全了，个小的碧玺市场上很多，块大颜色好的也就这些了。

晚上，高诚把所有打算买的货统计了一下，做了一个采购计划。

第二天早晨，他给北京的姐姐打了电话，让姐姐备足钱去雅宝路把钱换成美元，交给旅行社办事处把钱汇过来。

早餐后穆加迪就过来了，高诚向他说了采购的计划，他第二次收集来的货全都要了，第一次个头大的也全部购入。高诚还另外讲了打算在市场上购入的几块。

穆加迪见事情已经明了，便主动把价格降了一些，并提醒高诚，市场上的货如果定下来要向商家付定金，否则很可能这两天就给卖出去了。

高诚问需要付多少定金，说自己身上钱不多，穆加迪说有他担保不需要太多钱。

仨人去了市场把看上的货全部定下来，商户们还是给穆加迪面子，定金付的很少。

下午姐姐打来电话，钱已换成美元，今天晚了，明天汇钱。

一切顺利。所定的宝石品质价格都非常理想，甚至超过预期。高诚仿佛看到了一条如碧玺般美丽的彩色的路在前面展开。

晚上一起在沙哈利家吃的饭。高诚对穆加迪应诺着：“这次来把个大的拿走，下次来把你手里的碧玺全部拿走。小的也有市场价值，价格便宜而且卖得快。”

“下次什么时候再来？”

“把货带回去安排好就再过来，一个月左右吧。”

“下次来还是买碧玺吗？”

“这次过来货全看了，回去以后看客户的需求，但我想主要还是买碧玺。”

“我们这里也是碧玺卖得快。”

“你们市场上货源还充足吧？”

“充足。碧玺多……但像你这次买的个大颜色又好的少。”

穆加迪的话提醒了高诚，让他意识到了一个问题：不是什么时候过来就能拿到理想的货的。

这时沙哈利的手机响了，他听了听把电话交给了高诚，原来是同机来的刘女士打来的。

“高先生吗？你好，打扰你了，我有些事情想请你帮助，你能抽时间到我这里谈一谈吗？”

高诚觉得有些意外，略微迟疑了一下，答应了。

约好了明天上午去她住的旅馆。

挂了电话，猜不透会是什么事，也没过于在意，继续他们的话题。

“我准备在北京长期经营碧玺，其他的宝石，赶上机会有客户订货或是遇到又便宜又好的，也可以做一些，但还是以碧玺为主，所以你见到好的碧玺就给我收着，我肯定要。”

穆加迪眼睛一亮，显出对这事的兴趣，说：“行，我就给你收着……只是这好的东西一般都要付现钱，像我们这些生意本钱都小，有时候周转不开。”

高诚立即明白了他话中的意思，没有立即回答。碧玺的价格很活，一般个头比较小的按克计价，颜色好的个大的品质好的要贵上几倍甚至几十倍，价格出入非常大，甚至有的定价就在一念之间。不可能隔山买牛把钱交给他包办，这里面说不清的事太多。

“这样，价格合适你就拿下来，如果价格高你手头又紧东西又特别好，你给我打电话，我立即就过来。我有签证，飞机也方便。”

俩人的话既热情又客客气气，话里话外的意思彼此都明白。生意上的事谁都别瞒谁，合作可以，里面没有什么空子可钻。

穆加迪的话倒也勾起了高诚对他们经营方式的兴趣，他问道：“你们平时是去矿区收货吗？”

“一般都是去私人手里收货，很多都是代卖，我们这里的生意人本金小，全靠自己钱收购做不到。”

“代卖？”

“对，收货往往也是有熟人关系，在市场也有一些熟人找来，拿些货过来，代卖他们可以价高些，现金收购价要低。”

“你们不是去矿区收购吗？”

“青金石、松石和阿富汗玉这些矿区都被地方军阀控制，他们现在都和国外大公司直接做，产量都已经包了，我们这里只有零散货。红宝石、蓝宝石、祖母绿、绿宝石、碧玺这些宝石的产地都在深山里，那里无路无人，开采很难，都是个人或家族开采，所以都在私人手里。另外，阿富汗打了二十多年的战争，宝石散落在民间的很多。我们收都是从私人手里收的这些货。”

这些话让高诚了解了阿富汗宝石货源的情况，虽然没打算做什么，倒也记在了心里。

五

早饭后，沙哈利开车送高诚去中国夫妇住的旅馆。随着拥堵缓慢的车流走了几条街，他指了指一边告诉高诚那是美国大使馆，介绍说美国使馆占地很大，比他们的总统府加国防部还要大。而且周边的几个街区全部封锁，阿富汗人不许进，车都要绕行，所以他们的车绕了远。

高诚朝他指的方向看了看，竖着美国国旗的高墙深院自有一种不怒而威的气势，不过，熙熙攘攘的城市街区到那周边却杳无人迹，肃静得让人觉得阴森。

把高诚送到旅馆门口，沙哈利就开车走了，去市场照看自己的生意去了。

朱先生在门口迎接他，还是那副受冤假错案没给平反的模样，不过破天荒地跟他握了握手，算是很礼貌了。

这旅馆是一栋有院子的二层小楼的民居改造而成，打了不少的隔断，房间被分割得有方有长有大有小很不规整，设施装修都很简陋，估计价格不高。

刘女士见到他有些动情，脸上抽搐了一下，眼眶盈满泪水，颇有他乡遇故知、老乡见老乡两眼泪汪汪的意味。但高诚还是觉得莫名其妙，那泪水过于铺张了。她显得比几天前更加憔悴，眼睛显得更大。她还是那样子，跟你说话时看着你，可让你感到并没有看着你，而是出神地看着你无法知道的她眼中的其他影像。

还好这旅馆房间除了双人床以外，还有一张桌子和两把木椅，高诚被请坐在椅子上。

他们夫妇坐在床上，看他们郑重其事的样子，像是要和他谈重要的事情。

在安定了一下情绪、酝酿了一下语言后，刘女士发言了：

“高先生，对不起打扰你了，我们遇到了一件非常难非常难的事，在这里我们举目无亲，一个人都不认识，只认识你一个人。你在这里有朋友，语言又好，英语俄语全行，办起事来比我们方便多了，所以我们只有请你帮忙了。”

“没关系，您放心，能帮的我一定帮。”他预感到他们来阿富汗的原委行将揭晓，而谜底可能会是异常沉重的。

“我们有一个儿子，在美国军队当兵服役，被派往阿富汗，不久前在一次战斗中被塔利班俘虏，我们来这里就是想办法解救他……”她讲话的语调平缓却已泪流满面。

高诚错愕，瞠目结舌，谜底显然不在他预料之内。他问：“中国人怎么还能当美国兵？”

刘女士点头说：“可以的，只要有合法的居留身份，在美国居住够一定年限，考试合格就可以当兵。”

“为什么要去当美国兵呢？”高诚觉得这事不可理喻。

刘女士低声答道：“咳！就是为了拿个美籍。”

为了拿个美国国籍，去当美国兵？高诚觉得他无法接受，不在自己的价值观之内。心里对刘女士立刻没了老乡的亲近感。

尔后列女士用平静的语调介绍了事情的来龙去脉，朱先生则依然面容紧锁一言不发。

他们的儿子小名叫小京，今年二十二岁。朱先生作为访问学者去的美国，没有回来，在那儿拿了绿卡，她和儿子也都去了美国。想找个稳定的工作没有找到。小京在社区学校学了两年语言后，上了大学，但一年后就辍学了。当时朱先生失去了工作，她也是临时打工，家里非常困难。小京就自己做主报名当了兵，当时没觉得有什么不好，当兵后可以拿到美国国籍，退役后有笔钱还有其他一些好处。没想到当兵不久就派到了阿富汗，不到三个月就被塔利班俘虏了。

讲到这里她已经泣不成声。朱先生递给她一条毛巾，她擦了擦脸上的泪水。安顿了一下，打开了床上的笔记本电脑，点开页面，她自己却迅速把脸扭开不看，把屏幕对着高诚。

屏幕上是一个穿着美军军服跪着的美军士兵，一张惶恐的中国青年的脸。

刘女士没看屏幕却也如看见般哭出声来。

高诚合上了那让人心痛的影像，想说话安慰一下这位母亲，可他一时找不到安慰的话。

他们得到儿子被俘的消息后，去找了国防部，国防部确认了儿子的失踪，并正式通知了他们，但美国人说视频无法确认真伪。国防部的官员冠冕堂皇地敷衍他们。他们要国防部拿钱赎人，被断然拒绝，说这是向恐怖组织屈服，等于是对恐怖组织的鼓励。他们说他们自己筹钱，那也不行，后来干脆就不见他们了，直接把他们轰走。他们又去找国会，找媒体，也无济于事。他们说，美国人全国都沉浸在阿富汗战争和伊拉克战争的胜利之中，一片喊打喊杀，一片欢呼声，谁去在意一个被俘的中国人，虽然他是美军士兵。后来他们甚至得到警告，不要再找再闹，否则撤销他们的绿卡，驱逐回中国……

刘女士愤懑悲痛，时断时续地哭泣，话也时断时续。

“我的儿子为他们打仗，现在命悬一线没人理没人管，在美国我欲诉无门！没人帮我们。我每天睡不着觉吃不下饭，心如刀绞。我在美国待不住，所以我来阿富汗，来找我儿子。我要想尽一切办法救他！”

这一切高诚理解，都在情理之中。不过这件事他们夫妇能做什么，能起什么作用，太渺茫了，无济于事。他想表达一下这个意思，想了想还是没有说。

刘女士接着讲：“到这儿以后，我们去了美国大使馆，等了两天才出来一人见我们，没听我们把话说完就一口回绝，说，这事不归他们管……”

这时候愤怒成了她情绪的主导。

朱先生此时插话说：“大使馆处理的是两国各个方面关系的外交机构。领保管的也只是美国公民。我们还是中国护照。他们不管是有道理的。”他虽然面容仍然紧锁，但语气和缓冷静，又有劝慰的意思。

高诚好像头回听朱先生这么平静理性地说话，不过对朱先生在飞行途中的坏脾气和恶言恶语现在也觉得可以理解了。

“我不管！他们是不是代表美国政府？我儿子给你们政府打仗被俘，你们凭什么不管！”她悲愤填膺。

朱先生默不作声。

房间一阵沉寂。高诚觉得这时候应该劝劝安慰一下他们，可就是不知道该说什么，如何劝。在得到刘女士的允许下，他点上了一支烟。

“我们想找美军驻阿富汗的司令部，打听不到地址，没人知道。”

朱先生缓缓地说：“我看我们还是回去吧，回美国，找什么部门还能找得到，在这儿我们做不成什么事。”

“回美国还不是到处碰钉子，我不会放弃的！我不会让我儿子听天由命坐以待毙！有万分之一的可能我都会尽全力救我儿子。走遍了阿富汗我也要找到我儿子！”刘女士满脸泪水，一腔悲怆，意念坚定。

高诚想劝她又不知道说什么好。虽然对老朱印象不好，但觉得他的话倒是理性的选择。母亲和儿子心灵相通血肉相连，把儿子的命看得比自己的命还重。这巨大的情感波涛汹涌澎湃，早已把刘女士的冷静理智压垮击碎。

什么劝慰的话在这伟大母爱面前都显得苍白无力。

刘女士拿毛巾把脸上的泪水擦净，盯住高诚说：“高先生，咱们都是北京人。出了这么大事，又是在国外，帮帮大姐。”

“帮忙可以，但是在这里能做什么呢？”高诚的态度并不积极。

“我去找军队，我要找到小京所属的那支部队，小京是你这个部队的兵，出了事你不能不管。他们肯定和国防部那帮高高在上的官僚不同，这样我也可以了解小京是怎么被抓的，在什么地方被抓的，也可以大概知道小京可能被关押的地区范围，然后再想营救的办法，一步一步来。”

她的话让高诚不得不佩服。这个孱弱的中年女人并不是被母爱的情感冲昏了头脑而在盲目行动，母爱激发了她的智慧，你不能不说还真是条路子，虽然走下去困难重重，也不知道结果如何。

“在这里我认识了一个姑娘，她在一个人道主义组织工作，做对阿富汗妇女的医疗救助工作。她的家在坎大哈，她主要在那边工作。我有印象，小京就在坎大哈那边驻军，出事应该也在那边。我想让她帮忙，去坎大哈帮我找到小京的部队。她就住在这个旅馆，可她英语不行，我们和她交流不了。她俄语很好，所以我请你过来帮我们翻译一下。”

高诚恍然明白为何找他帮忙了，说：“我的俄语可不是大学学的，是做生意和俄罗斯人学的，不会写就会说，普通的日常用语还行，说深了可就不行了。”

“就日常用语就够了，我去看看她在不在，请她过来。”

她对着小镜子用毛巾仔细擦了擦脸上的泪痕，然后出门去请人，一会儿就带进来一个高挑的姑娘。

这姑娘进门后走过靠门坐着的高诚，坐到里面桌子边的椅子上。高诚立刻闻到扑鼻的香气，是一种香水和体味融合在一起的独特香味，芬芳迷人。

这香味好熟悉，他猛然想起飞机上那位穿着“布嘎”的阿富汗女人，原来是她。

他抬头直面那姑娘，只见那姑娘头上用薄料浅绿长巾裹头遮脸地搭在肩上，只在眼前留了一条缝，那缝留得窄，室内又暗，看不到那缝里的任何东西。上身穿长袖裹身的浅绿长裙，下身穿束口灯笼裤。她没穿“布嘎”，但捂得和“布嘎”一样严实，让高诚直勾勾的眼睛一无所获。

不过那姑娘却认出他，主动先用俄语打了招呼。

“是你，你好！”

“你好，我们应该在飞机上见过面吧，但我无法认出你。”他打趣地说道。

她笑了，而且“咯、咯”地笑出了声。

“可以告诉我你的名字吗？”

“普什图语叫玛丽亚，俄语你可以叫我玛莎。”

“玛沙”“玛丽亚”在俄语里是一个人的名字和小名，也就是说玛丽亚既是阿富汗的名字又是俄语名字，这个名字起得很巧。

“认识你很高兴，我叫高诚。”

“高诚，你没有俄语名字吗？”

“没有，没人给我起。”

“好，认识你非常高兴。”

“不过下次见面我还是认不出你来。”

她又笑了，说：“这是我们阿富汗的风俗。”

她的俄语说得这么好，真不知道那头巾遮住的脸蛋是否也如她的声音那般甜美。

刘女士也记起了他们在飞机上见过面。她介绍说是玛丽亚和他们一起打的出租车，带他们住的这个旅馆。这几天在吃住出行方面一直帮他们。

然后高诚按照刘女士的交待，向玛丽亚讲了他们那令人痛心的故事。

看不到玛丽亚的表情，但从她倾听过程中发出的一些语气词，能够感到她的惊叹、同情和感动。

讲完故事高诚翻译说：“他们想请你在这件事情上给予帮助，可以吗？”

“当然可以。但他们准备做什么，需要我提供什么帮助呢？”

“你的家在坎大哈？”

“我家？不，我叔叔家。”

“他们想去儿子所在的部队了解情况，研究解救方法。那个部队就在坎大哈附近，听说你要去坎大哈那边工作，他们想和你一起过去。帮助找住处，并帮助他们找到美军的驻地。”

“这些都没有问题，可以住在我叔叔家，其他的事叔叔都可以帮助他们。”

“他们会支付费用和一定的报酬。”高诚翻译刘女士的话。

“报酬倒不用，把费用承担下来就行了。”

刘女士现在一门心思都在坎大哈，想尽快过去，高诚转达了她的想法，玛丽亚立即就答应了。

出发的时间定在了明天。

刘女士目光转向了高诚，充满了期待，几乎是在祈求：“高先生，能和我们一起去吗？没有你，我们无法交流。”

无法交流、办事方便只是希望他去的一个理由，面对陌生环境希望获得别人支持才是主要的。高诚想现在生意上的事已经安排完了，就是等汇款了，有空余的时间，去一趟帮个忙没什么问题，何况还有一位让他好奇的神秘姑娘同行。他叫刘女士等一下，来到房间外面给北京的姐姐打电话。

电话通了，姐姐告诉他，钱已交给了那个旅行社，三至五天到喀布尔，说汇完钱后给他打过电话，但电话没通。

阿富汗电话确实信号不好，电话时通时不通的是常事。

高诚回到房间，答应刘女士可以去，但三天以后生意上有安排必须回喀布尔。

刘女士十分的宽慰，又请他托朋友雇一辆车过去。

高诚想沙哈利的货还没到，这几天应该没什么事，车也是现成的，就答应了。

事情谈妥，玛丽亚起身告辞。在她路过高诚身边时，高诚站起身和她道别，俩人的脸一下凑近了。蓦地，他从玛丽亚眼前的围巾缝隙中看到了她的眼睛，看得清清楚楚。

那是一双让人惊叹的美丽的眼睛，眼窝深陷，眼型精致，长长的睫毛向上卷翘，特别是那浅蓝色的一双眸子清澈动人，恰若两颗通透的宝石闪着彩色的光芒。

对！那是两颗打磨好的晶莹剔透的散发着宝光的碧玺。

她低头扭身走了，把无限的遐想留给了高诚。当然还有一缕悠长的让人回味的芳香。

高诚回到沙哈利家，沙哈利已经回来了。高诚向他讲述了这对夫妇的故事，他也是惊异不已。对于他们的想法计划，他摇了摇头，表达了不大乐观的态度。

跟他说了帮忙租车的事，高诚说希望用他的车并由他开车过去，这样方便得多，也好办事，沙哈利一口答应，并说好了包车的价格。

高诚这几天天天看宝石，睁眼闭眼的全是各种颜色的宝石，晚上睡觉也是满目琳琅，睡着了也都是彩色的梦。今天变了，眼前浮动的是一双藏起来的美丽的眼睛，一对晶莹闪耀的蓝色碧玺。睡着后他做了一个蓝色的梦。

根据沙哈利的建议，他们出发得比较早，天还没有大亮就出发了。

沙哈利说喀布尔到坎大哈的路有重兵守卫巡逻比较安全。但也只是白天，黑天不安全不能走。这条路是新修的路况还可以，大约要七、八个小时，就怕路上有一些状况耽误时间。为了保证天黑前到达坎大哈，要提前走，留出一些富裕时间来。

刘女士他们已经等在路口。玛丽亚又穿了一身把自己隐藏起来的“布嘎”，让高诚颇为失望。

汽车驶出正在苏醒的喀布尔市区，上了通往坎大哈的公路。路是新修的，两车道不宽，路面还算不错，车不多十分通畅，上路没多久就开到一百迈以上。

高诚坐在前排左边。他喜欢旅行。喜欢开车或坐在前座上感受那扑面而来又迅速消退的陌生新鲜的景物。眼前那裸露的没有植被的贫瘠的土褐色山梁和沟壑，给人感觉仿佛到了另外的星球；而沟壑山坳中褐色土坯房和房子旁穿着长袍的人们，又让人觉得到了历史的某个时期。

沙哈利和高诚一直聊天，说阿富汗以前路特别差，坑坑洼洼暴土扬尘，汽车驶过会掀起滚滚烟尘，后车要离前车最少五百米以上，否则裹在沙尘里什么也看不见。现在阿富汗大多数路还是这样，但终于有了几条好路了，其中有的路还是中国人修的。

的确，到阿富汗最大的感觉就是尘土大。尽管阳光强烈，也给你阴天灰蒙蒙的感觉，因为空气中尘埃过大，而且土墙土房，人的穿着也以暗色为主。不论城市乡村全都蒙蔽在尘土之中，失去了明艳的色彩，所以除了感到阳光的灼热外，看不到阳光的明媚。

出了喀布尔，刘女士就伸脖子四处观望。她的心怦怦地跳着，心有灵犀地感到与儿子越来越近。她巴望着大山深处，用心灵感应的雷达寻觅着儿子的呼唤。她坚定地相信：儿子就在前方的某个区域，大山深处的某个山洞，沟谷之中的某个土屋。被囚禁遭受着折磨和非人的待遇，叫天天不应叫地地不灵，唯有心灵的默念的呼唤。这些只有血肉相连、心灵相通的母亲才能感应、听到。

刘女士询问这里的地理和人们的生活各方面情况，高诚一一给她翻译。估计她头回看到阿富汗的荒山野岭，看到如此贫瘠的土地和如此困苦不堪的人们，让她对儿子的处境更加担忧。

可以想见这北京哥们儿一定很惨。这哥们儿也够冤的，参加了一场毫不相干的战争。为捍卫美国人的民主自由，在距美国万里之遥的阿富汗山沟里被囚着，被跟他不着边的人俘获，被不相干的仇恨折磨，很可能还要被不着边的仇恨杀害。这不像犯罪坐牢，有律条管着人道待遇，倒像是耗子被猫抓了，想怎么要就怎么要，想怎么玩就怎么玩，想啥时候吃就啥时候吃，完全随心所欲。估计这哥们儿龟缩在土房的墙角或山洞旮旯可能早已心如死灰。

一路上战争的气氛很浓，路过每个城镇都有军事检查站，检查车上带没带武器。路上还有装甲车队或悍马武装车队巡逻。他们还看到了无人机。

沙哈利指给他们看，说那是“死神”无人机。

半空中那无人机忽上忽下、或平稳盘旋，像一架航模或一支风筝，远不如它的名字那样凶神恶煞、名声显赫。

一路上高诚总想找话题和玛丽亚聊天，一直找不到合适的机会。沙哈利倒是和她谈了不少，不过是用阿富汗语。高诚也听不懂，人多嘴杂，汽车行驶中车里噪声又大，也没有聊天的适合环境，让他颇为扫兴。玛丽亚今天穿了“布嘎”，不知是受宗教习俗的约束还是自觉，她刻意隐藏自己的容貌。昨天看见她双眼的一瞥，那宝石的光色如闪电般镌刻在高诚脑际，让他内心躁动不宁念念不忘，探求那华丽宝藏的欲望变得十分强烈。如今那宝藏就封闭在那布裙里，近在咫尺不能相见。她不脱去你也不能去掀，照这样发展下去看来是没机会了。

高诚沮丧是有道理的。一到坎大哈叔叔家，玛丽亚就躲进里边屋里。接待他们的工作全部由她叔叔和她叔叔的儿子承担了，连她的人都见不着了。

这坎大哈也给人土的感觉。喀布尔好歹还有点高大古旧的街道、建筑和新建的房子，坎大哈完全就是土房子的农村连成片集合在一起，好在院子大地方宽裕。玛丽亚叔叔家就有一个大院子，干打垒的土房，干打垒的院墙。没漆的木门木窗镶着玻璃，院子里停着一辆中国产的杂牌摩托车，还有一辆中国产二八双梁自行车，套着有黄穗的座套把套，打扮得花里胡哨。

玛丽亚的叔叔是个高大的壮年汉子，名叫维德，留着大胡须，身高及举手投足和穆加迪倒有几分相似，说话也是慢条斯理不慌不忙，他的儿子则是个白净的漂亮小伙。

玛丽亚的叔叔和几位外国人打招呼简单，“哈罗”一声握手请进，见到刘女士则扭头避开只做了个请进的手势，到沙哈利又捂胸欠身繁琐地你一句我一句没完没了的寒暄。

几个人进了四壁皆空墙脚铺着坐褥的客厅，由那位白净的小伙提壶端盆洗了手。铺开人造革的饭桌，赤着脚在上面来回行走，把馕饼饭菜摆上。看得朱先生夫妇直愣神，不过朱先生的思想明显比过去进步了很多，不那么眼里揉不得沙子的不依不饶了，也有了难得糊涂的雅量。没酒没饮料，菜有牛肉炖土豆菜泥、抓饭，还有抓饭里埋着一只鸡腿，这饭菜也算实在，但比沙哈利招待高诚的水平差很多。

来之前已谈好，吃住每人每天十美元。这个水平的饭菜算起来他们没什么赚头，这里除冷冻鸡肉以外，肉和菜都比北京贵。

没有玛丽亚在场，这翻译工作就由高诚和沙哈利俩人承担，沙哈利把维德的话翻译成残缺不全的俄语，中间或许还夹杂着英语单词，高诚再按自己的理解判断接成完整的汉语传达给朱先生夫妇，反之也是如此，有点累。高诚撺弄沙哈利请玛丽亚出来当翻译，遭到了维德的断然拒绝。

听明白了他们来坎大哈的打算，维德皱起了眉头，说不好办。

原来这美军基地建在城外开阔地，营地围墙是又高又厚的水泥防爆墙，周边两三公里为无人区，影响视线的建筑物全部拆除，树全部砍掉，可接近营地的大小路在几公里外都有路障和坚固的岗楼架设机枪，根本不允许任何人车接近。想进入军营根本不可能，甚至靠近都办不到。

听到这些情况，朱先生夫妇俩人脸色沉了下来。朱先生低头不语，刘女士脸色严峻了一阵后眼冒火星。

高诚看在眼里心里明白，这些话挡不住她，她是决计要去的。

晚上睡觉也在这屋，高诚和沙哈利睡在屋的一角，刘朱夫妇睡另一角。

朱先生和刘女士二人一直低语，高诚听到了几句，这种情况显然出乎他们的意料，大概他们以为这军营总应该有个传达室之类的地方，战士家属来了定会有人接待的，没想到是这种情况。朱先生一直打退堂鼓，刘女士则坚持要去。自然刘女士的决定是最终决定。

六

早晨吃过早饭，刘女士就商量去军营的安排，她面色阴沉态度坚定。看得出来，即使没人陪她去，她也会毫不犹豫地自己走着找过去的。

沙哈利表达了自己的顾虑，“这不是在你们中国，美国人警告后开枪就打，他们不在乎阿富汗人的命。”

最后商定，一起开车过去在军队的警戒线外停车，别靠近军营，然后朱先生夫妇两位下车走过去和哨兵讲话。

商量完就出发了。维德骑着摩托车在前面带路，其他人开车跟在后面。维德在市场有个摊位，卖蔬菜和水果。说好给他们带到位置后就回市场照看自己的生意去。

刚出城不久，维德就把车停住了，把路指给他们，然后他骑摩托原路返回了。

沿路再往前行驶了一段就看见了通往美军基地的路口。路口没有任何标志，他们看到有美军的悍马军车架着机枪驶出。他们开车到路口停下向里面观察。路上除了刚才开出来的几辆军车外已没有了任何车辆。军营离这路口还很远。沙哈利开车拐进路口，他开得很慢，小心翼翼地观察着。

这里的地形地貌和维德描绘的一样，四外空阔无物。地形稍有起伏但不影响视线，没有任何哪怕是一尺高的建筑物和树木，只有一条笔直的公路通向前方。往前开了一段看到路边有警示牌，用阿富汗的两种语言和英语写着：军事禁区，禁止任何车辆和人员进入。

沙哈利把车靠边停在警示牌前，看得出他有些紧张。

往前看约两三公里处有路卡，路卡后有一座水泥建成的岗楼，楼上有聚光灯和重机枪。路障两侧伸展开去有铁丝网，再往前几公里处，可清楚地看到用高大水泥墙围起来的美军军营。

沙哈利歪头看着高诚，意思是怎么办？

高诚回头看了看刘女士。刘女士盯着前方目不斜视没有讲话。

高诚没讨到答复，心想：总不会见人不分青红皂白开枪就打吧。他对沙哈利说：“慢点开，再靠近点，不行再停。”

沙哈利紧皱眉头，极不情愿地挂挡走动，车子缓慢地向前爬行，紧盯着前方岗楼的动静。

随着汽车向前挪动，可以清楚看到岗楼顶部哨位上有士兵用望远镜在看他们。另一个士兵也在瞄着他们，用的却是重机枪。

走了约五六百米，没什么动静，沙哈利紧张得直流汗。汽车走得战战兢兢。

汽车离路卡越来越近，可以清楚看到双层路障，圈状铁丝网，路障后的房子，高耸的四方梯形的岗楼及里面岗位上执勤的士兵。

汽车离路卡越来越近，六百米、五百米、四百米、三百米……

高音喇叭突然响起……

受到惊吓，沙哈利一哆嗦。车戛然停止。

喇叭用阿富汗语和英语叫喊：“这是军事禁区，你们不能靠近！立即后退返回！”

喇叭声音高但含糊，只听见轰鸣而听不清言辞，但谁都明白喊的是什么。

高诚回头看了看刘女士。

刘女士仍倔强地盯着前方没有言语。

高诚和沙哈利对视了一眼，俩人用眼神表达了一致的意见：掉头！回！

沙哈利启动缓慢驾车掉头……

谁都没料到，刘女士竟拉开车门下车了。

沙哈利赶忙停车。

朱先生和高诚都吃了一惊，想都没想跟着推门下了车。

只见刘女士目光坚定，昂首挺胸朝哨卡大步走去。

朱先生跨步上前拽住她的手，“别过去，他们都是当兵的！”

刘女士使劲甩开朱先生的手，“别管我！我看他们敢开枪吗？我，一个士兵的母亲来救我的儿子！”

高诚也上前拉住她的胳膊，“大姐！您冷静点！咱们再想别的办法。”

她用另一支手扒开高诚的手，“兄弟，我的儿子危在旦夕，我没时间犹豫。”

刘女士扬起头，旷野的风吹拂起她的白色围巾，阳光的照射让她的面目明朗。她毫无顾虑地继续坚定地向前走去。喇叭广播声停止了，四周变得空寂，只有风刮起阵阵尘土。跟在刘女士身后的高诚和朱先生，心提到了嗓子眼儿，紧张得屏住呼吸。

突然枪声爆响，不是一声而是一串一片……

这枪声在旷野中显得格外凄厉。

这枪声把朱先生和高诚俩人紧绷的神经打垮击溃，他俩闻声后仓皇后退奔逃。朱先生甚至脚底打战，一个跟头摔出老远。

高诚跑了几步，想起了刘女士，停下脚步回头看去。

刘女士站在原地没动，风吹起她的围巾衣襟，孱弱的身体却像钉在地上一样纹丝没动。

此时枪声已停。高诚看了看才明白，枪是朝他们头上半空中打的，是鸣枪示警。

高诚立刻觉得脸红羞愧，没想到自己的神经这么脆弱。他回身缓步悄悄走到刘女士身旁，搀住她的胳膊。

风飘起她白色的纱质围巾，面容异常平静，没有丝毫的惧怕，没有丝毫慌张。她微挑起的眉头和眼中少许闪动的泪花，表达着她对眼前际遇的不解和悲愤。她直视的目光和紧闭的嘴唇显示着面对险阻早已做好心理准备，已然下定了一往无前的决心。

她是一个半老的孱弱的女人，但她是一位母亲。

支撑她的信念是解救处在危难中的儿子。为了这个信念她早已把生死一切置之度外。

朱先生也默默回到刘女士身旁，他可能摔得比较重，步履有些艰难，低着头脸上挂着难得一见的羞愧。

“大姐，现在看这情况我们是进不去的，咱们再想别的办法，回吧。”高诚劝着，语调含着尊重。

“不，你们退后吧！我就站在这儿！他们不让我进去，我就站在这儿等。他们不理我，我就站一天。”她语调平静，态度坚定不移。

两个大男人甩下她一个女人撤退显然是不可能的，三个人就默默地伫立在路的中央。

停了一会儿的喇叭声又继续响起，督促他们退回。

三个人都没有动。在阳光的暴晒下，在风卷起的尘埃中……

约莫过了两小时，从两三公里外的军营驶来两辆悍马军车。军车走了个大S型，曲折地穿过路障，直奔他们而来，车上全副武装的士兵把枪口对准着他们。一辆车在他们身前戛然停住，另一辆越过他们直扑沙哈利停在远处的汽车。

车上下来几个士兵，拿枪逼住他们，一副如临大敌的架势，用英语叫他们举手过头在路边一排站好。

他们照做了，他们不可能有其他选择。

两个士兵过来搜高诚和朱先生的身，另一个胖胖的女兵搜了刘女士。

他们搜得很细，手肆无忌惮地在身上胡摸乱捏，身体几乎全触到了，连鞋也脱了。

没搜出什么东西，只有随身带的护照、手机、钱包。

沙哈利那边也在搜，士兵对车查的很细。

士兵们把搜出的手机开盖检查，把护照和钱包交给一个稚气未脱的年轻白人士兵。看样子是班长之类的小头头。

他打开护照有点惊讶：“中国人！”

又看了看朱刘俩人的美国绿卡，点了点头。

此时感觉气氛缓和了些。

这时刘女士用英语有板有眼地说：“我们有重要的事要见你们的长官。”

这位小兵头目摆了摆手，“不准讲话！我不答复任何问题！”

“我的事情很重要！我要见你们的长官！”

“不准讲话！”他吼着，面容又变得严厉。

刘女士又忽然讲话：“你们认识朱小京吗？他的英文名字叫杰克。”小兵头刚听说时一头雾水有点蒙，尔后变得恼火，态度蛮横，甚至摇了摇手中的步枪。

“闭嘴！不许讲话！”

这小兵头看沙哈利那边检查完了，彼此打了个手势，然后用胸上挂着的报话机向基地里面汇报，得到里边的指令后，转头对前面三位中国人说：“这里是军事禁区，任何人不准进入！如果你们进入了我们的警戒线，我们不能保证你们的生命，你们现在立即无条件退回！”

在小兵头的示意下，士兵把检查完的手机、护照、钱包还给了他们。

然后不由分说，几名士兵推拥着他们走向沙哈利的车。刘女士扭头还要喊话，当即被押他的士兵强力推止。没辙，只能老老实实被押着走过去上了车。

沙哈利开着车出了这条路拐上公路，这才长长松了一口气。他看了一眼高诚说：“这就是阿富汗，你们中国人不懂。”他一副垂头丧气的样子。

高诚也是惊魂甫定，而且被强力控制和搜身后他的屈辱感也没平复。他点了支烟闷闷地抽着。

回到维德家中，几个人也是无精打采坐在屋里没说几句话。

维德晚饭前才回家，问明了情况摇了摇头，说：“我说过了，你们这样肯定不行，今天你们能什么事没有，安全回来就算不错了。他们可能看你们不是阿富汗人，而且你们没再往里走，不然他们真会照人开枪。”

“能想什么办法？能进去或者能和他们指挥官说上话。”刘女士并没死心，还在苦苦地索求。

从吃晚饭一直到饭后，他们一直在讨论这个问题。

他们谈到，老百姓是不可能接近军营的，但当地政府肯定和驻军有联系，很多事务要交涉、配合，所以能不能通过当地政府的联系渠道和军队的指挥官联系上。几人讨论了几句就给否定了，很简单，当地政府肯定不会管中国人的事。

维德说还是应该去找美国使馆，由他们去找军队。

这在喀布尔找过了，根本不管用。

刘女士就是不死心，沉思着说："还是在这里想办法的好。"

众人无语，洗洗睡了。

其实高诚躺下很久都睡不着。今天的经历让他的神经受了刺激，那爆裂的枪声一直在他耳边响着，太恐怖了，受了惊吓的心情许久都平复不了。当时是受到刘女士的感染硬挺住了，现在想起来后怕。那子弹虽说打在了半空，可毕竟是朝他们方向朝他们头顶打来的，手哆嗦一下或者一不留神枪口稍低一下，说不定这一百多斤就交待了，今儿就挂了，命就是在这帮当兵的弹指之间。这事给他一个教训，离美国兵远点，他们玩真的，说开枪就开枪。而且毕竟是帮忙，不是自己的事。按说都是中国人还都是北京人，帮忙是应该的。可这小子又是个美国兵，这忙帮得让人心里别扭。按说都不该帮，帮美国兵的忙让美国军队打死了，哪说理去？这可冤死了！

高诚一直胡思乱想没怎么睡，刚睡着没多久又被那空中传来高亢婉转的礼拜召唤声唤醒，看窗外天色微微发亮，天尚早，头晕晕沉沉的还想睡，又听到朱刘两位密集的低语，在讨论或是争论着，搞得他又睡不着了。他竖起耳朵，听到了他们的几句谈话。原来他们还要去那军营！高诚心里立刻打起了鼓，忐忑不宁。昨天的情景历历在目，枪声犹响在耳，这不是感觉上的恐怖而是实实在在的危险。他必须要明确地表达自己的反对意见，如果他们不听的话，那他也不去了，他们自己去好了，路他们也认识了。

天蒙蒙亮了，房子里也逐渐由暗变明。高诚看见刘女士已经起身，伏在地上一直在认真地做着什么，他觉得奇怪，便起来凑过去看。原来刘女士把她那白色长围巾摊开在铺着地板革的地面上，趴伏着用签字笔在围巾上写字。字已经写好，她在描笔画想描得粗些，看起来更醒目。

上面用英文写着：我是一位士兵的母亲，我的儿子在这里服役。

高诚明白了，哨兵不允许她讲话，不和她交流，她想用文字交流，打动哨兵。她是想用这个办法再去那个军营。这刘女士舍身救子的信念着实让人钦佩，一切在所不惜，尽其所能，不达目的誓不罢休。高诚知道无论表达怎么样的反对意见都无法动摇她的决定，但该说的话还是要说。

“大姐，这……这法子行吗？他们不讲理，挨近了就开枪……我觉得不行……咱们还是别冒险了。”

刘女士没有抬头，继续她的描字工作。

“总要试一试吧，不能这么就放弃了。现在这个时候不能放弃任何机会，不能放弃任何可能。”她的语调平静和缓，话也说得明明白白，让人觉得她不仅信念坚定而且有着十足的理性。

沙哈利也起来了。他看明白了现在的情态，缩在眉下的眼珠转着，看得出来，对再去那个军营他比高诚还犯怵。他和高诚对了下眼神，彼此都明白对方的意思。

“您看能不能考虑得更周全一些，别太匆忙。”

刘女士放下笔抬头看了看俩人，看到他们忐忑的样子，立刻明白了他们的意思。

“我想这样，你们把我们送到那儿，离远一点停车，我们自己走过去。你们等我们一会儿，看到我们进去了你们再回。”

“你们也别靠得太近，他们用望远镜能看清楚这些字的。”高诚掩饰着自己的胆怯。

“昨天他们在二百多米处开的枪，今天在这之前我们就停下。”

既然如此，高诚也不好说什么了，更不好推辞。他跟沙哈利说了刘女士的想法，沙哈利不大情愿地点了点头，算做同意了。

和昨天一样，那条路上空寂无车。沙哈利把车开到警示牌前就靠边停下了。高诚朝前看了看，觉得这里离哨兵卡还很远，还可以往前开开，就叫他又朝前开了约一公里后停下。朱刘夫妇下了车。

俩人沿着公路缓步向路卡走去。刘女士系了条黑底红花的头巾，在满眼土色的旷野中显得醒目。他们在高音喇叭警告声响起后停步，这里距离哨兵还有三四百米。俩人拉起那条写着字的白色围巾，风有些大，他们用双手拽住四角才将围巾拉平。

他们默默地站在风尘中，站在路的中央……

许久，没有任何动静，沙哈利问：“走不走？”高诚想了想，这刘女士实在让人同情也令人钦佩，还是等一等看看结果再走吧。

一个多小时以后，和昨天一样，两辆悍马军车载着全副武装的士兵飞驰而来。一辆在朱先生夫妇那里停下，一辆到高诚他们车旁停下。美军士兵如临大敌般地用枪逼住他们按住搜身。今天这帮士兵不是昨天那帮人。比昨天那帮人态度和动作更加恶劣和粗暴，全然把他们当做准备袭击军营的恐怖分子。

更让高诚他们没想到的是，搜完身查完车后，竟将他们反手用一根尼龙绳捆住手腕，像捆牲口的蹄，强行把他们带上军车，在枪口下坐俯在车中央。一个士兵开着沙哈利的车，把他们连人带车抓进了军营。

高诚感觉到有生以来从未有过的极大的侮辱，感到男人的血性在尊严的血脉中奔涌。但没辙，只有忍受！沙哈利只是抬头看一眼车外就挨了一枪托。

进了军营，他们被带下车，推搡着进了一间空房。门开着，一个黑人士兵持枪站在门口看押着他们。

刘女士如愿以偿进了军营，而且并不在意进来的方式。见到高诚想表达一下歉意，即遭那个黑人士兵的大声呵斥："不许讲话！"

其他人可没有刘女士的心态，事出意料让他们内心慌乱，情况不明和对后面的事无法预料让他们忧心忡忡。特别是高诚，哪受过这个罪呀！被捆被强力制约囚禁，给他敏感的自尊以深重的打击。他也为惹上这种麻烦而后悔，情绪十分沮丧。几人坐在水泥地上，垂头丧气。

没多会儿，一个士兵进来带走了沙哈利。

他们猜测，一定是一个个地轮流审问。他们各自盘算着审问他们时如何作答。

过一段时间，沙哈利被押送回来。捆手的绳扣已经没有了，脸上轻松了一些。他和高诚对视了一眼，眼神中似包含了一种乐观的估计。

士兵又带走了高诚。出门穿过一排房子，房子都是构件拼装组合的，表面有土黄色的伪装。高诚被押解到一间办公室，里面很乱，放着一些简装的军品物资和一些通讯器材，还有床和挂着的军装。办公桌上先看到一双架着的脚底再看到后面仰坐着的一位三十岁左右的白人军官。高诚看不懂他的军衔标志，搞不清楚他的军衔。军官的衣着有点随意，只穿了军用衬衫，还有一个当兵的坐在侧面的桌后，像是在做笔录。押解高诚进来的士兵给他解开了捆手的绳扣，示意他坐在中央的折椅上。士兵也在一边找个椅子坐下。屋里有空调，气温比刚才的屋子舒适多了。军官正在翻看他的护照，看了看他的脸，核对一下照片。

“喝点什么？咖啡，茶，还是水？”

他的话让高诚没有想到，语调并不和善。高诚略想了下，用英语说：“请给我一杯凉水。”他确实又热又渴。

军官示意士兵从冰箱取出一个瓶装水给他。他拿过仰头喝了半瓶。

军官盯住他问：“你的英语不错，在哪儿学的？”

“中国，上学学的。”

高诚大学毕业拿了英语六级，只是长期不用有些生疏，他的俄语水平比英语差了很多，但日常用语说得比英语流利。

“你一个中国人到这来干什么？”

“做生意。”

“什么生意？”

“正在考察，准备做生意，还没有开始，你看我护照，我是第一次来阿富汗，而且刚来几天。”他并不想在生意上讲很多。

军官突然问道：“你做生意跑到这里来干什么？为什么要来闯我们的基地？”

“我没闯你们的基地，是你们抓我进来的。”

“你们从昨天到今天两天都试图进入我们的基地，不顾我们的警告。”

高诚讲述了刘朱夫妇的情况和来这里的目的，他仅是帮助他们而沙哈利是车被雇用的车主。他实事求是地讲，相信和沙哈利的说法一致。

军官问了刘朱两个人的情况。高诚对他们过去情况并不了解，只回答了这两天他知道的情况，其他不知道的都如实说不知道。

军官把想问的问完，最后说：“这里是军事禁区，现在又处在战争中，我们采取的措施是正当合理的。”说完摆手让士兵带高诚走。

高诚坐着没动，说：“什么时候放我走？”

军官皱了皱眉，说：“要把情况调查核实清楚，你等候处理吧。”

“你如果扣押我们，应该通知中国使馆，我有权要求你们通知使馆。”高诚有板有眼地说道。

军官不耐烦地挥手，让士兵带走高诚。没有再说话。

回到拘禁他们的空房，高诚心里有底了，精神上恢复了常态，还给了刘女士一个定心的眼神。

的确，刘女士的目的达到了。虽然过程有些惊心动魄，但终于进了军营见到了儿子所在部队的官兵了。可以和部队亲人促膝长谈，详尽了解儿子的信息，共谋救儿子的大计了。

两个士兵进来给他们端来午饭和水，给刘朱俩人解开了捆着的手。饭很简单，土豆泥和面包，铁碗盛着，水是瓶装水。

吃过饭审了朱先生。最后是刘女士。审她用了很长的时间，回来后她的心情没有明显的好转，还是陷入长长的思考。

临近傍晚，高诚以为今天不会放他们走了。一个士兵进来招呼他和沙哈利出去，带他们两个人上了军车。军车开出军营到哨卡路障处停下，士兵让他们下车。士兵把哨卡内停着的沙哈利的车开出哨卡，把他们身上搜出的东西还给他们，最后再次警告他们以后不许再来，就放他们开车走了。

高诚长出了一口气，心情松快了。事情出乎意料，他们被抓进去的时候把事情想得很严重，没有想到这么快就出来了。

沙哈利说，提审他的时候，他上来就把哥哥的电话号码给了那个军官。他们肯定和他哥哥联系过了，他认为这次这么快放出来和他哥哥有关系。他把车开上公路后，即打开手机跟哥哥取得联系，得到哥哥的肯定答复，并说只知道他们两个不知道还有其他人，所以只担保了他们俩人。

沙哈利的哥哥是内政部的一个官员，要说美军给多大面子倒不会，但核实了他们的身份排除了恐怖分子的可能。高诚认为还有一个原因就是，美军没有充分的理由扣押一个中国公民，这可能会引起不必要的外交麻烦，总之结果不错。他们没事，朱先生夫妇达到了目的。

他们依然去了维德家，当晚还是住在那里。

七

第二天早晨，高诚、沙哈利商量今天是否回喀布尔，如果回的话必须马上动身，否则天黑前就到不了喀布尔，那会很危险。

没有刘朱二人的消息，他们试着给刘女士的手机打电话，一直关机，估计手机还没还给他们。

俩人商量后决定再等一天，明天上午再没消息就回。

两个人各有各的心思。沙哈利货没到，生意上没什么事。而刘女士答应的包车钱还没给他，心里不踏实想等一等。

高诚给喀布尔旅行社打了电话，钱还没到，回去也没事，而心里的真实原因是玛丽亚这两天在外工作，听维德讲今天晚上回来，他想见上一面。因为一回喀布尔取了钱买了宝石就走了，将来什么时候再来阿富汗也没谱，而且即使来了阿富汗也没有和她见面的机会了。

当然，俩人心里的盘算谁都没好意思说出来。

这两天，惊心动魄和被捆被囚的意外经历并没有消退高诚对玛丽亚的兴趣，那双瞥见的蓝色碧玺般美丽的眼睛总在他的眼前浮现，遐想也总是无休止地去揭穿那被“布嘎”和围巾遮盖起来的神秘，勾勒出那隐藏起来的美丽。和她短短的接触，寥寥的谈话，却也透露出一个他所不了解的人生状态，一个新天地。这都让他好奇，磁石一样吸引着他。他也明白在阿富汗这种社会环境下和她相交的可能性几乎为零，可能就是一次留香的擦肩，甚至她的相貌也只能瞥见一个局部，只能在回忆中去放大想象，但这都消除不了他对她的兴趣和接近的愿望。

他们决定再等一天，但等在屋里又觉得无聊，俩人便开车出去逛街。随便地走了几条街，土房子土街道的没什么可看的，就去了维德所在的市场。把车停好后，他们步行进去。

这市场也属脏乱差一类，胡搭乱建高矮不齐的破房旧门脸。商品倒全，日用百货玩具服装，多是中国货，市场边上有菜摊水果摊，维德的摊位就在这里，一个小土门脸，里外两个货架，全是鲜货。一个货架是水果，一个货架是蔬菜。

两个人和维德聊了会儿天。

维德介绍讲，货是巴基斯坦和当地的，水果多是巴基斯坦的，只有葡萄是当地的。高诚问了问价格，水果蔬菜价格和北京差不多。

高诚突然想起这里会不会有卖宝石的，便问维德。

维德指给他说：“那边有几家卖便宜饰品的，那边有个商店卖金银首饰，有伊朗货和巴基斯坦的货，可能有镶宝石的。”

高诚顿时来了兴趣，拉了沙哈利去看，把这几家都看了。几家卖饰品的小店除了卖耳饰项链戒指等各种饰品外还卖一些伊斯兰的手串、挂件等装饰。价格便宜，高诚看了看基本都是义乌的货。那两家金店卖的都是货真价实的金银饰品，金银饰品的工艺复杂精致，据店主讲产自伊朗，确有各种宝石镶嵌的，价格总体讲还算公道。

这些店铺的商品显然不是高诚想要的。

进每个店铺他们都询问店主，这里有没有像喀布尔那样卖宝石原石裸石的门店。回答是否定的，不过他们讲好像有人曾拿宝石到店里来卖，这又勾起了高诚的兴趣。他想到穆加迪曾讲过他们的宝石主要是从民间收购的，这又给了他一个启示，如果能直接从民间收购，有这样的渠道从商业上讲可就太有利了。

他让沙哈利把电话号码留给了这几个门店的店主或店员，有人来卖宝石或听说有人有宝石要出售就给他们打电话。他又提了两个要求，只要碧玺和只要大的好的，一般的碧玺喀布尔有的是，没必要来这里收购。

拿了电话号码的这些人对这事都很有兴趣。

在这些门店里，高诚发现都有用不同材料打的隔断，有的把门店一分为二。最简陋的一家店，也用布幔拉开一个空间，沙哈利介绍说这是专门接待女顾客的，男人不能进。首饰店女人要露头露脸试戴，是不能让男人看的，所以要单设女部。

俩人就从这些封闭的女部聊起了阿富汗的风俗，也聊了喀布尔和坎大哈的不同，从吃午饭聊到开车回到住处。

阿富汗妇女从青少年开始就不能以面目示人，不能交男朋友，不能和男人交谈。在塔利班时期女人是不能单独外出的，虽然现在政权更替，政治制度也已改变，对妇女没有了法律上的强制性要求，但受宗教影响的风俗没有得到太大的改变。喀布尔变化大一些，很多妇女已不穿“布嘎”了，但都是四十岁以上的妇女在上班时不穿“布嘎”的。

坎大哈比喀布尔要保守得多，没有不穿“布嘎”的妇女，妇女也不允许和男人讲话，基本和过去差不多。喝酒也一样，喝酒虽然在喀布尔是禁止的，但在家里偷着偶尔喝酒的人不少，在坎大哈是没有的。

在其他方面两个城市差异也很大。比如民众在情绪上都反对美国，喀布尔主要是在政治上、民族上、宗教上弱一些，但坎大哈宗教方面要强于其他方面，而且反美情绪更大一些。对塔利班的态度也不一样，在喀布尔，不管你的民族政治派别是否相同，对塔利班基本是否定的，但在坎大哈，大多数人对塔利班却不持反对态度。

下午，高诚、沙哈利回房不久，玛丽亚回来了，比预计的时间提前了不少，她到家后即来到高诚所在的客厅。穿着“布嘎”的她还领着两个四五岁的孩子，是他叔叔的小孩，孩子手里拿着糖果，可能是她刚买回的。

见她进来，俩人赶紧把歪斜躺靠的身子端正起来，笑脸相迎。

她则离他们很远坐下，让两个孩子在她身边玩耍。

相互问好后，她问起刘朱的情况，听了高诚的讲述后，十分欣慰。

“太好了，他们的想法达到了，但愿他们以后顺利，能够救出他们的孩子。”

“是的，他们只是达到了第一步，以后事情还有很多。”

“我有些不明白，你们中国人为什么参加美国军队？”

“他们去美国移民，想取得美国国籍。”

“噢，是这样的。”

“你是在人道组织工作对吗？”

“对，是一个专门做对妇女的医疗援助工作的组织。阿富汗医疗条件很差，虽然国际社会援助建了些医院，但只是在喀布尔，其他地区都没有，特别是妇女看不上病，缺医少药，阿富汗的卫生条件又差，患病的又多得不到救治。”

“你们的工作很忙？”

“很忙。我们只是个非政府组织，能力有限，解决不了阿富汗的医疗保障问题，只是做一些力所能及的工作。”

“他们开工资给你？”

“是的，不开工资我怎么生活工作？”

“这是你叔叔家，你的家在哪里？喀布尔？”

“我去哪里工作哪就是我的家。”她的话带着风趣又含着苦涩。

这话给了高诚明确的信息，她没结婚。高诚想问她的父母，但没说出口。这样追问有些过分，而且能感觉到这个问题包涵了可能让人不悦的内容。

“为什么在家里还要穿上它？”他比划了一下，表示“布嘎”。

她笑了，说：“阿富汗女人在家里也不能见男客人的，我本不应该出来见你们的，所以要穿上，不然叔叔会不高兴的。”

“现在不是塔利班时期，这些不都变化了嘛。”

“喀布尔变化大，坎大哈还很保守。”

“可你在喀布尔也穿布嘎。”

“是，那是为了避免麻烦。大家都穿你不穿，会受到围观，甚至其他一些麻烦，而且穿上后工作也比较方便。”

“不过，我们这是第三次见面了，我还是不认识你，下次见面，我都无法认出你来。”

她又“咯、咯”地笑出声来，说：“我能认出你就可以了……你是这对夫妇的什么人？亲属？朋友？”

“不，我们认识不久，算是老乡吧。”

“你们不是一起坐飞机过来的吗？”

“是的，但是在飞机上才认识的。”

“噢，是这样，老乡？你们是一个城市的吗？”

“对，都是北京人。”

“北京！噢！北京很漂亮，我在电视上见过。”她赞叹的语调有些夸张。

沙哈利接过话，向她描绘了北京的城市建筑、道路交通、绿化鲜花以及和阿富汗的巨大差距，在阿富汗人眼里北京就像是梦幻中的天堂。

“真想也去北京看看。”

“为什么不去呢？欢迎你去看看。”

“我怎么去得了，我没有钱！”

“不需要多少钱，我可以接待你。”

“真的吗？你可以接待我？”

“当然了，我们是朋友。”

“你真的把我当朋友？谢谢你！”她又笑了，笑得有些感动。

“我把电话留给你，这里有什么事情需要帮忙，什么时候去中国，给我打电话好吗？”他把这里的电话打到了她的手机上，又拨了北京的手机号码。

“对了，我想起来了，你是从塔吉克上的飞机，对吧？”

“是啊，我就是……”她把话停住了。一会儿接着说：“我们这个组织过去在塔吉克工作。在塔利班时期，塔吉克有很多阿富汗难民，过去主要是对这些难民做救助，这两年才到阿富汗国内工作，我去那里办些事。”

高诚注意到了她说话的中断，可能这里面有她不愿披露的内容。

“那你做这项工作很长时间了。”

“十七岁就开始做这项工作了，其中还接受了两年的培训，工作时间不短了。”

“你呢？你做什么工作？来阿富汗干什么来了？”

“我做生意，来阿富汗进货来了。”

“来阿富汗进货？这里到处是中国产的商品。阿富汗有什么可以卖到中国？”

“宝石。我是做宝石生意的。”

“宝石！”她几乎是惊喜地说出这两个字。高诚看不到她的表情，只能从语调中判断出她心情的激动，在高诚看来这有些夸张。

“我去过喀布尔卖首饰的商店，那里有很多镶了宝石的首饰，五光十色的特别漂亮，我喜欢。”她延续着激动的心情。

高诚愕然，这个年龄的女性居然对宝石一无所知，居然和饰品零接触，她的语调就像是个激动的孩子，不用说她身上肯定没戴任何饰品。这怎么可能！

她身上只有那好闻的让人迷恋的香气，但今天坐得太远，他没有闻到。

“我在北京有个店铺，专门卖宝石的。”

“你太幸福了！每天和漂亮的宝石打交道，你的工作太幸福了！”

她的激动和赞叹让他高兴，也让他错愕。她的语调和情绪太天真了。

这时高诚的手机响了，是旅行社打来的，通知他钱到了。他朝沙哈利点点头，通知了电话的内容。

她坦然地问：“你很有钱吧？”

“生意不大，也没有很多钱。”

“有钱多好呀，想去哪儿去哪儿，想干什么干什么。”她并不掩饰她对富有的倾慕。

她话说得很随意，高诚的心里却有些发沉。

“你什么时候去喀布尔？”

“最近不去的，要过一段时间。”

“我们明天就走了，回喀布尔。”

“明天就走？你们不等等他们的消息？”

“我还有工作，就不等了。”

“什么时候回中国？”话里能听出她有些惋惜。

“到喀布尔办完事就回。”

她站起身，说：“我叔叔要回来了，看见我在这里他会不高兴的。好，那我们再见了。”说完领着孩子出去了。

道完再见的高诚立刻若有所失。再见的可能性几乎为零，恐怕再也没有掀开她的面纱一睹芳容的机会了。

她的声音还是那么抑扬清脆悦耳动听，讲话坦诚自然，没有任何矫揉造作，有时会感觉她很沧桑，有着超出一般女孩子的不凡经历和人生经验。有时又意外地那么青少年，单纯天真得让人惊异。

谈话中你会察觉到她内心的良善，对宝石饰品的喜爱和陌生，这巨大的落差，让人对她有种宝石没落尘埃的怜惜。高诚心里隐隐地有些酸楚。

第二天早晨，他们和维德道了别，刘女士已经预付了钱，还没用完，所以他们没再付钱。刘女士的行李还在这里，他们托付了维德看管，然后就开车上路了。

玛丽亚没出来道别。

俩人开车在路上，聊起了玛丽亚。

昨天谈的时间不短，但她依然神秘，沙哈利都感到了这一点。他介绍说，阿富汗有两个主要民族，普什图族和塔吉克族。通行两种语言，普什图语和达里语，也就是塔吉克语。普什图人讲普什图语，塔吉克人讲达里语。通晓这两种语言的人很少，男人都很少，女人几乎没有。而玛丽亚却通晓这两种语言，这真神了！要知道塔利班时期女孩子是不准上学的，她是怎么掌握的这两种语言？

不仅如此，她的俄语还非常好，确实不可思议。

她是不是在塔吉克学的？她说过十七岁在塔吉克就参加了人道救援组织，做阿富汗难民的工作。

沙哈利说有这种可能。

高诚突然产生了一个疑问："维德是她的亲叔叔吗？"

"这个我问过没错，她的姓、父称、部落都清楚的，是普什图族的姑娘。"

"她的父母是不是都不在了。"

"可能，阿富汗经历了二十二年的战争，现在还在打，家庭变故的很多，什么样的情况都有。"

沙哈利坏笑着看了高诚一眼，说："怎么，喜欢上这个姑娘了。"

"喜欢？我连她的脸都没见着，长什么样都不知道，怎么喜欢？"

"长得肯定漂亮，阿富汗漂亮女人多呵！在阿富汗跟在你们中国不一样，女人越漂亮越把自己罩上不让人看。不过你娶她有困难，阿富汗法律规定，娶阿富汗女人的外国人必须是穆斯林，你要娶她先要入伊斯兰教。"

"还有这种法律？"高诚感觉不可思议。

"怎么样？你要是不行的话，我可要追求她了。"

"你开什么玩笑？你有老婆孩子！"

"哈！我们阿富汗男人一生都在谈恋爱，娶了一个老婆再娶第二个老婆，可以娶四个甚至更多，七十岁可以娶十七岁的姑娘，比你们中国男人幸福多了。"

高诚知道沙哈利的话未必是真，不过是聊天，但还是说得他心里一阵阵发冷，甚至不想跟他再聊下去了。

旅行社取钱的地方在临街一个普通的平房院，虽有高墙电网，但在喀布尔这玩意儿很多，看上去和富家民居没什么不同。

沙哈利上前敲门，里面门卫打开门上的小窗口问了姓名和里面核实后才开门放他们俩人进来。进门后两个持枪的警察搜了他们的身，把沙哈利为今天取钱特地带在身上的手枪扣下放到门房的柜子里，出门再还他。

取钱很简单，报了姓名和密码，就把几摞美元交给了高诚。俩人一起数了一遍，把钱放入已备好的密码箱，再放入一个旧旅行包里怕引起人注意。

他们开车直接去了穆加迪家，接上穆加迪去了宝石市场，把订好的货按谈好的价格全部付款购入。由于有穆加迪盯着，所有订好的货都给他留着没卖。完事后，他们再开车去穆加迪家，把看好说定的十余块宝石也全部付款买下，剩下的小粒也答应下次来时陆续再拿。这样密码箱里的钱变成了一包包的碧玺宝石。

晚上饭后众人散去，高诚把密码箱打开，把布包摊开，里面姹紫嫣红宝光四射。他满心欢喜，挨个拿出来细细地观赏。看每个宝石的形状细节，看晶莹剔透的晶体品质，看鲜艳的颜色和彩虹般的变幻，品味碧玺流光溢彩的独特魅力，领略碧玺风情万种的活跃灵性。他反反复复地看，每一块都看得仔仔细细。看得他心潮起伏，兴奋激动，享受着沉溺在晶体光彩中的愉悦。

那块唯一的海蓝色碧玺，让他的心怦然跳动。他把宝石擦了又擦，让这碧玺的晶体更干净通透。由于是原石没经打磨，宝石的表面凹凸不平，随着他拿石的手动，碧玺的蓝光波动闪耀，仿佛是灵动的人的眼睛……

那是玛丽亚的眼睛。让人无法忘怀摄人魂魄的美丽的蓝色眼睛……

可惜再也见不到了。缘分如此，只让他窥见那碧玺般的眼睛，而去永远想象她的容貌。

上午高诚先去买了机票，后天的。然后去城边上的外国人免税商店，给爸爸姐夫买了烟酒，还给沙哈利买了几瓶酒。下午去那卖纪念品的一条街，给姐姐买了一块小挂毯，给妈妈买了条手织的围巾。

晚上穆加迪提醒：“你还要办海关手续，不然海关不让你出。”

搞得高诚一怔。

沙哈利不以为然，说：“让我哥哥送你，或在机场找个熟人，就过去了。”

高诚觉得还是办一下好，心里踏实，还有一天时间来得及，穆加迪也觉得办一下好。手续简单也花不了多少钱，就是由市场开一个购物票到税务部门盖一个章，然后到文物管理部门开一个准许出口的证明。

听着简单，但办起来还是费了一天的时间。到哪都是耽搁，办事效率太低。而且在正常收费以外还要给办事人员一些钱，不多，每人十个美元，这才给你办下来，到下午总算全办完了。

沙哈利说好晚上给他摆送行宴，请来了一些人做陪，高诚不想让沙哈利过于破费，便在回家路上买了烤鸡烤肉水果和饮料。回到家后，趁着家里还没来人，他先把刘女士答应的雇车费给了沙哈利，总不能让人帮忙还搭费用，毕竟这是中国人的事。虽然这钱给得他自己也懊恼。然后又甩给沙哈利三百美元，到这里来吃住行麻烦他不少。毕竟这次来是商业行为，不能你挣钱让别人干受累，应该给些补偿。对这三百美元，沙哈利死活不要，争执了一会儿还是收了。

晚上的送行宴还是原班人马。吃饭聊天，大家和高诚都熟了，也就更加的肆意热络。最后吃到很晚才散去。

高诚躺下睡觉时，查看手机发现有两个未接电话，是吃饭时太乱没听到，打开一看，竟是玛丽亚打来的！·

他立刻爬了起来，心里跳个不停，把电话回拨过去，却打不通，那边关机。看看时间已快半夜了，估计她早就睡下了。

他懊悔不已。埋怨自己净顾吃饭聊天没听到铃声，继而又猜想她来电话的目的。思来想去的搞得心神不宁，一直到后半夜才慢慢睡着。

早晨醒来第一件事就是给玛丽亚打电话。

电话通了，他心里一阵惊喜，问过好后，他就迫不及待地为没接电话而道歉。

玛丽亚并未在意，说："是这样，昨天听到一个消息，你的那两位朋友一直在军营里被扣押着，所以急着告诉你。"

"什么？"他想了半夜也没想到她打电话是因为这个。

"怎么会这样？"

"是我叔叔的一个朋友，去军营里干活儿，听翻译讲的。据说最近还要对他们审查处理，送美军的监狱或是当地的监狱。我想应该告诉你，现在只有你能帮他们了。"

"我……我怎么帮他们？"

"找中国大使馆啊，只有中国大使馆出面才能解决问题。"

"噢，好吧，谢谢你啊。"

"有什么消息我再给你打电话。"

二人互道了再见把电话挂了。

这是个新情况，她说得对，只有他能帮他们了。都是中国人，断没有袖手旁观的道理。他是中午十二点的飞机，去大使馆有时间，谈完直接去机场来得及。

高诚迅速把箱包收拾好，也没吃早饭，拉了沙哈利开车直接去了中国大使馆。

这中国大使馆高墙深院建筑宏伟，在喀布尔真可算得上气派。他们来得早，还没有开门。侧门领事部门口很多人排成一条长龙等着办签证。高诚拿着护照找看门的警察，想说服他开门后首先进去，警察不干，指指队尾让高诚去排队。

九点钟大使馆开门，警察几个人一拨地往里放人。高诚一看不行，这样的话肯定赶不上飞机了，拿了机票又去找警察，说了半天终于让他进去了。

进了领事部大厅，到接待窗口往里打了个招呼，里面一位三十出头和他年岁差不多的男同志应承。

“中国人，什么事？”

俩人互问了姓名，这位工作人员姓张。

高诚想简化一下叙述，把最重要的放在前面讲。他说：“和我同机一起过来的一对夫妇，前几天让美军给扣押了，一直没放出来。听说还要处理他们……”

张同志听到这里打断了他的话，说：“什么？什么？把咱们人扣了！你进来说吧。”他过去打开了门，请高诚进办公室坐下谈。

高诚把事情的来龙去脉和被扣的过程叙述了一遍，说着说着眼见着张同志越听越泄气，没了刚才义不容辞的冲动。

“噢……这么回事呀。这事有点绕，我重复一遍啊。这对夫妇持中国护照美国绿卡，儿子在美军当兵，在阿富汗被塔利班俘虏了。夫妇俩去美军军营想让美军去营救他们的儿子，让美军给扣押了，是这样吧。”这位张同志的思路非常清晰。

“对！对！就是这么回事。”

“这……这……哎呀……这……”张同志半天没说出一句整话来，也可能是碍于外交官的身份不好说。

他态度上明显地变得消极，说：“行了，我去跟领事汇报一下。你在这儿等一等。”起身从里门出去了。

他临出门时笑了笑，挺客气地说了一句评价：“美国大片看多了。”摇了摇头。

高诚完全理解他的态度。作为外交官国家代表职责所在不能不管。但从个人情感来说这事着实别扭，若是无缘无故美军抓扣中国公民交涉起来理直气壮，现在这种情况交涉起来不硬气，让人气馁。

领事进来又让高诚叙述一遍，没做什么评价，问了问他的一些情况，看了看他的护照，然后让他写了一份材料，注明刘朱二人的姓名、抓扣的时间地点、他的姓名和联系方式。

送高诚走时领事说：“我们先要了解核实一下情况，如果属实我们会去交涉解决。有情况随时电话联系。”

出了使馆一看手机时间，11点10分了，肯定晚了赶不上飞机了，弄得高诚心里这个烦，真是多一事不如少一事。

得了，也别去机场了，去售票处退票吧。售票处就在中国大使馆附近，到那退了票，退票又损失了一百美元。比这更让高诚心烦的是下一航班要一个星期以后，这一耽误就是七天。

他还要在这里待上七天。

高诚先给玛丽亚打了个电话。事情办了要知会一声，末了说了因为办这事耽误了飞机，今天没有走成，还要在阿富汗待一周。

她对于耽误了飞机仅表达了惊讶，对他没走成反倒有些欣喜，问他什么时间去坎大哈。

他没有去坎大哈的安排，没有理由。

高诚感觉到了她的失望。

再就是要给妈妈打个电话，实话实说太复杂，电话里很难说清楚，只能编一个瞎话。他想了想后跟妈妈讲，有人给介绍了一块非常好价格又便宜的宝石，约好明天看货所以退了机票，妈妈怪了他两句但相信了他的话，叮嘱他注意安全。

打完电话，他心里轻松了一些。

此时，正在开车的沙哈利接到一个电话，是坎大哈市场卖饰品的一个店主打来的，说是有一块宝石问他们要不要看看。

高诚问是不是碧玺，个大不大颜色好不好。

对方的答复是肯定的。

他们约好过去看看。

没想到编给妈妈的瞎话居然成真，高诚不禁哑然失笑，没准是老天的刻意安排。

八

到坎大哈已经是傍晚了。

路上高诚给玛丽亚打了几次电话都没打通，快进城时打通了。

她不掩饰对他到来的惊喜，力邀他们继续到叔叔家去住，但她并不在坎大哈而是在附近的一个小镇里工作，她明天回坎大哈。

维德接待他们依然客客气气的，俩人买些食品作为礼物交给他，一起简单地吃了饭。

维德说了听到的刘朱夫妇的情况。

高诚也说了大使馆正在交涉，让他再打听一下看看有什么新情况。

第二天上午他们到了市场找到了那个店主。宝石并不在他店里，是他打听到有人有一块非常好的碧玺要出卖。他本人并没有见到，说不上来颜色大小形状，让乘兴而来的高诚有些扫兴，多少有点被骗的感觉。也减弱了对这块碧玺的期待。

店主的要价也高。带他们见面，生意没成给他一百美元，生意成了给二百美元。高诚答应了他的要求，店主这才打电话联系，约好了地点时间，然后跟沙哈利说了方向路径，一起开车上路。出了坎大哈城沿公路走了约三四十公里，这店主示意让车停在一个路口，又打电话联系，按电话的指示拐进一个路口上了一条土路。沙哈利赶紧把窗升起关上，这路车走起来暴土扬尘。走了一段土路看到前面有个村庄，村口有一个年轻男子骑着一辆旧式摩托车立在树旁，店主打开窗探身打了个招呼，这年轻人启动摩托车前面带路，汽车跟在后面进了村。村子看上去房子不多，稀稀落落地散布在凸凹不平的土地上。全是土坯房，房子低矮，院子很大，有绿树遮掩，村子里见不到人，空旷静寂。

沙哈利边开车边左右观察，样子看上去有些发毛胆怯。

高诚却心里踏实，知道不会出什么事。一来他们来得突然，没人知道他们来的时间。二来这是看货，也没有带钱来。

车拐到一个院子前停下，院子像是新盖的，一位三十多岁大胡子的壮年汉子开门迎他们进门，自然相互见面还是没完没了的寒暄。进屋见一位老汉端坐在坐褥上，花白长须，戴白布“土班”（普什图男人用布缠头的一种样式），面容和善。落座后，老人打开身边的布包，捧出一块圆柱晶体，交与高诚。

这是一块不规则圆柱晶体，直径在五厘米以上，圆柱通体深绿，有纵纹路通透性好像差一些，上下两个底面却是红色。原来这是一块双色碧玺，通常双色碧玺是两个颜色分开各占一边，而这个双色碧玺却是绿色把红色卷包在中央。从两个底面看得很清楚，外皮的绿色约半厘米厚，把红色环绕在中心。而圆柱形的外表则是全绿色，看不到内里的红色。绿色比翠绿深些，红色比粉红深，是浅桃红的红色。整个晶体是一个晶体，颜色却奇妙地分成内外两层，且把红色完整地包裹在中间，让人赞叹天地造化的神奇！

高诚看罢大为惊喜！心里狂跳，激动不已！

他认得，这是一块西瓜碧玺！

这是他头一次见到西瓜碧玺，过去只是听说过，见过照片，实物还是头一次见到。

据传说慈禧太后对碧玺情有独钟，收藏了超过一吨重的碧玺制品。她有一个枕头就是由外表青绿、内芯紫红的西瓜碧玺雕琢而成，她的殉葬品中有一朵用西瓜碧玺雕琢而成的莲花，重三十六点八钱，价值七十五万两白银。现在这块西瓜碧玺虽然不大，但个头也属稀罕了，颜色也好，无论从哪个方面讲都是难得一见的珍品。这次来能见到如此宝物太幸运了！是必购的珍品！而且买回去可称镇店之宝！

老人家报价：一万三千美元。

高诚心中又是一喜，这个价格太便宜了。只是现在手里钱已经用完，而且家里的钱也全汇过来了，一万三千美元家里应该能够筹到，也必须筹到，但需要时间。高诚实话实说地跟老人说了情况，同意这个价格但要七天时间才能付款成交。

老人思忖了一下，和壮年汉子又商议了几句，点头同意了，但要求付定金。高诚拿出两百美元交给他，老人皱眉嫌少，沙哈利从中协调说了半天，老人最终同意了。

回到维德家，高诚给姐姐打了电话，姐姐讲这几天销售不好，又打了一些费用，现在手里没多少钱，家里的钱也给他汇过来了。不过有个客户想买上次沙哈利带过去的那三块碧玺，出的价低没谈拢，如果急需用钱的话，就降些价卖给他，钱也就差不多了。高诚同意了，叫姐姐尽快办。

那西瓜碧玺看在高诚眼里就拔不出来了，一直就在他的眼前。他觉得这块宝石和他有缘，很可能是这宝石让他误了班机，生生从飞机上把他拉了回来。也是帮忙做好事老天给他的补偿，机缘巧合，踏破铁鞋无觅处，缘分到了，这宝石就有人往你怀里送。现在钱有谱了，没有了和这宝物结缘的任何障碍，他高兴的心情可想而知。

沙哈利接到了弟弟的电话，告诉他有货到了，沙哈利和高诚商量，弟弟可以提货没问题，但货的品种价格弟弟不清楚，他必须要回去。高诚看到了宝石，这里也没什么事，俩人决定明早回喀布尔。

这时高诚接到使馆张同志的电话，说刘朱夫妇的事已经交涉过了，美军同意放人，让高诚把后面的情况反馈给使馆。如果两天后还不放，使馆会去继续交涉，如果放了也告诉使馆一声，另外让他做做工作劝他们不要继续留在阿富汗了，尽早回去。

接完电话，高诚对明天回喀布尔又有了些犹豫，如果他们放出来了，不就错过了吗？

玛丽亚回来了，和上次一样穿着“布嘎”领着两个孩子，孩子手里依然拿着糖果。

听说高诚订下了一块宝石珍品，她表示了祝贺。高诚描述那碧玺的美丽和颜色的神奇变化，引起她的惊叹和赞美，并要高诚在宝石到后一定要让她看一看。听到刘朱夫妇即将获释的消息，她同样表达了高兴。对于他们明天回喀布尔的打算，她却表达了不同意见，说应该等一等，如果高诚走了，他们语言上不通无法交流。三个人商量了一下，决定沙哈利回喀布尔，高诚一个人留下来等刘朱两位。

今天玛丽亚回来比上次晚，没谈多久就告辞回她的屋了，理由也是叔叔就要回家了。

高诚觉得玛丽亚见到他很高兴，谈话聊天明显地表现出了开心愉快，这个判断给了他和得到好的宝石一样的心情。

刘朱两位在第二天的下午才给放出来，由于说不清维德家的地址给高诚打了电话，听说高诚在坎大哈等候他们，十分感动。高诚打了车把他们接了过来。

两个人原本瘦弱的身体变得更加紧凑，头发很乱，白发明显增加，面容憔悴，情绪极其低落。回来后二人洗了洗脸，简单地梳理了一下。坐下来喝着茶。对于这几天里面的经历，他们不愿意提及，甚至没有讲话欲望，只是在高诚提问的情况下，简单地做了回答。

第一天审问他们问得很详细，以后两天把他们关入一个密封的小房子就没人再理他们。他们喊叫吵闹还和卫兵发生了冲突，结果再次被捆绑。过段时间一个军官过来对他们说已经向上级报告了他们的情况，正在等上级回复。并跟他们说朱小京的部队已经轮换走了，新的部队也不了解朱小京被俘的情况，也没法核准他们是否是朱小京的父母，而且他们不是美国公民。所以要对他们进行审查还要追究他们闯军营的法律责任。士兵给他们松了绑，但警告不要喊叫喧哗，否则会受到严厉的处罚。美军对他们的要求根本没做任何回应。以后就没人再理他们，直到今天被强力带出放了。

这次对他们的打击是致命的，他们营救儿子的希望最终破灭了，满门心思全部努力归了零。他们到处碰壁，灰头土脸，看不到任何希望，看不到任何出路。在他们的脸上你读到了什么是心灰意冷，什么是失魂落魄。

高诚介绍了维德的闻讯、玛丽亚的电话、他耽误了飞机，以及与使馆的交涉。

刘朱夫妇二人听进去了但没有情绪上的反应，对高诚的损失也没有做出歉意的表示，最后只是木讷地道了个谢。

高诚给使馆张同志打了电话，说了情况道了谢，张同志再次强调做做工作让他们离开阿富汗。高诚向朱先生做了转达。

晚饭的气氛也是沉重的，其间维德讲了话，可谁也听不懂也没人听得进去。

不过高诚的心情是好的，姐姐打来了电话，说那三块碧玺降价卖出了，他需要的钱凑齐了，明天换成美元给他汇过来。

饭后，玛丽亚过来了，是维德叫她过来的，可能是他有话讲，需要玛丽亚做翻译，当然她还是罩在“布嘎”里。

玛丽亚先对朱先生夫妇表达了充分的同情，然后又多愁善感地说：“不知道阿富汗什么时候才能结束这些灾难，战争、屠杀，绑架。我们这个人道组织里一个瑞士的妇女被绑架了，一年多了没有消息，不知死活。”

“你们阿富汗人被绑架的人多吗？”高诚问道。

“多，太多了，成千上万。在人数上外国人没多少。”维德讲道。

“这么多？！他们绑架为什么？要赎金？”

“就是。”

“你们政府对这种事怎么办？不管吗？”高诚聊着天，并大致给张女士他们翻译。

“不管，管不过来，太多了。阿富汗的军队和警察只能保护政府，保护喀布尔和几条公路。”

“塔利班现在还有这么多吗？”

“干绑架的不全是塔利班，阿富汗武装组织很多，都说自己是塔利班。”

“给赎金都能放人吗？”

“都放，没听说给赎金不放的。”维德指了指刘朱夫妇。“他们这件事我就说找军队没用，他们怎么办？人在哪儿都不知道，大规模出动军队去救一个人，不可能；又不会付赎金。没用，不如想其他办法。”

“其他办法？”

“想办法联系上塔利班，付钱赎人，这样靠谱。”维德正襟危坐指点江山。

“付赎金？”高诚把话翻译完想了想。这事难度太大，让这两个不懂语言的半老夫妇两眼一抹黑做这事，难以想象，几乎是不可能的。高诚盯着刘女士，担心她对维德的建议又感兴趣上心。

刘女士一直缄默，对高诚翻译的话有时轻点一下头，好像在听，但那木讷的表情和失神的双眼又让人觉得她什么也没听到。而朱先生则干脆眼睛一闭坐在地上，身体里除了心跳仿佛其他都停止了。

高诚托维德明早包租一辆车，让他们一早就出发去喀布尔。

玛丽亚表达了对他们明天走的惋惜，随后又为几天后高诚会再来取宝石而喜悦，叮嘱说一定让她看看那块美丽神奇的碧玺。

高诚的回答自然让她满意。

早晨起来，高诚即为出发做准备。刘女士拦住他，他这才发现，刘女士变了，和昨天几乎判若俩人。一顿饭一宿觉没有改变她面庞的形状，却改变了她的精神状态。精气神重新占领了原来的阵地。朱先生也如此，正陷入费神的长长的思考。

刘女士对高诚说：“高先生，我们暂时先不走。我想和你谈一谈。”

高诚忙去把订好的汽车退掉，回来坐下听她讲话。

“小京出事后，我们曾经在网上和俘获小京的塔利班有过一次联系。当时塔利班同意我们付赎金就可以放人，但提的赎金数额太高，我们根本不可能筹到。我们找国防部和美国政府一些部门，想让他们出钱赎人，都被拒绝。我们找媒体和一些非政府组织，请求他们呼吁捐钱赎人，没人理我们。高先生，我们没有钱，如果有钱，小京也不会去当兵了……”

说到伤心处，刘女士的眼泪又落了下来。

高诚问：“和塔利班以后又联系了吗？”

“断了，再也联系不上了。我估计我们的电脑网络手机电话全部被联邦调查局控制窃听了。到这里来我们也是想求美军和抓小京的塔利班联系上，用塔利班的俘虏换或是用赎金赎回小京现在我们知道这根本就是不可能的了。昨天他们的话提醒了我们，我们决定自己做这件事情。”

“但是，这很难。”高诚劝阻说。

“我知道，但我们没有了其他希望。难，我们也要去做的。高先生，能不能在这多待两天，帮我们做些翻译？”

高诚点头答应了，虽然对这事他并不看好。

维德白天要出摊卖菜，玛丽亚白天要工作，高诚的翻译工作只能在晚上他们回来才上班，白天没事。刘朱两位一直在屋里低声讨论。高诚待着无聊。想着一人去逛街，没想到刘女士要一起去。仨人便一起遛起了大街。走在街上他们二位东瞧西看地观察着坎大哈这个城市。

姐姐打来电话，告诉高诚钱已汇出，他心里高兴，那西瓜碧玺几乎就要到手了。

刘女士听了一耳朵他们的电话，问了问他汇款的具体情况。高诚明白，他们是对将来赎金汇款做准备。

跟昨天一样，玛丽亚晚饭后才过来，仍然穿着“布嘎”。

维德延续昨晚的话题，讲了很多绑票救赎的故事。他在市场上卖菜水果，听到这方面大量的消息，说起来没完没了。

刘女士不得不进行干预，打断了他的叙述，说：“我的孩子是战俘，有没有付赎金释放战俘的。”

“有。”维德给了肯定的答复，讲述了阿富汗军队的一名军官，在塔利班的袭击中被俘，政府不管，家里筹钱交了赎金给释放了。

“可他是阿富汗人，有没有美军或北约的士兵这样给释放的？”

“一样的，关键是谈判，找到抓你儿子的人谈判。”

的确这是事情的关键，但这个目标显然并不容易达到，刘女士提出了她的问题：

“怎么找到他们呢和他们联系上呢？”

“阿富汗人被绑架，绑匪都知道他们家里人的手机号码，打个电话就联系上了。你们这个情况特殊，你要想办法让他们知道你们的电话。可以利用互联网，我也可以在市场上帮你们打听。”

“我们想找一个会英语的翻译，最好年轻一点会使用电脑。而且我们可以住在他们家，这样比较方便，我们每天付钱给他。”刘女士说道。

看来他们已经有了打算。

“可以，我帮你们找。另外你们可以印一些寻人启事发放或张贴。在街上到处有这样的寻人启事，人丢了失踪了，这样都可以找到他们。”

“不行！这样会有很多假冒的骗钱的人来。”高诚持有异议。

“这需要甄别，要能提供被抓的人的准确信息，还有活着的证据，不然是不能付钱给他们的。”

刘女士一边听一边思考，她已然做出了决定，只是在思考细节和方法。她又问：“赎金一般要多少？”

“我听说的都不一样，有一万美元的，有五万美元的，绑阿富汗人我听说最多就是五万美元。开始要价非常高，阿富汗人哪去找那么多钱，所以这些钱也就放人了。你们外国人赎金肯定高，我听说有外国人用了几十万美元赎金才放人。这事要谈判，千万不能他们要多少就给多少。”

刘女士一边听一边思考，她的面容愈来愈严峻，目光愈加的坚定。高诚看得出，她已经抛弃了对其他方面的指望，下定决心另辟道路自己干，去营救她的儿子，竭尽全力，做拼死一搏。高诚想劝劝她，但知道没有用，也就不再多说。

第二天中午刚过，维德骑着摩托车带回一人，介绍给刘女士，是个二十岁的年轻人，长得白净，人也规矩，和高诚说了几句，英语也不错，他的父亲因病故去，他是家里的长子，家里主要靠他在市场帮人卖货和妈妈妹妹在家里帮人织毛毯维持生活，经济上比较困难，所以很愿意揽下刘女士的这份工作。

刘女士对这年轻人很满意，谈好了吃住费用和做翻译的工资，夫妇二人就收拾东西搬过去了。高诚帮他们拿着行李陪他们过去。打了个车没走多远就到了，一进院门能看出来这家人境况比维德家差很多。不过也无所谓，阿富汗人家家屋里都是四壁皆空，一圈坐褥而已。把他们安顿好，高诚就告辞回维德家去住。

刘女士想留高诚在这儿住，他没答应。跟他们在一起心情过于沉重，况且也只有一天时间，明天就回喀布尔了，而且晚上可能还有和玛丽亚聊天的机会。

果然有了高诚企望的机会，而且几乎就是单独的见面。玛丽亚回家后即来到他的房间。遗憾的是她仍然没有露脸，还领着两个孩子。

她还问了刘朱夫妇的情况，祈盼他们能够如愿救出自己的孩子。

高诚却对这事不乐观。

玛丽亚不这样看，觉得可能性非常大，因为绝大多数人获释都是因为付了赎金。

高诚赞叹她的俄语说得真好。

她“格格”笑着，说高诚的俄语说得不好，很多单词都读得不对。

他问：“你的俄语这么好，在哪学的？”

“在哪学的？哈……我是俄罗斯人！”

“什么？”高诚惊诧得差点儿没站起来，瞪着眼睛想了半天也没弄出个所以然来，“这怎么可能？！”

看着他傻呆呆的样子，玛丽亚笑得前仰后合，说：“怎么不可能……告诉你吧，我妈妈是俄罗斯人，爸爸是普什图人。”

“噢！”高诚恍然。“那他们……”话刚一出口就立刻止住了，他想起来这里可能有让玛丽亚伤感的内容。

“你呢？在哪儿学的俄语。”

“我是跟俄罗斯人做生意学的，没上过学。”

“噢，那可就说得不错了。”

“你既是俄罗斯人，为什么还要穿这个？”

“过去不穿，但总受到围观和骚扰，工作也不方便，后来就穿着了。坎大哈这里不行，不穿会很麻烦，没法外出和工作，我叔叔很保守，不穿他会不高兴的，我毕竟也是阿富汗女人。”

俩人聊天是愉快的，彼此都是同样的感觉。高诚甚至觉得俩人的心理距离已经很近，而且越来越近。正因如此，他提出了有些冲动的要求。

“你看现在只有我们俩人，能不能脱下它，让我看看你的脸。”

她笑了，她被那幽灵般的袍子罩着，笑声却透着十分明媚。说：“真不行，叔叔会生气的，这样吧，下次喀布尔我们见面，我一定不穿。”

“一定？”

“一定！”

高诚觉得除了她所说的叔叔的原因之外，也可能是因为没有在衣服妆扮上做展示容貌的准备，不情愿这样做，所以也不好强求。

“听说你们中国一对夫妇只允许生一个小孩？”

“这你也知道？”

“当然知道，你也只有一个小孩吧？”

“我没有小孩，因为我没有老婆。”

她笑了，不知道是因为高诚说话的风趣还是因为知道了他的婚姻状况感到高兴。

“你什么时候走？”

“明天走，三四天之内再过来把那块碧玺买到手。”

“过来后继续住这里，我和叔叔说好。到时一定让我看看你那宝贝。”

“一定。”

她变得有些吞吞吐吐，半天才说：“有件事情请你帮忙可以吗？”

高诚自然积极性很高，“当然可以，什么事？”

“我急需要两百美元，叔叔这里不够，你能不能借我，过几天你过来时我就还你。”

“可以。”高诚立刻拿出钱包抽出二百美元，交给她，“二百够吗？”

“够了，谢谢。”她伸手拿过了钱。

高诚又看到了她的手，白玉般的手，漂亮而且年轻。

“叔叔快回来了，我走了。”她领着孩子告辞出去了。

一晚上高诚兴奋不已，快乐充盈。他为能借钱帮她而高兴，为他们之间关系的明显贴近而兴奋，她俄罗斯人的身份又让他没有了很多顾虑。这时他真真正正地觉得一场艳遇开始了。帷幕拉开，一场如碧玺般多姿多彩的情缘喜剧行将演出。

早晨，维德骑着摩托车把他送上了长途汽车，坐那条件恶劣的汽车，一路颠簸，晚上到了喀布尔。

取钱十分顺利，仅隔了一天高诚又回到了坎大哈，玛丽亚当天没有回家，维德说她在几十公里外的农村工作。

沙哈利是开车过来的，他对这次收购极为担心高度紧张，这种情绪也影响了高诚。这是极其危险的地区，塔利班和其他反政府及反美武装频繁出没，遭抢劫的危险随时都可能出现。来之前沙哈利特地让内政部的哥哥给他开了一封持枪证明，他把手枪带在了身上。到坎大哈后，他几次和那个店主联系商量，要他们在坎大哈市内交货。对方死活不同意，店主解释说他们也害怕遭劫。没办法他们只能还去货主家交易，只有处处小心随机应变了。

他们开车出发，特地在坎大哈街里转了个弯，看看确实没有跟踪后才直奔那个村庄而去。以后的交易却十分顺利，除了老头儿钱点得太慢，横着一张一张的点，翻来覆去总点不对。耽误了一些时间外，一直到高诚揣着宝石回到坎大哈维德家都没有发生任何状况。整个过程平静得就像嘲笑他们的紧张完全是思虑过度的自扰而已。

到了房间，俩人心神甫定。高诚捧出那块西瓜碧玺，如获至宝，心情激动，乐不可支。他凑在灯光下从各个侧面各个角度细细地观看，真是罕见的宝物。这碧玺外皮的绿色晶莹闪透，内心的红色鲜艳深邃，内芯和外皮两种颜色的变化不像一般双色碧玺那般稍有过度，而是变化分明，两色在同一晶体上断然分开，精巧而神奇，让人觉得不可思议，拍案叫绝。他细细地欣赏那繁复的颜色变化，不同角度的晶体光芒的闪烁，沉溺其间乐在其间。

高诚盼着玛丽亚回家，和他一起把玩欣赏这亿万年天地淬炼的神奇晶体，享受那彩虹般瑰丽变幻给人的惊喜愉悦。

玛丽亚没有回来。

他感到了莫大的缺憾。

九

原本以为只耽误一周，因买这块西瓜碧玺又错过了班机，一下错后了两班。回喀布尔后还有几天时间，高诚每天除了更细致地把玩采购的所有宝石外无事可做。

玛丽亚仍然让他念念不忘。奇怪的是一点消息都没有，她知道他的电话号码，打个电话很方便，可一个电话也没有。开始两天高诚想主动打电话给她，怕她误会他是为了要那二百美元打的电话。其实那二百美元他根本没放在心上。这以后他又坐不住了，主动打了电话，可电话不通。

晚上高诚和沙哈利喝了点酒，聊起了玛丽亚。

沙哈利听说她借钱的事立刻判断说："完了，她准是说一些可怜兮兮的话让你同情，然后向你借钱。"

高诚回想了一下，她的确让他怜惜，但没觉得她刻意为借钱而进行情感铺垫。

"这些个女人都这样，在你快走了说些让你怜悯同情的话，向你借钱。你要走了没时间跟她要，这钱她肯定不会还，而且你还见不到她了。"沙哈利的讲话经验老到。

“二百美元不至于吧。”

“这是阿富汗！二百美元是大钱。普通人每月工资不过二、三十美元。”

沙哈利的话有他的道理。高诚虽说心里有了芥蒂和疑惑，但还是不完全相信。

以后几天还是没有消息。

最后一晚沙哈利仍给他摆了送行宴。饭后他给了沙哈利五百美元酬谢，这次来多亏沙哈利的帮助，让他采购到这么多难得的珍品，还获得了西瓜碧玺这样的至宝。沙哈利推辞半天还是接受了。

睡前，玛丽亚那海蓝色碧玺般的眼睛又在高诚眼前闪现，还是让他怦然心动。这时他才意识到他们不可能见面了。失望灰心占据了他的心境，失落感甚至很大地抵消了他得到这么多珍贵宝石的喜悦。

此时手机响了。他一阵激动，打开一看却是刘女士。

刘女士说事情有进展，可能要汇钱，请他帮助联系她的弟弟，帮助她换钱汇钱，并用短信发来了她弟弟的电话和地址。

合上手机，高诚自嘲地笑叹了一声，以为是玛丽亚，白激动了。此时他彻底失望了，看来和玛丽亚注定是一次路遇的擦肩而过，没那个缘分。甚至没看到她的真容全貌。留下的不是怀念而是轻轻的一声叹息。

第二天早晨，他收拾好箱包，和沙哈利一起吃早饭。

这时电话响了。他拿起一看，竟是玛丽亚。

他已经放弃了她会来电话的期待，电话却来了，他激动得站了起来，口中的鸡蛋一口吞了下去，连忙问了声好。

“你还没走，太好了！我在喀布尔，昨天晚上到的。”

“我今天中午的飞机，一会儿就要去机场了。”

“哟！太不巧了！我本来要见你的，”她的失望表现得很清楚。

“我一直等你的电话。”

“我工作的地方没电，信号也不好，打不了电话，手机充不上电。”她懊悔的情绪是明显的。

“太遗憾了。我到坎大哈你叔叔家，没见到你。到喀布尔一直等你。还给你打过几个电话。我一直等你想见到你。”

“你几点的飞机？”

“十二点。”

“那好，还有时间，你看这样行吗？你们开车拐个弯，我在路口等你们，拉上我，我到机场送你。”

“这太好了！就这样。”高诚的心一下激动起来。

玛丽亚向沙哈利讲了具体地点。

通完电话，高诚的内心又变得充盈，浑身充满了力量。他把盘中的碎馕和煎蛋几口吞了下去，回味着和她的通话，设想着即将到来的激动人心的见面。

玛丽亚并没提到钱，他也没想到钱，只想知道她不是为了借钱和他套近乎就完了，他根本没想再拿回这钱。

吃完饭，两个人拿着提包上车，高诚和沙哈利家所有男性成员拥抱道别，上车提早出发了。

坐上车行在路上，高诚满脑子想的都是期待已久的会面，猜测着她会说什么，会不会兑现诺言掀开她脸前的遮盖，是否真如他想象的那般漂亮，还是让他大失所望？这时他的心情就如同花了大价钱买蒙头料切开揭晓前时的忐忑不宁。

大街上车不少，车随着车流走得不快也不慢，即将到达约定路口时，突然地，惊心动魄的一幕瞬间发生……

前面突然爆起冲天的蘑菇云，浓烟裹挟着火红的烈焰，紧跟着是天崩地裂般的爆炸声，巨大的声浪盖过城市街区，摧毁着地面上的一切，然后就是大地剧烈的震颤，震颤后的大地仿佛已然酥碎……

这是一次强烈的爆炸。令人恐怖的生命瞬间毁灭……

身临其境，目睹这一切的高诚被这爆炸震撼得魂飞魄散。他离的远没有受伤，却觉得肝胆俱裂、眼耳失聪，龟缩在座椅上浑身抖颤手足失措。

大惊失色的沙哈利踩住刹车，后面的车追尾顶了他的车，他跑下来看了看损坏的不重，朝后车大喊了几嗓子，又立即回车调头后撤。

街上的人们惊恐地乱窜，路上的汽车横七竖八碰撞交错在一起。街道上全部是喧嚣嘈杂和纷乱。

沙哈利把头伸出车窗吼着挥着手，一寸寸地动着车艰难地调头……

高诚的神智一点点地恢复，意识到了现在这个局面有些混乱，又想起了到这里来的目的。他想到了玛丽亚，想到这种情况下他们肯定无法见面，只能调头直接去机场了。他觉得应该打个电话说一下，电话却打不通。

沙哈利见他打电话，说："有恐怖袭击，手机信号全断！"

他想了想，没办法联系只好作罢。看看手机上的时间离和玛丽亚约定见面的时间还差了几分钟。这时他突然想到发生爆炸的地点就是他们约定的那个路口或者离得很近，如果她到了那里或者正在走近那里发生了爆炸……

不好！她会不会被爆炸所波及，或者……

他猛然清醒，意识到了玛丽亚的危险！意识到了她可能遇到了可怕局面！他的心脏突地抽紧，身体蓦地产生了一股强大的力量，推开车门挺身下车，向爆炸的方向冲去，惊得沙哈利探身出来叫他。

他回身叫沙哈利调头后把车开到前面等他。

然后他毫不犹豫向那烈焰浓烟跑去。街道上混乱不堪，各种车辆声、疯狂的警笛声、头上轰鸣的直升机声，喧嚣一片。还有惊慌叫喊疯跑的人们，但所有人都是在逃离爆炸现场。只有他横冲直撞地向着那爆炸后肆虐的火焰跑去……

在距离爆炸中心约一百米的地方，他被警察和士兵布置的封锁线拦住了。他张望着前面爆炸现场，那挨炸的两层建筑已经被炸毁，火焰还在熊熊燃烧，一百米外的他还能感觉到那燎人的热度。街上的车辆东倒西歪已经变成面目全非的残骸，余火还在燃烧。现场瓦砾遍地，废墟里瓦砾间有许多残缺不全的人的躯体，二人的残肢，鲜血斑斑、惨状累累。还有几个被炸得缺胳膊断腿的重伤员或坐或卧在血泊中，正在痛苦挣扎哀叫待援。这惨烈的场面让高诚触目惊心不忍直视。

他又拿眼寻摸周边，都是警察士兵，只有几个流着血走不动的伤员。士兵警察都忙着封锁现场，清理道路，好让救火车、救护车开进现场。

没有看到他要找的人。

士兵越聚越多，封锁线也在向外扩大，警察推搡着他让他退后。想想在这种混乱的情况下，即使玛丽亚在现场也难找到，高诚只好沿着来路往回走了。

走了几步不死心，又站住继续四下寻摸，还是没发现什么。再回头时，不经意发现马路对面一条巷口被士兵封锁后有一个穿着“布嘎”的女人，一只手伸出裙摆在摇晃。这巷口除了士兵警察只有她一个人。

高诚止住了脚步，盯着看了看。感觉她是在冲自己摆手，又不好确定。她穿着“布嘎”，又隔着一条马路。他自己旁边还有其他人，高诚一直盯着她看，只是不敢唐突回应。

突然出乎意料地，那女人掀开脱掉了“布嘎”，亮出了被罩住的脸和身体，向他招手。

她确实在向他招手。他试着招手作回应，得到了她摆手做的答复。

她真是玛丽亚！

在高诚的眼中，她掀开“布嘎”的瞬间，如同风卷起乌云露出早晨的太阳，抑或打开布包现出瑰丽的宝石，他眼前一亮，怦然心动，胸襟也豁然开朗。

秀眉大眼蓝色明亮的眸子，那是用精致的五官布局成的美丽的脸，既有西方女性脸形的鲜明生动又有东方女性的甜美，漂亮的脸颊加上明媚的笑容把她的美丽镌刻在他的脑里，沁入到他的心脾。

他们伫立着。在街道两边相对而视，在士兵组成的两条封锁线后相视而笑。现场的喧嚣声让他们无法用语言沟通，中间阻隔他们无法接近相拥，唯有用眼神交流着相互的心声，用表情表达彼此的感情。

——你好吗？

——我好。

——你好吗？

——我好。

——没事吧？

——没事。

——你呢？

——我也没事。

——你真漂亮！

——谢谢！

——你真漂亮！

——谢谢！

道路上救火车呼啸而过，救护车鸣叫着驶过，装甲车轰响驰过。他们的视线被不停地割断。在车队之间的间隙他们又把视线接上。再彼此送上更灿烂的笑容。

——你跑过来是在找我吗？

——是。

——你是怕我有危险？

——是。

——过来救我吗？

——是。

——你过来是不是也在找我？

——是，我也是。

……

俩人的笑容里有了感动，眼中满含泪水，目不转睛地望着对方。

在惨烈火爆死亡血腥的恐怖爆炸现场。在无数惊悚、惶恐、慌乱、害怕、悲怆、伤痛、哭喊的面孔间，仅有两张年轻人充满阳光的脸，两双盈润着爱意的眼睛……

十

飞机到北京已经过了中午。高诚取了行李出了堂皇的机场航站楼，站在外面扬头沐浴着有点耀眼的阳光，深吸了一口气感受一下家乡的空气，他那颗昨天被爆炸震撼一直颤动不宁的心才安定下来。

他没有打车，而挤上了机场大巴，他想在人群中感受生命和活力。大巴行驶过机场高速路拐上三环路。从阿富汗到北京，仿佛实现了一个历史的穿越。他就像到了一个新的地方张望着车窗外街上的景观，看这座熙熙攘攘的生命张扬的城市，看那富丽恢宏的高层建筑和立体道路，看那阳光明媚布满花草的住宅小区。

他感到了作为一个中国人的骄傲和满足，生在中国长在这个时代，享受着和平和繁荣是多么幸运是多大的福气。过去从不当回事的一些东西一些事情，在这个世界上竟是如此珍贵。

昨天的爆炸对他的震撼和刺激太强烈了，那恐怖惨烈的场面几乎击垮了他的精神，而在同一场合出现的姣美靓丽的面庞锈刻在他的脑际。最残酷和最美好，最可怕和最可爱两种极端的感受让他刻骨铭心。

当那蓝色的眼睛唤回他的灵魂，那灿烂的笑容恢复了他已然迟滞的神经以后，他发现他已经改变，人生观，人生的态度，对很多事物的看法。

妈妈和爸爸早就在家等候他，家让他感到温暖。他洗了个澡，爸爸已将冰镇西瓜摆上切好，他吃着西瓜讲述着阿富汗的经历。回答着妈妈的问题。他没提昨天的爆炸，怕妈妈担心。

“听你这么一说，这阿富汗没一点好的地方，这人可都怎么活。”爸爸感叹着。

的确，荒芜的群山、贫瘠的土地、破败的城市和饥饿无助苦苦挣扎的人们，阿富汗放眼望去看不到任何养眼的东西。不过也有好的，只是不在表面，有埋在土地里的宝石和罩在“布嘎”里的漂亮姑娘。

宝石他收获在箱子里，姑娘他装在了心里。

他打开箱子，展示这次收购的宝石，一块块地介绍显摆。

妈妈和爸爸摆弄着这些五光十色的碧玺，十分欣喜，他们最乐意的事莫过于看到儿子的成就。

爸爸妈妈一起做的晚饭，等着姐姐过来，全家一起吃的饭。

聊天中又讲了刘朱夫妇和他们儿子的事。

听得两位老人感慨唏嘘，他们对刘朱夫妇十分理解和同情，感同身受。

“他们是爸爸妈妈呀！儿子处在危险中，他们肯定等不了待不住，肯定会想尽一切办法救孩子，花多少钱也要救呀！”

“母亲呀！这就是母亲！这儿子受罪，痛在妈的心里，这儿子要是就这么死了，当妈的活都活不了。”

“这美国也是，没完没了的打仗。你打死别人，你不当回事，你不也得死人吗？！”

“要说呀，当个美国人也够痛苦的，说不定哪天孩子就死在战场上，或者被人抓了受伤。”

“没错，美国每年在战场上死多少人呢，伤得就更多了。多少个家庭毁了，多少个母亲心碎了。”

“还是咱们中国好。”

“他们这么赎人有戏吗？”

“不好说，挺难的，就是能找到抓他儿子的人，赎金估计也得几百万，放不放人还要看塔利班。”

“有戏没戏的，有这个可能，他们就会做的，总不能自己的儿子见死不救呀。”

一家人喝着啤酒吃着饭，发表着意见。

妈妈爸爸做的饭菜是香的，是最可口的，特别是从阿富汗回来。小时候看别人家的饭菜香，学校食堂的和饭馆的饭菜香。吃了一圈后发现，还是家里的饭好吃、顺口。

家庭亲情也如是。外面的世界很精彩，外面的世界也无奈，外面的世界还很残酷。唯有家庭亲情可以让你不计价无休止的消费，遇到危难还是你最终的依靠、最后的救援。

吃过饭，姐姐挨个看箱里的宝石，喜欢得不得了，连连称赞，问了价格更是惊喜。这些货她说在潘家园具有压倒性的优势，一般门店有一两块宝石珍品就不错了，他们一下有了这么多，而且全部是一手货，竞争力太强了。还有这块西瓜碧玺更是珍贵难得。他们一致认为选择去阿富汗自寻货源这条道路太正确了。当即决定，改变经营，门店专营碧玺。现在店里的义乌、广州的低档宝石饰品全部打包处理，门店重新装修。

说干就干，第二天他们去门店，把所有的货下架，贴条处理。他们做了个设计规划，雇了人，到十里河买了装饰材料，用了一周的时间施工，门店重新装修装饰。买了柜台展台，重做了灯光，布置一新。然后把宝石摆上展柜，最好的几块放置在转台上，西瓜碧玺放在中央最显眼的地方。整个做完后，打开全部灯光，他们自己欣赏了一番。

这样一摆，一个个碧玺的晶莹通透、色彩的艳丽、灵动的光彩全面展现了出来，真是瑰丽多彩宝光四射。

他们十分满意高兴，对生意也信心高涨。

他们对每块碧玺都定了价格，也留出了一些浮动的空间。对封为镇店之宝的西瓜碧玺价格定的肯定高，低了绝对不卖。对那块蓝色碧玺，高诚斟酌许久，也定了个高价，但姐姐不解。

高诚说："现在蓝碧玺价格升得最快，过去红碧玺价格最贵，现在蓝碧玺大有超过之势。这么大的蓝碧玺整个潘家园找不出第二块来，北京市可能也没几块，咱低了不卖。咱留着，两年后价格就能翻番。"

别看高诚在北京这厢忙活，那两只被他誉为蓝色碧玺的眼睛一直在勾着他。他的心在这里，魂却已经被俘获在那几千公里外的蓝色宝光中了。每当闲暇，每当晚间一个人或是入睡前，那让他永远不忘的画面就会悬挂在他的眼前，拂不去抹不掉。甚至那爆炸的硝烟味都能闻到。那爆炸威力太强大了，铺天盖地灰飞烟灭。那爆炸太残酷了，血肉横飞，生命在闪光间毁灭。凶残的画面配上漂亮的面庞，毁灭的残酷中浮现的灿烂笑容，足以让人瞠目结舌、精神混乱。

和惊天动地的毁灭比，那美丽渺小而脆弱，这让他对玛丽亚的美貌惊喜、赞叹、倾慕之后变得忧心忡忡。

到北京的第二天他就给玛丽亚打了电话。她还在喀布尔。

"你好！"

"你好！"

“我已经到北京了，到家了。”

“是吗？太羡慕你了。我还在喀布尔，再过几天还要回坎大哈。”

“你一定要注意安全。”

她笑了笑，说：“你不用担心，我会注意的。”

“你……你非常漂亮。”他都搞不清楚这句话为什么说的有点磕巴。

她又笑了，笑得很开心。“谢谢！终于在你走之前见到你了，如果没见到你，我会很遗憾的。”

“我会更遗憾的。”

“以后还来阿富汗吗？”

“会的，肯定还要过去的。”

“我以为你不会来了。”

“会去的，而且希望见到你。”

“真的吗？好吧，来之前给我打电话，我争取在喀布尔等你。”

“一定。注意安全，我会再给你打电话的。”

“谢谢你的关心。”

电话挂断，高诚心里那个懊恼，原来想好的一些露骨表达关爱的话没能说出口，想表达的感情也没表示出来，没能让对方感觉到他话里话外的感情内涵。

他对玛丽亚也觉得有些失望。她讲话虽然热情友好，但没能听出来话语背后的感情表达。

虽然有些灰心，但他没多长时间也就想通了。他们仅是刚刚接触，彼此并不摸底。你一个男的没明确什么，人家姑娘不可能全身心的感情投入。况且也确实缺少了解，玛丽亚的身世家庭他不了解，对于他，玛丽亚了解更少。他们只是刚刚开始，彼此有好感，有爱的萌动，到相爱结缘还有很长的过程。

可是，明白这点并没有增强他的耐心，反而让他焦躁起来。那爆炸的场面太恐怖了。人的生命会无缘无故瞬间消逝。生命的威胁，恶劣的环境，没有家庭父母亲人的呵护，只有一个不远不亲的叔叔。一想到这些高诚就对玛丽亚充满担忧。

他真后悔在爆炸现场为了赶飞机竟自走了。离开她时，他看到了她眼中的恋恋不舍，他居然还是走了；他看到了她的容貌，她的漂亮，她的钟情，他还是走了。当时他就应该当机立断，退掉机票，等待现场处理完毕警戒线撤除，跑过去和她拥抱，一下子把她揽入怀中。当时他们都有激情，肯定会感动会迸发的。而他却走了，把个年轻姑娘一个人撂在尸横遍地的恐怖爆炸现场，让她伤心了。商人重利轻别离，给人薄情寡义的印象。他后悔，悔透了。

说一千道一万没用，打电话也没用，赶快过去，回到她的身边才能挽回这情感损失。时间长了那萌动的感情嫩芽也就黄了，真就是个擦肩而过，只留下那漂亮的脸和含情的蓝色眼睛的一个影像，一张照片了。

可去阿富汗是要有理由的，应该是生意运营的正常安排，否则想去妈妈姐姐也不会同意的。但是生意却并没有因为门店焕然一新而立竿见影的兴旺，反而变得冷清。几天来只是向老客户便宜处理了几批不再经营的老货，从阿富汗新上的碧玺一块没卖。顾客只是看看欣赏。生意就是这样。低档货便宜，利润低，但天天卖天天有进账有流水。高档货贵，销售面窄，卖的慢。三年不卖货，卖货吃三年。要能扛得住，沉得住气。而且刚刚换货，要让顾客有个认可的时间。这些道理高诚都明白，但不免还是失望。他的情绪冷了许多，而且愈加焦虑。

沙哈利来了，来雅宝路进货。有了阿富汗的经历，俩人的交情已然从朋友跃进到了哥们儿级别，接待的规格自然提高了很多。高诚陪着他开车去八达岭、颐和园玩了一天，每天到不同的馆子请他吃饭。沙哈利也实在，从以前的诚惶诚恐、客客气气到现在的应当应份。

吃饭喝酒时沙哈利提到坎大哈还有人打电话说有宝石，引起了高诚的注意。他想到了那块西瓜碧玺。

“你怎么说的？”

“我说人走了。”

“他说是什么宝石？”

“是碧玺。”

“东西怎么样？”

“说是非常好。”

“你怎么不给我打电话？”

“你刚走不久。”

“回阿富汗以后，你盯着这件事。如果再有电话，确实是碧玺，而且一定要好，你立刻给我打电话。”

沙哈利答应了。

可能是喝得多了点，高诚提起了玛丽亚。

沙哈利挑起大拇指，大加称赞，说能主动过来还钱他没有料到，玛丽亚人好。他也看出了高诚的心思，认为这女人值得。

“你认为她会同意做我女朋友吗？”

“肯定会同意的。结婚以后她就可以来中国，中国和阿富汗你也知道差别太大了，谁不愿意来中国？你又有钱。”不过沙哈利认为阿富汗涉外婚姻的法律规定是个障碍或是麻烦，最后他一摆手说：“干脆不办证，跟她说好。”

高诚笑了笑说："说这件事还早。"

"哎！对了，她跟你说过她妈妈是俄罗斯人？"

"是啊，她说她自己也是俄罗斯人。"

"她的护照是哪国的？"

"不知道。"

"她的爸爸妈妈是怎么回事？"

"不知道。"

"如果她的护照不是阿富汗的，事情就简单了。"

高诚对这件事压根就没想过。而且认为事情真到了那步，这些也不是什么障碍。

功夫不负有心人，终于开张了。连续三天卖出几块宝石，二十几万人民币入账，而且利润喜人。高诚和姐姐都乐了，又变得信心满满。正确的经营必能获得期望的结果。

高诚立刻觉得轻松了，一直延续着货卖出时的兴奋心情。他又可以去阿富汗了，甚至觉得一只脚已经踏上了阿富汗的土地。他给玛丽亚打电话，没通，又给沙哈利打电话，通知他即将去阿富汗，让沙哈利落实一下货的情况，他则做着去阿富汗的准备。他和姐姐商议，现在店里全是大块的好碧玺，太贵，利润好但销售肯定慢，应该进些小块切磨好的戒面、耳坠、吊坠和原石，价格便宜大众需求大。上次想到了这些但钱不够，都紧着进好货了，这回应该搭配起来。

连续几天给玛丽亚打电话都不通，他的心又悬了起来。胡思乱想，睡不着觉，净往坏处想，弄得心绪烦躁不宁。

沙哈利的电话来了，说又有一个人来电话说有一块非常好的碧玺。另外穆加迪收了两块不错的碧玺。

高成马上回话过去，让沙哈利把货一定留住，等他。

高诚买了最近一班的机票。这次姐姐支持，妈妈不反对，但没完没了的嘱咐肯定是免不了的。

走的头一天，他接到刘女士的弟弟的电话，询问汇款的情况，听说他明天就去阿富汗，当即开车过来，找了个茶座，坐下来喝着茶，向他打听阿富汗那边的情况。

刘女士的弟弟长相作派都有模有样的，讲话也是老北京的范儿，客客气气。见面他先道谢："听我姐说您一直帮忙，多谢！"然后询问姐姐在阿富汗的情况。

高诚讲了刘女士他们的全部努力和受挫的情况，他们现在独自开展的营救行动。

刘女士弟弟吸着烟，一直在沉沉的思考，待高诚讲完才缓缓地说："我姐给我来电话说事情有了进展，叫我备钱给她汇去。"

"噢，是这样，我回来一段时间了，现在情况不太清楚。"

"这事您怎么看？"

"汇多少钱？"

"五十万美元。"

"哟！这么多！"

"不过我还没有凑齐。这几天再想办法，争取凑齐。"

高诚沉吟了一下说："这件事，刘大姐的心情可以理解，但恐怕要做好思想准备，付了赎金，可能能救出儿子，也许救不出来。这样的事谁都说不准。"

刘女士弟弟听明白了高诚话里的意思，又点燃了一支烟。心情依然沉訇訇地说："是啊，我明白。其实这就是撞运气，但没有别的选择。有救出孩子的可能就要做，无论付出多大代价。不这样做，我姐就活不成了。这样做了最后没成，我们尽到了责任，该做的都做了，我姐姐可能还能活下来。钱和人命比不算什么。"

他的话让高诚挺钦佩，点着头。

俩人谈完。高诚带他去换汇和汇钱的地方认了门，告诉他如何操作。

第二天，高诚揣着一颗激动又忐忑不宁的心，再次飞往阿富汗。

十一

高诚到喀布尔下飞机后的第一件事就是给玛丽亚打电话，但就像在北京那样，无数次拨打一次没通。

沙哈利到机场接的机。晚上和上次一样，还是那堆人大吃二喝地接待他。

高诚仍旧住在沙哈利家。他带了礼物，给了孩子们，晚上还是和孩子们拿枪当玩具玩。

转天一早高诚叫沙哈利联系坎大哈说有碧玺那人，尽快安排看货，然后去了宝石市场看货，遛了一天几乎看了所有房间。碧玺新货看上眼的不多，没有上次拿的东西好。但小块原石和切磨好的裸石多的是，颜色也丰富。晚上看了穆加迪新收的两块，东西不错。大拇指粗红绿双色。一个粉红，一个紫红，通透也好，是必拿的货。

喀布尔的货一天看完就没事了。坐等坎大哈的电话，两天没回音。高诚又让沙哈利给曾来过电话的那位打过去电话询问。玛丽亚的电话还是不通，搞的高诚烦躁不安情绪低落。

一连三天没任何消息，高诚坐不住了，和沙哈利商量明天开车去坎大哈直接面谈看看到底有没有碧玺，同时去维德家打听一下玛丽亚的情况。

一早开车上路挺顺，走出一百多公里已翻过喀布尔南面的高山。下山快到山底时路堵了，车堵得长长的看不到头，不知道前面出了什么状况。等了两个多小时一点动静都没有，高诚心急，跳下车步行去前面看。走了两三公里才到出事地点。看见一辆卡车倾翻在路一侧，一辆卡车横躺在路中央。两辆车都装饰得花里胡哨满身是摆动的铁页子。还有两辆皮卡也挤压在其间，把路堵得死死的。路的两侧一边是上山坡一边是下山坡，想开出一条临时过车路也不可能。他回去把情况跟沙哈利讲了。俩人一商量，回喀布尔吧。再过一会儿路通了天黑前也到不了坎大哈了。夜里路上很危险。便掉头又回了喀布尔。高诚心里是又急又气。

到喀布尔又打了一通电话，还是没消息。玛丽亚的电话照样不通。意外地他却接到了刘女士的电话。电话中说，听弟弟讲他过来了，弟弟的钱已经汇出了。他们明天到喀布尔，准备接款，希望明晚和高诚见个面。

这下明天他们也走不了了。不过，没什么消息去了坎大哈也未必有什么结果，耽误一天倒也无所谓。

第二天晚上，高诚和沙哈利开车把刘朱夫妇从长途车站接了过来，一起吃了饭。

俩人没有明显变瘦，但是显老了。除了白发增多外，脸上的皱纹也明显增多。外观上变化很大。可能是在外面跑的。风吹日晒暴土扬尘，脸变黑了，皮肤粗糙了，变脏了。你甚至能看到脸上皱纹中的土，所以使皱纹看上去十分明显。给人入乡随俗的感觉。

刘女士讲了拯救儿子行动的开展和现在的情况。自从他们搬到小翻译家后就迫不及待地行动起来。他们注册了一个网址。在各社交网站、贴吧、论坛发出求助信息。又复印了许多寻人启事的小广告，在坎大哈和周边村镇的大街小巷张贴。这以后每天都会有几个电话打来，但信息都对不上。他们要求必须提供儿子活着的视频证据，这些人都提供不出来。直到有一天，有一个电话打来，所讲的信息全能对上，而且说有儿子的视频，说完就把电话挂了。以后这个人又来了两次电话，每次都用不同的号码，而且通话时间都短。第一次电话约他们看视频，约的地点太远时间又紧没能去成。第二次电话又重新约了时间，地点约在坎大哈向西的公路上。临出发没想到小翻译和出租车司机不敢去了。说了半天，最后答应加钱才同意去。可是已经晚了，还是没去成。

过了几天那个人又来电话，朱先生他们做了解释。又过了一天，那个人再来电话，又约到坎大哈西边的公路上。他们出发准时开到约定的那段公路。那人电话过来问了汽车的号牌，叫他们打开车窗靠边低速行驶。这样又走了一段。电话又来让他们拐上一条土路。那条路路况很差，走了一段到一处有灌木的山坳，从路边闪出一人拦住他们的车。这人穿长袍，头缠黑格围巾遮挡着脸，手端AK–47步枪。

刘朱夫妇下车相互搀扶着和小翻译一起走到蒙脸人跟前。蒙脸人没讲话把手机举到他们眼前。手机屏幕上出现他们儿子十几秒的视频和几张照片，全部是囚禁中的影像。

刘女士看到儿子的影像立刻情绪失控，痛哭失声说：“我可以见见我的孩子吗？”

那人摇摇头，收起手机，举起一个手指说：“一百万美元。”

刘朱二人震了一下。他们明白这钱无论如何都是筹不到的，连连摇头，说：“这个钱我们绝对没办法筹到！”

反复几次交涉，蒙面人张开一个巴掌说：“五十万美元，这是最后的价格。三天后交钱。”

这时间他们也无法做到。又经交涉，那人同意十天限期。

临走时刘女士哭着哀求："你们待他好一点！你们不要杀他！千万不要杀他！我们去凑钱，给你们赎金！你们可一定说话算数放了他！"

小翻译把所有的话都翻译给了蒙面人。他没做任何表示，扬手让他们走了。

回来后，刘女士就给弟弟打电话筹钱。他们在国内已没有了任何资产，只有求刘女士的弟弟了。朱先生也给国内的妹妹打电话要求凑钱。刘女士的弟弟把北京的房子卖了，连存款带借款凑了二百八十万。朱先生的妹妹凑了五十万。换成美元共四十万。这是在这个时间内能筹到的最大数目了。这个钱已经到了喀布尔，旅行社通知他们明天去取钱。

钱不够数，塔利班方面能不能答应放人，他们对此忧心忡忡。塔利班没到时限一直没来电话。他们现在只能先把钱取了，等塔利班来电话再交涉。

沙哈利认为可以了。阿富汗有钱人或政府官员被绑架了赎金不过三万五万美元。一般人一万两万美元就行。四十万应该可以放人了。

说是说，电话中的塔利班不点头，他们心里不会踏实。

高诚觉得即使给了五十万美元，塔利班不放人你也没辙。不过他没讲出来。

刘女士希望高诚和他们一起去取钱，高诚答应了。

第二天，高诚和沙哈利陪他们一起，帮他们取了钱。完事已近中午，回坎大哈已来不及了，又回到沙哈利家。正巧沙哈利接到了坎大哈的电话，就是那个说有碧玺的人打来的，说跟货主一直没联系上，今天刚通上电话，可以安排看货了。沙哈利问了高诚后答复他明天去坎大哈，后天上午看货。

这样刘朱夫妇正好和他们同行。第二天一早便坐沙哈利的车一起回坎大哈了。一路顺利下午就到了坎大哈。刘女士考虑带着钱，就直接去了现在的住处小翻译家。她想邀高诚他们过去同住，高诚没有同意，他急着要去维德家打听玛丽亚的消息。

到了维德家有玛丽亚的消息，说她一周前还回过家，现在在南部山区农村工作。那里没电，电话信号也很弱。虽然没能见到玛丽亚，有了她的确实消息也还是让高诚心宽了不少。

他们再通电话约好明天上午看宝石。当天高诚就住在维德家。

早晨，他们先到市场接上那个人。这是个二十多岁的年轻人，首饰店的店员，留有短胡须。上车后按他的指示开车出了城，沿公路一路向西走了有接近一百公里。他又打电话问路，电话里让他们拐上公路右侧一个岔口。这是一条土路坑洼不平，土很大，车后卷起滚滚烟尘。车开得很慢。他们有了上次的经验，以为又是去村里。车走了一段，见前方路边停了一辆黄色丰田车，款式和沙哈利的车一模一样，只是更旧，车身满是尘土。那店员叫沙哈利停车，指了指三十米开外的丰田车，说宝石就在车上，示意高诚过去看货。沙哈利想把车开过去靠近点，被店员制止说货主不让靠得太近怕不安全。

高诚心里有点犯嘀咕，四周空寂无人，那车里有人但看不清楚。为什么找这么个地方看货？又一想只是看货估计不会有什么事。周围虽有丘陵但视野还算开阔。又有上次的经验，这里看货和进村看货，从安全角度讲没什么不同，便鼓了鼓勇气下车走了过去。走到车前，车的后门就被里面的人推开，请他进去。他钻进车坐到铺着黑红花纹毯子的后座上。

车内仨人。后座上的人四十多岁，大眼阔鼻四方脸，寸须连腮，头缠“土班”。司机戴白圆顶帽，瓦刀脸，鹰钩鼻，长胡须，三十来岁的样子。副驾驶座位上是个十四五岁上下的少年，虽土里土气，脸皮也让阳光染成了红色，但五官长得秀气，稚气未脱像个男孩。他迎面朝高诚淳厚腼腆地一笑，让高诚对他满是好感。那二位也都十分和善，捂胸欠身向高诚致意问好。

后座上的“连腮胡”打开布包，原来包着的宝石就放在后座上。当宝石披露在高诚眼前时，他几乎惊呆了！

这是一块硕大无比的碧玺！是直径有十几公分的圆柱体。高诚双手把碧玺捧起，掂掂估计有四公斤上下。他彻底被震撼了！心怦怦跳着。拇指大的碧玺已属罕见，这么大的碧玺可是前所未见。而且还是双色！一半绿色，一半红色。那深红色正是珍贵的桃红色，色泽浓艳，捧在手上，光华四溢。整体呈玻璃光泽纯净透明，让你感到逼人的浩大气势！这可是极其难得的珍品宝物。碧玺中的至尊！

高诚估计价格不菲，但他志在必得！收货能收到这样罕见的宝物也称得上三生有幸。

“连腮胡”伸出一个巴掌，用含混的英语说了价格：五万美元。

高诚心里一跳，太便宜了！一阵高兴但没露声色，这价格大大低于他的预估！他没马上答应，心想是不是还有砍价的余地呢？现在家里的人民币换成美元有三万多，如果再能把价砍下来就不用让姐姐借钱了。讨价还价嘛，最后不行再答应也不迟。

他还了价，三万美元。

“连腮胡”直皱眉，坚定地摇着头。

高诚继续试着不妥协的第二回合坚持三万的还价。

“连腮胡”已经变得烦燥起来，但还是摇头，一步不让。

高诚做最后的坚持，不行就打算放弃努力，接受报价。

没想到这时“连腮胡”同意降价了。

高诚心中大喜！暗暗为自己装孙子般的砍价和坚持喝彩高兴。

最后谈妥的价格是4万美元。一周内交易。

高诚回到车上。两车便分道扬镳。沙哈利问怎么个情况。当着那个中间人店员，高诚没详细说，只说已谈妥了。

此时高诚心里乐坏了，他迫不及待地给北京的姐姐打电话，告诉姐姐定下了一块绝世的碧玺珍品，叫姐姐立即换钱凑足四万美元汇来。

当天，高诚仍然住在维德家。玛丽亚还是没有回家。但今天高诚的心情不一样了。他为有幸看到并即将拥有这尊珍宝而兴奋不已。而且还争取到了这么便宜的价格。他真感谢穆加迪聊天透露的信息，甚至感谢刘女士带他到坎大哈来，机缘巧合收了两块珍品至宝。特别是今天这块更是难得，他开心极了。

钱还要等几天才到，回喀布尔也没事，所以他第二天没走。他想等玛丽亚，盼着见到她，以解思念，一诉衷肠，一同分享获得珍宝的喜悦。不过让他扫兴的是玛丽亚仍没回来。

刘女士却急着找他，听说他仍在坎大哈很高兴，立即过来到维德家和他见面。她讲与塔利班电话联系了，四十万美元他们同意了，明天付赎金。但一直雇的那个出租车司机说车坏了去不了，小翻译也说害怕不敢去。给她撂这了。没辙了只好找他，万般无奈下求他和沙哈利帮个忙，明天开车拉他们过去付赎金，并帮忙翻译。

这事有点大，高诚犹豫着没作答。沙哈利干脆摇了摇头否决了。

刘女士的眼泪立刻喷了出来，哭的出了声，几乎是哀求他们。确实她也是没办法了。

这事危险性太大，不同于去美军军营。美军虽然也乱开枪没少杀平民，但毕竟还是正规军队。这塔利班可就没谱了，想杀谁杀谁，随意性太大。

刘女士仍然哀求他们，答应给沙哈利五百美元报酬。高诚看沙哈利有点动心，倾向答应了，只是还没点头同意罢了。

维德的看法不同。他看明白了他们之间的谈话，他认为可以去，是安全的。塔利班不会杀去送赎金的人。他不会开车，否则他去，这与他带路去美军军营躲得远远的态度截然相反。这坎大哈人对塔利班的看法与全世界人都不同，相信塔利班而不相信美军。

在维德的诱导下，沙哈利同意了。虽然头点的还是有些勉强。

刘女士也比过去更明事理，当即掏出五百美元给沙哈利。这坚定了他刚刚做出的决定。

高诚是真不想去。有上次美军军营的经历，不愿冒这个险。但沙哈利同意了，他夹在中间不同意也不行了，只好如此了。刘女士随即带他们开车过去把朱先生和钱接了过来。当晚一起住在了维德家。

第二天上午塔利班打电话过来，指示了他们行车的路线。

他们立即开车出发了，出坎大哈沿公路一直向南。沙哈利的哥哥给他办了持枪证明，他外出一直带着手枪，这次也带在身上。开车在路上他一直东张西望，心情显得紧张。高诚其实也一样紧张得要命。

约莫走了一百公里，塔利班电话来了，叫他们报车型车号并打开车窗沿公路慢行。按他们的吩咐又走了几十公里。接着又来电话让他们拐弯上了一条土路。这路和他们前几次看宝石买宝石的路一样，坑坑洼洼暴土扬尘。车窗开着，几个人头上身上都蒙上了尘土。没走多远，从土丘后闪出两个人在前面拦住了车。沙哈利慢慢地把车停在丘陵环绕的一处洼地。站在车头的两个人还是他们的传统打扮，长袍罩身，围巾遮住头脸，横挎AK-47冲锋枪。

刘朱俩人下车后相互搀扶着走上前，把装着钱的密码箱递过去。遮面人接过箱子打开，粗略点了一下合上箱子。朝刘朱俩人点了点头，退后转身就走。在他们后面不远处的树丛后停着一辆旧的黄色丰田车。

这时，刘女士突然上前紧走几步拽住了他们一个人的衣袖，哭着央求："你们一定放了我儿子！一定放了我儿子！别骗我们……"

车里的沙哈利和高诚顿时紧张起来，沙哈利直摸屁股下面的手枪。他从车窗探出头，把话翻成普什图语。

那人扬手甩开她的拉拽，退后几步说："十天以后你们会见到他的。到时候我们会打电话告诉你们，在什么时间、什么地方去找他。"

高诚隔着车窗把这些话翻译给刘朱二人。

朱先生抱住了刘女士，使她没有跪倒在地。

刘女士泪流满面继续央求："为什么不是现在？为什么不是明天？……你们拿了钱，放了我儿子吧……"

那俩人快步离去，上了那辆丰田车。车随即启动扬长而去，喷出一路滚滚尘烟。

高诚下车和朱先生一起把已经哭得瘫软的刘女士搀回车上，然后开车快速离开。当车驶回公路后，高诚和沙哈利紧张的心情才平复。

刘女士已经平静下来，异常的平静。仿佛除了心动其他都已经停止，包括思维。脸上毫无表情，眼皮无力地搭着，双眼呆滞无神。泪水和尘土混合在一起把她的脸弄脏弄花。她并不在意，也可能没有察觉。

她让高诚感动，也让高诚怜惜。

高诚把他们送回小翻译家住，他们要在那儿等候消息。

高诚俩人又回到了维德家。晚上玛丽亚还是没回来，高诚感到极度的失望。第二天他们返回喀布尔，取钱顺利。仅隔了一天他们揣着四万美元又来到了坎大哈。玛丽亚仍不在，高诚重新又为她担忧起来。但暂时顾不上，他要把那至尊碧玺搞到手，然后再等她或去找她。他迫不及待地电话联系那个店员，确定交易时间。转天早晨店员来电话，交易就确定在今天。让他们开车过去接他，一起上路。

路上沙哈利问那店员，为什么选择在路上交易。

店员答货主路远，选择在坎大哈和他们家的公路中间，双方距离一样，走的路一样，这样公平合适。

沙哈利又问为什么不在公路上，而要下车找没人的地方交易。

店员答公路上人多车多眼杂，怕不安全。

店员口风很紧，答的都很合情理。

显然沙哈利对这事还有疑虑，但高诚倒没怎么紧张，一来对那宝物即将到手感到精神亢奋，二来连上次买西瓜碧玺走了几遭了，也不觉得害怕了。而且这几个人看着挺和善规矩的，没感到有戾气，也没闻到有其他恶劣的气息。

和上次一样，车行一个多小时店员的电话响了。对方叫他们前方拐弯进一个路口，他们照做了。这个路口和上次的相似但不是那个路口。往里去也是土路，坑洼起伏满是浮尘。走了一段看见道路的弯处停着的那辆挂满尘土的丰田车。他们的车仍然离那车三十米的距离被那店员叫停。

沙哈利还是顾虑重重，朝那车观察了一下，把手枪从身下掏出放在腿上，做个防备。高诚拿上钱正要下车过去，被他止住。

“钱别全拿过去，拿一半先给他们。拿到货后带他们一个人过来拿后面的钱。这样对等。”

高诚想想也对，防人之心应该有。况且他们都是阿富汗人，明规矩潜规则他们彼此明白。就放下两万美元，又把护照钱包手机也放在车上。

他揣了两万美元走了过去上了车，还是坐在上次坐的位置，迎面还是那男孩淳朴的笑。其他俩人捂胸欠身，彬彬有礼，没有讲话也不用说什么话。

“连腮胡”把包着布的碧玺交给他，他把两万美元给了“连腮胡”，用英语配以手势说：“还有两万在那辆车里，等会儿你们过去一人跟我去取。”

“连腮胡”怔了一下，皱皱眉疑惑地看了看他。高诚打开包着的布，捧出那硕大沉重的至尊碧玺，兴奋地端详着那晶莹华丽的稀世宝物。没有意识到危险已经来临。

突然一声低沉的吼叫。“连腮胡”用一根粗壮的绳子套住高诚的上身和胳膊，一支AK-47冲锋枪的枪口对准他的脑门。持枪的是那个刚才笑意盈盈现在一脸凶狠的少年。与此同时鹰钩鼻司机启动了汽车……

高诚大声喊叫起来：“你们干什么？抢劫！沙哈利！”他身体用劲挣脱，手抓住那绳子试图着挣开。那块碧玺滚落下去。

那少年在前座立起身子把枪掉头，用枪托朝他脑门狠劲砸去。“咣”的一声枪托重重击在他的前额头上，顿时皮肉迸裂鲜血溅出。他头向后仰，身体瘫软失去挣扎，晕倒在座位上……

“连腮胡”用绳子把他捆牢，用胶带封住他的嘴，用围巾缠住他的头。那少年把身子探出窗外，朝后面连开数枪，警示后面的车不要追来。

其实多余，沙哈利看到了异动，立刻明白发生了什么，压根就没追来，而且掉头赶紧跑了。

高诚其实并没有完全失去意识，枪托击中他时恰赶上司机疯狂提速，身子被车向后悠了一下缓解了击打的强度。但打的毕竟很重，除了皮肉伤造成的疼痛外，脑袋受重击震荡变得迷迷糊糊。重要的是这一击打掉了他反抗的意志，他绝望地放弃了挣扎束手就擒。

载着高诚的汽车在土路上飞奔，卷起滚滚沙尘，驶入丘陵之中的深处，向着远处的大山驶去。

高诚明白，他被绑架了。

十二

汽车沿着起伏曲折坑洼不平的土路跑着，快且十分的仓皇。车在不减速的情况下躲避路上不时出现的深坑，使车在上下颠簸外还剧烈地左右晃动。被捆绑的高诚在车内颠来荡去，而他却如同失去了知觉一样没有反应。

“完了！”这是他的头挨枪托重击后最初的反应和最终的判定。这生命终结的心理暗示让他的心房狂抖了一下，血涌了一下，随即瘫软下来，像是最后的死亡挣扎，鲜活的生命便从他的体内退去。

车没开的太久就拐上了一个土坡停下。鹰钩鼻司机和那少年跳下车，眺望着过来的方向。后座上的“连腮胡”检查了一下捆绑高诚的绳子，觉得没问题后也推门下车。他的手上多了一支AK-47突击步枪。仨人居高临下鸟瞰四野，视线之内杳无人迹。他们的神态轻松了许多，议论了几句，把脖子上的围巾摊在地上，跪在上面，做每天定点的礼拜。

高诚虽已心如死灰，但意识仍在，只是完全被动。从围巾的缝隙他隐约看到，荒凉的土丘上三个人跪着，挺直身子低着头，手捧脸前，默诵经文。仨人在阳光照射的剪影中纹丝不动。这情景那么的陌生遥远，物非人非，恍若他世。

礼拜后，他们换了一块新的车牌，重新上车，仍坐原来的位置。那少年回身看了一眼高诚，正碰上高诚围巾缝隙中死鱼般的眼睛。这时少年的眼神完完全全的冷酷无情。高诚突觉额头异常的疼痛，感觉肿胀得十分厉害，血流了很多，流了满脸，浸透了围巾。

后座的“连腮胡”把高诚的大腿塞到座下，把身子按趴在座上，翻出一块布盖在他身上，这样从外面看，看不到这里还有个人。

汽车重新上路，开得依然很快但比刚才从容。车并没按原来的方向继续向山里走，而是走上了一条岔路。在这条狭窄的土路上走了一会儿，又返回了柏油公路，朝着坎大哈相反的方向驶去。原来那条土路只是绑匪的一个误导的幌子。

上了公路后，“连腮胡”把枪放在脚下，身子侧过来，胳膊和身子压在高诚的背上，防备他突然起身。

其实多虑了，此时此刻高诚根本就没有奋起反抗的主动，也没有对环境改变的判断，只是感觉车少了颠簸，平稳了。绝望造成他精神的崩溃，捆绑也阻碍了身体的血液循环。额头的伤口让他的脑袋越肿越大，头脑迟滞晕沉，甚至对时空的感觉都已模糊。

公路上传来一声卡车尖厉的笛声，突然而响亮，打破了车里的沉闷，把高诚吓得颤抖了一下，下意识地向上抬了一下头，立刻被“连腮胡”用力按住。

不仅高诚吓了一跳，车里其他人也都吓了一跳，鹰钩鼻司机紧急把车刹住。原来是前方左侧车道道路损坏，裂了一条沟。对面几辆集装箱卡车组成的车队借道绕行，鸣笛提醒他们的小车让路。

就在汽车急刹车时，那块已被重新包好放在座位上的碧玺动了一下，撞到了高诚。他立刻反映出是那块碧玺。眼前浮现出那碧玺的形状颜色。卡车那高分贝的笛声惊醒了高诚，让他恢复了对时空的感觉。那块碧玺又让他接上了中断的思维，回想起了被绑架的过程，明白了现在的处境。

他的身体被绑得死死的，双腿卡在座下，身体扭曲着松动不得，难受极了。仿佛肉体四肢已不属于他自己，只给他生不如死的痛苦感觉。他试图睁开眼，但睁眼和闭眼都是黑暗，就像灵魂已被锁在无底的深渊。

无论是对处境的理性判断还是身体感官的感觉，他的绝望都是自然而然的，而绝望又蚕食了他头脑中的清醒和希望的所有亮光，重又浑浑噩噩陷入昏沉。

当集装箱卡车昂头霸道的依次侵路驶过之后，几辆悍马军车架着机枪载着荷枪实弹的士兵也押后驶来，车和士兵军服都有美国国旗的标志。

这让停车让路的绑匪一阵紧张。几句简短的相互提醒后，前座的少年把枪提在腿边用袍子掩住，“连腮胡”把枪平放在腿上用布盖住，做好随时射击的准备，另一只胳膊则使劲按住高诚。

几辆巡逻车和他们的车擦身而过。车上的士兵相互聊天说笑，没人在意这停在路边几辆车中的一辆普通丰田车，好像他们不是在巡逻而是在飙车兜风。

军车过后，车道让开，他们的车提速驶去。巡逻车上美军士兵的轻松情绪也传达给了车内的三个绑匪，他们长出了一口气，笑着议论几句，把枪保险关上重新放在脚下，舒开身体。“连腮胡”也松开了按住高诚的胳膊。

车沿着平整的柏油马路飞驰，走了约一个小时拐进路左侧一条土路。这条路较以前走的土路宽阔，路面铺有薄薄一层细小的碎石。

高诚一直处于半昏迷半清醒的状态。车重新颠簸后他意识到车换了路。他的身体被绑得实在太难受，额头上的伤口在颠簸中爆裂般的疼痛，巨大的痛苦又使他昏迷，他在意识的迷失中获得解脱。

汽车在土路上走了很长时间，来到一个绿树遮掩的村落。这村子和阿富汗大多数村庄一样，稀稀拉拉的土坯房子分布在高低错落的丘陵地上。绑匪观察了一下四周，静寂无人。他们把车开到村庄角落一个院子，少年下车打开破旧的吱吱乱叫的院门，车钻入门口进院，院门随即关上。

他们打开车门，掀开盖着的布，把高诚托起拽出汽车。高诚虽有意识，但双腿已没有知觉，根本无法站立。他们连拖带拽把他拉进房子里。

房子不小，土墙土地，空旷无物，只有四周破旧的坐褥。他们把绑得像棕子一样的高诚扔在墙角。然后给他解绳子，解了半天才解开。高诚像一摊泥一样瘫倒在肮脏的坐褥上，刹那间浑身血脉贯通，麻过他的全身。他觉得身体飞沫般地悬浮在半空，脑袋也如过电一样变得膨胀、眩晕……

过了一会儿，他的身体渐渐平复，头脑也苏醒过来。他挪动了一下身体，感受一下四肢的知觉和触感，抬头扫了一眼屋里。

那三个绑匪正在另一面坐褥上吃饭，他们光脚盘腿而坐，中间放了一口像中国南方炒菜用的圆底双耳铁锅，每人手捏一块馕，到锅里捏上菜沾上汤汁塞进嘴里，吃得缓慢但有滋有味。三个人看到了高诚的动静。“连腮胡”指使那少年撕了块馕，倒了一杯水送过来，放在他身边。

高诚没有吃也没有喝，头被击打影响到他的胃肠，有强烈的恶心呕吐感，没有一点吃喝的欲念。他挣扎着靠墙坐了起来，觉得头大头沉，用手摸摸，不仅有凝固了的伤口还打出了一个大包，使整个额头向前隆起。脸几乎全部被血糊住，摸脸的手有触觉，脸却没感觉，仿佛摸的是别人的脸，让他有一种异样的感觉，像处在无尽的噩梦里。

仨人吃完了饭，用他们搭在肩上的多用途围巾擦干净手，举起带把的玻璃水杯喝水漱口，漱完口不把水吐出而是很享受地咽入肚里。把饭后一系列卫生工作做完，他们便围坐在高诚身边，盯着他看，欣赏着这个新获得的战利品。那个少年躲在俩人身后，望着他这个异样的外国人，眼中眨动着好奇。

高诚转动了一下沉重的目光，看了看这帮把他带入噩梦的人。那个在后座上捆绑他压着他的“连腮胡”离他最近，肯定是他们的头目。他的胡子不很长，粗壮弯曲而且全黑，胡须占据了他脸的绝大部分面积。脸颊上的胡须向两侧炸开，和他脸上的横肉相向而行。配上他那阴险夺命的鬼眼，就如同中国古代传说中的凶神恶煞一般。高诚奇怪谈生意时还觉得他老实和善，怎么就没看出他这一脸的戾气。

那个鹰钩鼻子司机瞅着他的脸上竟然挂着一丝笑意，分明是一种成功得意的喜悦，就像狼捕到了一只羊，正在欣赏爪下的战果，眼神中看不到一点人性的光亮。高诚毫不怀疑此人若想杀他一定会毫不犹豫地把刀捅进他的胸膛，完事后也不过揩干刀上的血迹，笑两声而已。

还有那个半大小子，把他打成这样，血淋淋的，他脸上还那么无辜。真能装孙子。

“你……中国？”“连腮胡”说英语不仅含糊而且不确切。

高诚抬了抬眼皮，失神的眼珠动也没动，再合上眼皮。这个问题似没意义回答。

“钱……一半……不对……为什么？”他的英语残缺不全。

高诚听懂了。他是说，为什么你只拿了一半的钱。高诚漠然睁开眼，想了一会儿，轻声说：“朋友说这样安全……怕你们拿钱不给货。”

“连腮胡”没听懂。高诚反复说了两遍，他才明白。

“那……一半……钱……在哪儿”他又问道。

高诚有气无力地说："就在那辆车上。"

两个绑匪互相嘀咕了几句。那情形好像与他们过去的判断不大一致。

"你的朋友……电话……号码。"他比划着问道。

高诚定了定神，想起自己的手机护照钱包都留给了沙哈利。想了许久才想起沙哈利的电话号码。

"连腮胡"打开自己的手机，把电话号码输了进去。他看了看高诚，想说什么，大概实在找不出英语词汇，便没再说什么。回到对面墙脚，他把枪放到怀里，倒头躺在褥子上睡觉，睡前吩咐俩人把高诚捆上。

俩人拿绳把高诚的手脚绑住，没绑他的身子。然后司机也倒在褥子上睡着了。只剩下那少年半坐半躺没睡，不知是睡不着还是特地看管他。

高诚没有一点睡意，和绑匪的对话，让他更明确了自己的处境。视觉和身体的各种感觉的恢复，环境的平静，也让他的思维回归正常。

他首先想到了妈妈，立刻心潮涌动，阵阵悲痛。如果他死了，妈妈是接受不了的，对妈妈的打击是要命的。妈妈半生倾心于儿女，为他更是操碎了心。他知道他的生命对妈妈意味着什么。他没为妈妈尽孝道，净让妈妈操心受累了，末了还要给妈妈致命一击。想到这儿，他心如刀绞，痛苦不堪。

为什么会死？也可能还有生的希望！瞬间他的头脑变得清醒，思维集中而有效率。

他们是什么人？是普通的劫匪还是塔利班？他无从分辨，两者都有可能。但他希望是塔利班，毕竟是前政府，是正儿八经的宗教政治军事组织，虽然恐怖杀人但还是有政治上的考虑，中国人不是他们攻击的目标。

不管他们的背景身份如何，绑架是确定无疑了。但仅是绑票还是有其他目的？从刚才的对话看，像是绑票为了钱。但他们究竟是因为他当时仅带了一半钱而临时起意还是早有预谋？如果是临时起意，目标仅是那两万美元，就好办了。他相信给沙哈利打电话就能把问题解决。但如果是预谋，他们的要价肯定不会低，沙哈利是不可能做到的。从情况上判断应该是预谋好的，这样就难办了。付足赎金，性命能不能保住都不能确定，何况付不上赎金呢。高诚思来想去还是觉得凶多吉少，生的希望微乎其微，又觉得心血倒流，非常难过伤心。绝望再次笼罩他的心头，脑子重又变得昏暗。

过了一会儿，那少年也抱枪睡着了。高诚浑身瘫软无力，不久也迷迷糊糊地歪倒在坐褥上。虽没睡着，却也混混沌沌的没了什么思想。人遭囚禁，身体受缚，生命失去了主动。没了希望，思维也就丧失了动力和积极性。

入夜仨人才醒来。点着一盏墙角放着的可以提的马灯，他们提灯过来看了看高诚，见没什么异常，把灯放在地上。然后他们用手摩挲脸，又搓手搓脚，并排先站立再直挺挺地跪下，手捧脸前做起了礼拜。待宗教仪式完毕，开始晚餐。吃的东西，用的器皿，吃的方式和下午一样。那少年同样给高诚拿过一块馕和一杯水，给他解开手上的绳索。高诚仍然没有吃，但把水喝了，不是感觉渴而是口腔粘得太难受。

仨人吃完，看着高诚商量了几句。鹰钩鼻司机和少年过来用绳索把他的上身和胳膊捆了个结实，却解开了他腿上的绳子，完后他们又检查了一下，拽着他向外走。

高诚脑袋“轰”的一声。他想大半夜拉他出去肯定是要杀他。他觉得身上的血流潮水般退去，浑身瘫软向下出溜差点儿倒在地上。他被俩人架住，拖着向外走，到院里把他塞入汽车。这次待遇比白天强，让他坐在后座上。不过头上又被布裹住，用以禁止他眼睛的工作。睁眼闭眼都漆黑一团，让他感觉就像在坟墓里。

高诚害怕的事没有出现，不过是拉他继续上路。黑夜行驶在崎岖的山路上，车走的慢但颠得比白天还厉害。他们仨人看得见对大的颠簸有预判，手也可以扶，唯独苦了高诚生生的挨颠。而且汽车行驶四五个小时中间没停，这破丰田车竟然能坚持下来没散架，要不阿富汗人怎么都开这种车。车把高诚颠得五脏六腑错了位浑身快散了架，开始还胡思乱想，后来把思想都颠出了窍。他对事物没了感觉，对环境没了反应。

拂晓之前，车磕磕绊绊地开到了一个山坳中的村庄。说是村庄，实际只有几户人家。车仍然悄悄地开进一处院子。高诚被拖下车拽入房子，扔在墙脚坐褥上。仨人做早礼拜，然后吃饭，饭后睡觉。睡了几个小时。“连腮胡”和鹰钩鼻司机起来走了，留下那个少年看押高诚。不久又进来一个持枪的青年，下巴上有些稀疏的胡须，也来看押他。青年来后，少年便贪睡地歪在坐褥上睡着了。

其实高诚脑子里没有逃生的念头，他的头脑身体似乎已经失去了主动性。虽被除去了头上的布解下了身上的绳子，但浑身麻木软弱无力。头脑也已迟钝，歪在坐褥上一直似睡非睡。

晚上“连腮胡”和鹰钩鼻司机回来，吃了饭和昨天一样继续出发。不过比昨天早，刚入夜就出发了。把高诚仍然捆了，头上蒙布，嘴用胶带封了。

车仍然走在崎岖的山路上。可能是怕被发现，他们没开车灯。司机对路很熟，凭着时隐时现的月光摸着走。路况很差，车走的磕磕绊绊，蹒跚前行。在爬一个长坡时，丰田车终于没像昨天那样经受住考验，熄火停车了。

几人下车拿个手电查了半天，又推车到下坡处让车溜坡打火，也没启动。

汽车抛锚了。

“连腮胡”打了几个电话。仨人坐进车里等候着什么。

不久，后面路上隐约传来汽车的马达声。“连腮胡”和鹰钩鼻司机提枪钻出汽车，向后面迎了过去。

来车是辆丰田皮卡，靠到抛锚车边停下。和绑匪一样打扮的三个人下车，个个大胡子，挎着AK–47冲锋枪。双方见了面挨个拥抱，低声寒暄。

皮卡车的敞篷车兜里还坐着两个人，两个罩着“布嘎”的人。显然不是他们的同伙，像是被控制的和高诚命运相同的人，应该是女人。

几个武装人员商量了一下，把高诚拽出了车，托架着把他推上了皮卡。高诚浑身无力，不知是怎么回事也看不见，上车一个趔趄撞到了穿“布嘎”的其中一人，头直接撞到那人的怀里。那少年上车，把他拽过来按在座位上。少年也坐到了他旁边。

“连腮胡”和鹰钩鼻司机留下修车，其他人上了皮卡。皮卡随即启动，也不开灯，缓慢蹒跚着沿山路驶去。

许久高诚才想明白，他换乘了一辆车。回想起刚才上车时头撞的好像是人的身子，软软的像是女人，而且还闻到了一股女人的香味，那香味挺好闻的还让他清醒了些。他辩了一下方位，觉得那人就在他的对面。他借着车的晃动往对面凑，张大鼻孔闻了闻，闻到的是夜空旷野阴凉的气息和车卷起的尘土的味道，哪闻得到什么女人的香味？这让他恍惚，觉得那感觉和香味不过是噩梦中的臆想。这车上怎么可能会有女人？

他打了个冷战。从轿车转到敞篷的皮卡上，感到了夜间野外的阴冷。这山里昼夜温差本来就大，加上车行驶中有风穿过，更加重了冷的感觉。呼吸也觉痛快了许多。那冷不仅作用于他的体表，还被他吸入体内。吸入体内的气息虽有土腥味，但更多的还是夜间山里的冷清。他觉得全身的神经在冷的刺激下恢复了敏感。而思想仿佛也从漫长的昏沉中恢复了。

他又想到了那可能闻到的香水味。那香味有些熟悉，好象在哪儿闻到过。究竟是臆想还是真实的存在？他还是不能肯定。

蓦地，那香味勾起了他的回忆。他曾在玛丽亚的身上闻到过！在飞机上第一次见面，在燥热恶臭的氛围中那一缕芬芳的香气，以及以后的几次擦肩都曾闻到过。

他陡然惊醒！玛丽亚！莫非是她？

这怎么可能！他仔细回想刚才的过程，上车时确实撞到了人，就在那时好像闻到了香味。这怎么可能？或许是别人用了和她一样的香水，不过那香味是香水混合了体味的气味，是特殊的独有的。可她怎么可能在这儿？会在这车上？他又尽力用鼻子去闻，还是只有旷野和尘土的味道，没有其他一丝的获得。而除了用鼻子去闻以外，其他什么都做不了。他不停地在想这是不是玛丽亚。玛丽亚的形象也不停地在他眼前出现。那火光硝烟惊恐人群中的漂亮面孔和灿烂笑容，逐渐占据了他的内心。他的心里又重新洒入阳光，血液奔腾循环，肌体贯入活力，生命之火重又在他身体内点燃……

载着一车不同角色、各种状态的人的皮卡车此时已经爬上了山。为防备空袭，没有开灯的汽车怪物一样在崎岖的山路上钻来钻去，颠簸盘旋。这路即使在白天行驶都会让人提心吊胆。司机仗着路熟开得有点儿飘，可能是过于自信也可能是为了赶路。

这时，意外发生了！

在一个下坡急弯处，车失去控制没能拐上道路，而是出了路冲下了山坡。翻滚着跌入山底消失在黑暗中……

没有任何征兆，一切发生在瞬间！陷在主观思索中的高诚没有任何反应，即使有反应他也无能为力。车冲下路第一个翻滚就把他抛出车外，摔在了山坡上。黑咕隆咚的顺着山坡翻滚，身体应接不暇地遭受着山体的摔砸磕碰，还有小树棵子的撕扯划剐。在急速的翻滚中，他身体疼痛不已，特别是脑袋在碰撞中胀痛昏迷。待他滚到一处缓坡被一丛灌木挡住时，他已经失去了知觉……

“完了！”这是在失去知觉前他头脑中出现的最后的词汇。

十三

渐渐地高诚苏醒了，知觉在慢慢地恢复。他稍稍挪动了一下身体，抬了抬头，浑身火辣辣的生疼，脑袋胀痛晕沉。

虽然给他的是地狱般的感受，但他意识到了自己还活着。

他下意识地睁开眼睛。他居然看到了！原来缠在他头上的布在滚下山时被风刮走不知去向。四周黑黢黢的，视野就被限制在眼前几米。这是一处缓坡，他被阻拦在灌木棵子中。周遭都是些不高的小树棵子和裸露的半截石头。月亮被山遮住。有着些许亮光的星空也被环绕的山头圈住，悬在上面。下面深不可测，隐约有水声。

他一阵心潮涌动，活着且又看到了周围的世界。他尝试着活动一下身体，躯体四肢几乎无处不疼。他试图翻动一下身体，好从灌木丛中脱身出来，但尝试了几次没有成功。除了浑身疼痛难忍外，双手仍被反缚让他吃不上力，他放弃了翻动身体的努力，而是尽力活动手臂。双臂沉重而麻木，似乎没有了感觉，这让他十分失望。一阵悲凉袭过心头，刚刚的激动无影无踪。身体受伤双手被缚，困在这异国他乡的荒山深处，动不能动，孤立无援，还不能呼救，呼叫可能会遭受更坏的结果。四周是正在吞噬他生命的令人恐怖的黑暗，他虽然活着，却只能去感受自己的死亡；他虽然能看见，却只能看到自己的生命一点点的丧失。这太残酷了！泪水浸湿了他的眼睛。他的心凉透了。

黑夜山里阴冷的风吹拂过来，他打了个冷战。虽然里外冷透，但让他浑身的损伤疼得轻了些，也让他的头脑变得紧张，思虑变得清晰。

他清楚现在千钧一发！是要命的关键时刻！有一线可能也要全力争取，拼命挣扎！他尽量让自己冷静，想脱身的办法。他想起刚才活动手臂时，虽麻木肿胀但觉得还是可以动的。好像绑他的绳子并不太紧，可能是滚坠过程中划蹭有了损坏松动了。他忍着疼痛尽量让身体侧过来，给手臂让出一些空间。他尽力活动手臂，胳膊麻木肿疼但有感觉而且按头脑指挥在动，这让他增加了信心。绳子把他的胳膊和上身捆在一起，又在手腕上系了一个扣。他尽力挣脱，绳子虽松动，但还是没挣开多少空隙，还是脱不出来，这让他又泄了气。

他想到了自己的腿。对呀，手臂被绑，腿并没绑，只要腿脚能动，他就可以走可以跑呀！他试着活动腿，疼痛难忍！特别是右腿，大腿处剜肉般的痛。他费劲弯头拿眼去看，见长袍肥裤已支离破碎，那腿上最疼处原来是断树的枝杈插入肉中，鲜血浸透了一片。他心疼得赶忙挪开眼，真是惨不忍睹！

他定了定神，没别的办法，要活命就只能想办法将腿拔出！他在脑子里筹划如何抬腿翻身，脱拔出树枝。想的心里都哆嗦。他喘了几口粗气狠狠心，咬紧牙关，猛地翻身抬腿，将大腿从那木杈上拔出！那剧烈的疼痛险些让他把牙咬碎、心掉出来！头上已是大汗淋漓。

他喘了几口气，把神凝住，使劲弯头去看，腿上没了树杈，伤口像小嘴一样往外冒着血。他知道如不尽快止血会很危险。他试了试两条腿的关节，虽痛但还都能正常弯曲，感觉骨骼还行。他沉了沉气，铆足了力气，翻身，跪起，挺身，站起，趔趄了几步，晃了晃身子居然站起来了！

他试着挪步，觉得腿到处疼痛，但没骨折能够走动，他赶忙挪到旁边一块半截埋在土里的巨石前，找到石上一处和身体平高的锐角，用石尖抵住绳子，身体向上顶蹭，并不时变换位置，把绳索一点点的向下退。绳索原本已有些破损，系的也已松动，他蹭了一会儿真把绳子弄松垮下来了，胳膊已能活动了，手腕还没挣脱，但显然也松动了不少。他将手腕上的绳扣顶住石尖来回蹭动，不久也脱落下来，终于他的手臂身体摆脱了束缚可以自由活动了。

他顾不得手麻疼痛，连忙从身上破损的长袍下摆撕下一条布，坐在地上包扎流血的伤口，把血止住。

他长出了一口气，心里稍安，甚至有点意外之喜的感觉，没死人身体还自由了！虽然浑身是伤疼痛难忍，但没大伤，特别是四肢没骨折，可以走动。他终于有机会摆脱这被绑架做肉票的悲惨处境，逃离恐怖和死亡了。

不过现在只是人身自由了，还没脱险，不能高兴太早。他观察了一下环境，逃离这里绝非易事，什么都看不清，只知道这山又高又大。他无法辨识路径，可能根本就没有路，他想想是从上面坠落下来的，还是应该向上返回那条道路上去。

想好之后，他开始向上攀爬，腿还是很疼，他手脚并用，一瘸一拐地曲折向上蹬行，寻找着好走一点的缓坡。没走多远，他就气喘吁吁，筋疲力尽，这才明白这个过程异常艰难，前途可不乐观。即使此时身强力壮爬上这山都非易事，何况现在的身体状况，但他没有其他选择，只有向上攀登，才能逃出这地狱般的山谷。他改变策略，爬一会儿歇一会儿，节省体力。开始山坡较缓，坡度不大，越往上爬山越陡，爬了几十米后，坡陡攀登已极为困难，并且没有了小树棵子，往上爬没了抓手。再往上看，视线之内都是陡坡，让他胆寒；向下看怕一脚没踩住跌下去，也让他心惊。他只得小心地下来，在刚才跌落的地方平行走，再寻向上可攀登的山坡。

高诚边走边拿眼向上寻摸，尽力看得远一些，怕再走冤枉路。他走的地段是一个山腰的缓坡，地形崎岖复杂，灌木和小树棵子多。他深一步浅一脚地走着，还要用手不时的扒开挡路的枝条。

突然，他听到一阵窸窣的声响。他慌忙伏身靠在旁边一块山石后观察。

那声响出自前方一丛灌木，能够看到灌木的枝条在颤动，朦胧中好像有人影在木丛中挣动。那人一定也看到了他或听到了他的动静，向他的方向呼叫。呼喊的声音不高，似乎被有意压低，在空寂的山谷中还是听得很清楚，只是他听不懂那呼叫的语言，但那悲哀的声调可以断定是在呼救。

他环视了一下周围，看清没有任何危险后，小心翼翼地上前，果然看见一个人被裹在了灌木中，跟他刚才的情况相似，但要严重得多。这人已被缠绕其中，身体四肢多处被树杈戳入，浑身布满血迹，脸上也是血。他上前仔细辨认，这人竟是打了他脑门一枪托，一直看押他的那个少年绑匪！此时他已奄奄一息，眼巴巴地看着高诚，充满求救的渴望，当他认出高诚后，变得默不作声，眼中现出疑惑和恐慌，他不知道高诚会如何处置他。

居然是这小子！那个一分钟前还朝他腼腆淳朴地笑却突然变脸凶狠残

暴地拿枪托砸他脸的那个半大小子！高诚摸了摸自己的脑门，额头肿胀凸起，疼得仍然厉害。伤口很大，虽已结痂但没缝针，将来就是好了也会留下一个显眼的伤疤。

这可真是现世报呀！坏事做到头了，活该！刚才还捆绑他押解他，主宰他的命运掌控他的生命，现在角色转换，他成了主宰，他真想上去踹这小子一脚。看看这小子的伤情，多处都在流血，用不了多长时间血就会流干。不用踹，这小子死定了！

高诚扭身躲过这让人厌恶的灌木丛，向前攀爬而去，把死亡留在了身后。没走几步听到后面传来一声低沉的呼唤，他听不出这声音的语言词义，可能就不是话，仅仅是从喉咙里发出的一个声响，但它能打动人心，让人于心不忍。这纯粹是生命的呼唤！这声音拽住了高诚的脚步，他太年轻了，还是个孩子。高诚眼前浮现出第一次见到这个少年的样子：红扑扑的脸，友好腼腆的笑，淳朴漂亮。他不忍心眼看一个年轻的生命就这样凄惨的死去，而这死又是因为自己没伸手施救。

高诚返回那灌木丛，看到那少年的眼睛睁得很大，惶恐着却突然充满泪水。

他便不再犹豫。

高诚先把缠绕他身体的枝蔓清理掉，再把插到肉里的细的枝条拔掉，抱着他的腿或身体从粗的树杈中拔出，最后抱紧他的身体使劲搬出。在他的惨叫声中把他从树丛里抱出，二人一同跌倒在地上。

俩人都浑身是伤，筋疲力尽，倒在地上都没能立即起来，他们躺在地上喘着粗气，缓了半天，还是高诚先挣扎坐起，在那少年身上撕扯下一些布条给他包扎止血。不把血尽快止住，人会很快死掉。

帮他把流血的创口草草包扎上，高诚踉跄站起，打算离开，他不想和这年轻绑匪多待。他不懂这些人，搞不清楚他们脑子里想什么，不知道他们的规矩规则和行事方式，跟他们在一起会感觉不安全，即使你救了这个人的命。

这少年却叫住了他。

他回过头，少年已在他身后跪起，双眼浸着感激的泪水，右手捂在胸口，上身向他一躬到底。

高诚没讲话，甚至没做任何回应，扭头就走。

扭头时不经意的一扫，却有了让他惊讶的发现，那灌木根蒂下竟然挂着一支AK-47冲锋枪！一定是这少年的枪，翻车时和他一起掉下来被树枝挂住。

这发现让他大惊失色！立刻想起这少年前脸微笑扭脸给他凶狠一击的画面以及东郭先生救狼的故事。他顿时一身冷汗，没准这小子前脸给他跪着转脸会给他一枪。

他跨步过去抄起枪，恰好这少年抬头看见，吓得后仰倒在地上，惊恐地不知所措。

高诚想了想，拿着枪也没用，自己也不敢开枪杀人，而且非法持枪在哪儿都是罪，还是不要惹事，但也不能把枪留在这儿。他想起在沙哈利家和孩子们玩的玩意儿。

他敏捷地把枪分解成零件，他枪玩得已经很溜了。当着少年的面把所有零件扔向了山下，然后扭头就走。看都没再看这少年一眼。

他蹒跚着走去，搜寻着可以向上行的较缓的山坡。四周还是漆黑一团，他边走边伸头找路，一不留神脚下踩到一处软的东西并被绊倒，让他狠狠地摔了一跤，摔得他散了架一般浑身疼透。他咬着牙坐起，一看绊倒他的东西，不禁大惊，吓得他向后撤身！

绊倒他的竟是一个人的身体！身上穿的“布嘎”已被划得七零八落，但脑袋仍被罩住，应该是个女的。

毫无疑问这是和他同车同遭遇的人。他记起好像因为车坏他被换过车。坐的好象是没有车篷的卡车，座位上还有其他人，这人一定是这些人中的一个。

猛地他想起，他被推上车时曾栽了一下，头撞到了一个坐着的人的怀里。好像闻到过一股淡淡的香气，那香味和以前记忆中的玛丽亚身上的香味一模一样。

眼前这个人莫不是玛丽亚？他的心一哆嗦！

他倾身向前再次看那人，身体蜷曲着，到处浸满血迹，破碎的衣服已不遮体，残留的“布嘎”只罩住了头颅，看不到面目，不知道生死。

这是女人无疑，但会不会是玛丽亚？

他伸手试图摘去那头脸上的遮挡，但手一直发抖，伸出退回反复了几次。最终还是下定决心，快速出手摘去她头上的罩布。

这是一张中年妇女的脸，额头和脸上有血，可能是摔到了头部。

不是玛丽亚！他闭着眼睛长出了一口气。

高诚惊奇地发现，这个人还活着！她的脸上有动，手也有抽搐。他忙去摸她脖子上的动脉，有脉动，确实活着，但她昏迷得很沉，已奄奄一息，看样子坚持不了多久了。

高诚起身，心里一阵悲哀，他挽救不了这个人的生命，也不忍看一个生命的死去，这让他恐惧。他要快速离开这里，离开这个地狱般的黑暗山谷，脱离死亡拯救自己。

他尽力快走，复杂的地形让他也走不了很快。他望着前面感觉可行，便顺着山势斜着向上攀爬。他疲惫已极加上浑身伤痛，每上行一步都付出极大的体力。只能走走停停，走两步休息一会儿。还好没再遇到刚才那样陡坡的阻碍，没有路但都可行可攀。走了一阵，仰望上面，好像隐约看到了齐齐的路沿，觉得接近公路了。这时他已累得气喘吁吁，一屁股坐到一块石头上，歇一歇，看一看周围的环境和上面公路的情况，判断一下方位。他此刻已经完全迷失了方向。

高诚生在北京长在城市，除了旅游，就没下过乡进过山。玩的地方都是开发好的景点，从没有过走荒山野岭的经历，何况这又是在没有地况概念的外国异域。他是凭着本能和求生的信念奋力挣扎到此的，现在他对这大山充满恐惧而且迷茫，对自己的体力状况十分悲观，明白逃出这大山绝非易事，意识到他只是在死亡的坠落中抓住了生命的绳索，能否成功逃生并不确定。当然他不会放弃。

又让他悲哀的是他判明不了方位，不知道应该往哪个方向走。他没有看月亮星辰判断方向的知识，想不起是从哪个方向来的，坎大哈在什么方向。他清楚这里不能久待，这一片区域都是塔利班的活动区域，他们知道车祸会来救援。自己不如先爬上公路离开这里再做打算。

高诚选择了易于攀爬的方向，迂回着开始行动，突然发现前方有人影一闪，他吓了一跳！忙趴在山坡上隐身观察，发现是一棵小树的树枝上挂着一件布袍被风吹得微微摆动。他心生疑惑，走了过去，发现那里的灌木和山坡有折刮的痕迹，可能车是从这里掉下去的。他扯下那布袍，原来是一件蓝灰色的“布嘎”。

这说明车上还真有另一个女人！他忙捧起那“布嘎”放在鼻子下闻了闻，虽然这布袍被山风吹得原有的味道淡了许多，但那香味却是他熟悉的。

玛丽亚真的在车上！

高诚的脑袋“嗡”的一声，血往上涌，心惊悸而紧张！她为什么会在车上？难道她也被绑架了？从被挂住的“布嘎”看，她肯定也掉下来了。结果自然会是逃脱或遇难或受伤被困，逃脱的可能性最小。

要找到她！

高诚的头脑清晰而坚定，没有丝毫的犹豫，身体里平添了一股力量，浑身的疼痛一下减轻了许多。

高诚从这里向下搜寻，下面是一个陡坡，然后是一块三角形的凸起，上面有浓密的树丛。他扒开灌木带刺的枝条探头进去看，立刻看到树丛中一个人蜷曲的身体。这人穿了一身淡绿色的衣服，在黑暗中十分显眼。从衣服上看肯定是女人，而且他曾见过玛丽亚穿过这个颜色的衣服。他急忙手脚并用，折断和踩踏开挡路的树杈枝条，来到近前。这个女人的身体被树蔓缠绕，双手被反绑着，侧卧在树木的枝条间，被枝条卡住动弹不得。高诚伸头过去看她的脸，虽只看到了侧面，却已然认出。

正是玛丽亚！

她面色惨白，毫无生气，满脸沉寂。高诚以为她死了，脑子里“轰”的一声，一阵晕厥。他心里难受，身体一软一屁股坐到了地上。悲伤笼罩着他的全身。

他忽地又立起身子，用手去摸她脖子上的动脉，血管还在跳动！他的心一下子也随着那血脉博动的节奏而兴奋喜悦起来。

她还活着！

她可能是摔到头部造成了昏迷，也可能是一直挣扎试图解脱而精力衰竭至休克。高诚用手试了一下她的鼻息，呼吸还在，又检查了一下她的全身，有划伤和树枝的刺伤，没有发现大面积的流血和严重的外伤。他心里觉得有底了。

高诚先清理了缠绕她身体的蔓条和碍事的树枝，解开绑住她双手的绳子，再小心翼翼地把扎伤她身体的树枝拔出，把她的双腿从卡住的树干中搬出。然后抱住她的身体把她挪了出来，让她躺在了自己的坏里。

他刚开始工作触动她的身体时，玛丽亚就醒了，她用异样的目光盯住高诚看。

“怎么是你？”她用的是俄语，显然她没有认错人。

“不要讲话，不要动，不要怕。我救你出来。”他说得轻声慢语冷静沉着，和他正在进行的施救工作节奏一致。

她乖乖地屏息静气配合着高诚，即使高诚拔那扎入皮肉的枝杈时，她都忍住疼痛尽量不动。

当她脱开困境躺在高诚怀抱中时，她的眼神还是异样但已经红润了。她问：“我是在做梦吗？”

的确这太像在梦中了！当她陷入绝境孤立无援、连摔带吓认定必死而昏迷，灵魂即将撒手生命时，却出乎意料地被人挽救，生命重归。更难以置信的是，救她的人竟然是她中意的，是那个在头脑里展开过无数情感想象的那个中国男人！这怎么可能！几千公里外的他半夜来到这大山里她摔落的地方救她，这简直就是飞来的天使。这不是梦又是什么？

“不，这不是梦。”刚才还全神贯注的高诚现在已经松弛下来，微笑着看着怀中的玛丽亚，笑得宽慰，眼中满是爱怜。

“你不是在中国吗？怎么会来到这里？”她眨动着晶莹的浅蓝色眼睛。仍然迷惑，泪水却越来越多。

“来阿富汗几天了，一直找你，现在终于找到你了。”

“真的？这些都是真的？”她悲喜交加，泪水喷涌而出，抱住高诚贴靠脸颊哭了起来。

高诚同样百感交集。盼了多久的重逢，想象了多种多样的见面情形，设想了无数遍的表白方式，揭晓的竟然是这样让人错愕的场面。没有阳光蓝天草地鲜花一样美的环境，没有美女俊男抒情交融的爱的氛围与光辉，却是在黑夜荒山残酷的车祸现场，两个遍体鳞伤的有情人心惊胆战地抱头痛哭。命运怎么会有这样不着调的安排，有情人的初次结缘，没有浪漫风情，没有爱的告白，没有爱的热烈和灿烂，有的却是在死亡线上拉扯牵拽，凄惨悲伤。他也不禁伤感心酸，泪水涟涟。

他们相拥而泣，虽然悲切，也是爱的交流。没有浪漫，却多了亲近，多了赤诚。生死相依，共赴危难，倒也永志。

只是现在没那时间让他们哭个痛快。高诚知道不能在这儿久待，推玛丽亚起身，看看她有没有大伤，能不能走动。

她站起身试了试腿脚，幸好没有骨折，可以走动。这时她发现了高诚脸上的血和身上的伤，忙问是怎么回事。

没有时间细说，高诚只说了被绑架当天的情况，玛丽亚也记起了见到一个被蒙头的人给拖上车还碰了她一下。她这才明白了事情的来龙去脉，深陷的大眼里再次溢满泪水。她上前搂住高诚吻了他的脸颊，又急忙去查看他身体的伤，检查得很细，几乎看遍了他的全身。看后，她说：

“胸部腹部还好，骨骼也没发现大问题。划挫伤很多，几处伤口很深，还在流血，要马上处理。”

她在自己的衣服上撕扯下一块布，再把布撕成几条，然后逐个包扎伤口。

高诚又闻到了她身上的香味，说正是这香味让他找寻到这里救了她。

她十分惊讶，又欣慰又感动。

她说她每天都接触病人，全是妇女。阿富汗卫生条件不好，有时候气味让她难以忍受，她和她的同事们就用香水舒缓一下工作环境。

这让高诚明白了为什么她对各种饰品陌生而唯独用香水装饰自己的原因。

“摔下的车里有药，现在找不到了，只能这样了，要尽快去医院或找到药。”

给高诚包扎完，她又给自己包扎，在高诚面前袒露自己的身体，对高诚伸手帮忙触摸到她的肌肤，她也欣然接受。

高诚问她为什么也被绑架。

她说在塔利班地区现在流行疟疾，绑架她们劫持药品是为了给塔利班和他们的家属治病，给伤员治伤。抓她们有一周多了，已经走了几个地点看病。

这时高诚心里才认定，绑架他的确实是塔利班。

高诚想起了那个重伤昏迷的妇女，向她讲了。

她叫出了那人的名字，“她是医生，我们一起工作一年多了。她是个好人，救治很多阿富汗妇女。”

她说要去看看，看看能不能救活这个女医生。高诚摇头说：“我看没有希望。”

玛丽亚执意要去，说：“万一有希望呢？不能见死不救吧。”

他们整理好衣服，从刚才高诚进来的地方树丛中钻出去，走下山坡搜寻到了那个昏迷的女医生。

玛丽亚急切地俯下身，摸脉查看伤口。说：“她活着，头摔得很重，造成昏迷，腿有骨折不知道脊椎怎么样？”

高诚拉起玛丽亚劝她走。“我们没有办法救她，还是赶紧走吗。”

玛丽亚依然纠结，焦躁地说：“这要是在医院应该能救活的，我们怎么能扔下她走呢？”

在他们犹豫着拿不定主意的时候，有车声由远而近，而且不只一辆。这些车没有开走，在他们头顶上方停下了。车上下来一帮武装的大胡子，在他们上方路沿处拿着手电向下照看。

俩人忙伏在山壁上向侧旁移动，躲避着手电的光柱。看看左右光秃秃的没法隐蔽，他们躲到了附近一处树丛，把自己隐藏起来。这时他们的心紧张起来，这些人显然是知道这里发生的车祸，来搜寻现场的。高诚觉得奇怪，他们怎么这么快就知道出了车祸而且找得这么准。不过立刻他就恍然大悟，肯定是车上没死的的塔利班伤员报告的，用的是手机，说不定就是他救的那个少年。他懊悔没抓紧时间立即和玛丽亚爬上公路，可又一想那也未必能躲开，这些人如果下来搜索这块地方，发现他们是迟早的事。现在是夏季夜短，天已有些朦胧，再有两个小时天会大亮，这里山高沟深，山势陡峭，崎岖难行，想转移而不被发现是做不到的。山虽然大但草木不多，大部分都是裸露的土和山石，找个在白天能不被发现的地方恐怕很难。

他们两个人最怕的事终于发生了，上面的塔利班留俩人在公路上，其他的人都打着手电下来了。他们攀爬而下，用手电寻找可落脚的地方，走的路线就在他俩人藏身的树丛旁边，吓得高诚他俩心提到了嗓子眼儿，他们屏住了呼吸。

这些塔利班就在树丛外走过，和他们俩仅隔一些纷乱的树叶枝条，他们感受到那恐怖氛团的压抑，紧张得透不过气来。不过这些人并没发现他们，可能是在公路上面瞄好了下面的目标，直奔那里去了。

高诚估计他们是朝坠崖的车去了，抬头往上看，路上的两个塔利班仍监视着下面。高诚俩人的位置在他们的视线之内，现在转移是做不到的，只能蛰伏等待时机。

玛丽亚的手缠绕着高诚的胳膊，身体贴靠在一起。她被高诚感动，眼中又充盈了泪水，悄声说：“你是为了救我而耽误了逃跑的时间，如果不是你救我，我肯定也活不了。”

事情的确是这样的，但高诚明白当时即使上了公路也未必能逃脱。他关注着塔利班的救援工作，但那辆车坠得很深，不在他的视线之内。他问玛丽亚：“这车上有几个人？”

“出发时我们两个，还有一个司机，两个看守，一共五个人。中途上来你们两个。”

高诚想除了那少年可能还有其他人活着。

玛丽亚指着刚过去的几个人说：“这些人我见过，都是塔利班，我给他们的家属看过病。过去我们下乡到山里给妇女送医送药，他们不抓我们，这次抢了我们的药还抓了我们。”

过了一会儿，他们看见这些人从山沟往上费力地搬着东西，到近处才看清抬的是一个满身是血的重伤号。又搬上一具尸体，就放在他们藏身的树丛外面。这时从公路上又下来一个人，询问这些人车祸的情况。

高诚认出这人正是“连腮胡”。

玛丽亚伏在高诚耳边悄悄地把他们的对话翻译过来。

“车厢里的人全死了。司机的尸体被车卡住了，取不出来。还有一个伤员，正扶他上来。他们准备全力找我们。”

一会儿，两个人背着高诚救的那个少年也到了这里，他说看到了高诚，还活着。

高诚听到这话，恨得直咬牙，后悔救了他。

除了“连腮胡”和两个伤员，其他人在满山坡地搜找高诚和玛丽亚。

天渐渐亮了，山形地貌慢慢地明朗，视野也越来越开阔。高诚和玛利亚搂得更紧，他们感到那恐怖的煞气咄咄逼近，都明白很快他们就会被人发现。

玛丽亚悄声说：“他们发现我们后，我要说你是我丈夫，不然他们会杀了我的，在阿富汗男女是不能这样在一起的。你要说你是中国的穆斯林，另外不要讲我母亲是俄罗斯人。”

在她讲完这话不久，他们就被发现了。

十四

“连腮胡”发现高诚他们俩人时一笑，他没想到他们就在这么近的地方藏着。他拿枪挑着树枝让他们出来，但看到他们挽手搀扶着出来后，却暴跳如雷。

“你！你一个穆斯林，一个阿富汗妇女怎么能和一个男人、一个异教徒这样！”

他横起枪，摆出要开枪杀人的架势。

玛丽亚毫不畏缩，镇定地回应：“这个男人是我的丈夫，他不是异教徒，他是中国的穆斯林。”

她声高气壮让高诚都惊讶，但她的身体和手却在抖。高诚把她护在身后。

她的话把“连腮胡”一帮人说愣了。

“连腮胡”显然不信，仍然厉声叫道：“胡说！你说谎！”

“怎么说谎？我和爸爸妈妈在塔吉克做过难民，他在塔吉克做生意，那时候爸爸给我们订的婚。”她讲完又用俄语小声对高诚讲一遍。

高诚看到这些人盯着玛丽亚目不转睛，眼中闪着邪光，他拿起那斜裹在玛丽亚身上的“布嘎”给她套上。这“布嘎”虽已破损，但足以遮罩她的美貌，丑化她娇好的体形，截住那歹意的眼神。

一个大胡子指了指地上的重伤号，过来和“连腮胡”嘀咕了几句，像是在劝他。

高诚想，玛莎说过给这些人的家属看过病，她硬气地讲话，可能心里有些底。

“连腮胡”果然听劝，一摆手，说：“这个以后再说。你现在赶紧给这两个伤员治伤。”

“我是穆斯林，一个女人怎么能给男人治伤？”她嘟囔着。

“连腮胡”暴怒地吼叫：“他们是真主的战士！给他们治伤是真主的意旨！”

“好吧。我和我丈夫都有伤，我们需要先包扎一下，然后我们一起给他们治伤，让我丈夫动手。”

“连腮胡”气不消，凶狠地威胁说：“你不把他们治活，我杀了你们两个！”话虽狠但也算认可了玛丽亚的话。

“药呢？”她问。

车上的药箱随车一起坠落摔散在山坡上。塔利班几个人找回了一些。

玛丽亚掀起高诚的衣服，给他的伤口清洗消毒上药包扎，完后经“连腮胡”同意，俩人又返回树丛里，由高诚给她的伤口做了处理。

然后，她指挥高诚，她用眼用口，高诚动手，先检查了重伤员。这个人伤得很重，多处骨折，腰腹部伤口很大。

她向“连腮胡”介绍了伤情，说：“这个人必须尽快去医院手术，这里只有一些普通的外用药和治感染的药，只能对伤口做简单处理。”

她指挥高诚对那两个人的伤口进行了处理。她本人给那还在昏迷的女医生的伤口也做了处理。

全部搞完天早已大亮，塔利班把伤员抬上车。

玛丽亚和高诚准备把那女医生也抬走，被“连腮胡”大声喝住。

“放下他！”

玛丽亚争辩：“她活着！可以救过来。”

出乎意料，“连腮胡”把AK—47冲锋枪朝前一顺，朝这女人连开三枪，打在这女人的胸上头上。女人的身体在枪击下震动了几下，血涌出来，流了一身，流了一地。

高诚吓得魂飞魄散，浑身颤抖，闪过身去。那中枪流血的画面让他呕吐，但又吐不出什么。

玛丽亚吓得尖叫一声，背过身去嘤嘤地哭了。“她还活着！”

“现在她死了！走！”“连腮胡”恶狠狠地吼着。招呼手下把高诚玛丽亚押上公路上的汽车，急着忙着开车走了。

俩人一同被囚禁比一个人好受。其实待遇没什么变化，吃的一样，每天还是绑上手脚睡觉，但少了孤独和死亡般的地狱感受，能说说话，相互吸取温暖和坚强。

当天早晨他们在车上颠簸了两个多小时到了一个山窝里只有几户人家的村庄，玛丽亚一再强调那个重伤员要立即送去医院，否则性命难保，就是勉强活命也会终生卧床。重伤员就没有下车。只有高诚、玛丽亚和那个少年被送进房间。玛丽亚估计，是把伤员伪装成平民送去坎大哈医院，或是找民间正骨大夫去治伤了。

白天玛丽亚给这村的几户妇女看病，下午才回来，回来后给高诚和那个少年换了药。没有旁人在场，她亲自上手给少年上的药，那少年诚惶诚恐的，大概从没接触过女人。最后，玛丽亚自己在“布嘎”遮挡下也换了药，够不着的地方让高诚帮忙。

那个少年一直和他们在一起，他默不作声，安静地坐着或躺着，偶尔和高诚目光相碰，就立即移开，他眼神中明显地自觉对高诚的亏欠，给了高诚良心未泯的感觉。玛丽亚告诉高诚，他的名字叫凡尔丁。

还有一个看守，四十多岁的大胡子，抱着枪坐在门口，似睡非睡的一动不动，除了做礼拜和吃饭，都是这个样子。

其实这些人对玛丽亚说他俩人是夫妻都半信半疑，但也看出俩人确实早已相识并且关系密切。他们也没工夫和必要计较这些，反正一个是肉票，一个是绑架过来为他们看病的医生，俩人的关系如何对俩人的身分没有任何影响。

高诚和玛丽亚俩人一直聊天。

“你是医生吗？”

“不是，遇难的那位是医生，我只培训过两年，在杜尚别学的医学基础和护理，这几年一直跟着医生跑，接触的多了，也算半个医生了。不过，你可不要说我不是医生，这样他们不在乎我了，对我们不好。”

高诚发现玛丽亚很善于保护自己，她和塔利班这些人打交道不犯怵，虽也害怕但不慌乱，这和她漂亮的容貌及纯朴天真的性情不协调，反差很大。这可能和她在混乱的社会底层到处跑的工作或者和她个人经历有关，高诚想起她几次提到过塔吉克难民营，便问：

“你过去在塔吉克难民营待过很长时间吗？”

“跟你讲过的，我们这个人道组织过去在塔吉克做阿富汗难民医疗援助工作，阿富汗战争结束后才转移到阿富汗国内的。”

“你不是阿富汗难民吗？”

她笑了，说：“不是，我不是难民。我就是做难民的人道救助工作的。”

“那你怎么去的塔吉克？”

“我就出生在塔吉克。现在我的国籍是塔吉克。”

高诚怔住了，一头的雾水，他觉得这玛丽亚真是个浑身是谜的女人。每次见面都揭开一个谜底，同时又布置了一个新的谜团。

玛丽亚看到了他的迷惑，坐定后开始安静地说起了自己的家世。

“我的妈妈是俄罗斯人，爸爸是阿富汗普什图族人，这个我跟你讲过。在苏联占领阿富汗时期，阿富汗政府选派了很多青年到苏联去上学，我爸爸被派到塔吉克的杜尚别上大学，我的妈妈也在这个学院上学，他们在学院相识相爱结婚了，以后就有了我。他们大学毕业后都在塔吉克工作，后来苏联解体，塔吉克独立……我的父母相继去世……所以我的国籍是塔吉克，但那里除了回忆什么都没有了……一次偶然的机会，我认识了这个人道组织的负责人。她是德国人，是原东德的人，俄语非常好。这个组织没有会普什图语的，我会普什图语，也会俄语和塔吉克语。他们非常需要，就雇用了我，但我当时年龄还小，没到工作年龄，他们就送我去上学培训。后来就一直在那里工作，又来到了阿富汗。”

她看起来让人百思不得其解，对不上头的身世说起来很简单也很自然，不过是被历史的变故弄错了位而脱离了常轨变得独特而已。对里面的悲欢离合辛酸不幸，她略去了没讲，但高诚还是从她失神的脸上和尽量控制的语调中感受到了沉重和伤痛。他伸手揽住她的身体让她靠在自己的身上，表达对她感伤的分担。

高诚岔开话题，说：“平时你们工作就是到处给人看病？辛苦吧。”

“不全是。很辛苦。阿富汗医院很少，现在建了一些，都在喀布尔，大部分地区根本就没有医院。人们看不上病，妇女就不看病，特别是塔利班活动的地区。我们其实起的作用很小，只是做点力所能及的。”

高诚不想再问下去了，她是在社会非正常状态下脏乱差的社会阴暗面和艰苦的环境中工作，播撒着人道的些许亮光。可以想见她面对的都是些什么人，高诚不敢往下想，往下想心疼。这哪是这么年轻漂亮的姑娘待的地方干的事啊？他现在受制于人自身难保，心悬气短，说不出提气的话来，否则一定发誓让她摆脱这脏乱差的生活。没辙，他现在只有心里难过。

“不要让他们知道我不是阿富汗国籍，那样对我们不好。”她叮嘱着。

的确高诚在死亡线上拯救了玛丽亚，但玛丽亚的出现也拽住了高诚崩溃的精神，把他从彻底绝望心如死灰的状态拉回到正常。过去他觉得玛丽亚神秘，未知的东西很多，这也吸引了他。现在他觉得玛丽亚是一本书，他刚开始阅读，后面不知还有多少惊奇，还有多少感叹，还有多少精彩。

到这里的第二天傍晚，玛丽亚看完病被送回来不久，“连腮胡”和鹰钩鼻司机突然进屋来。“连腮胡”朝捆住手坐在墙脚褥子上的高诚看了一眼，站在房屋中央拿手机接通了电话，说了两句就过来拽住高诚把手机放到他的耳边，里面传来沙哈利的声音。

“高！是你吗？我沙哈利……”

“是我！我和玛丽亚都在他们手里……”

“什么……”

只讲了一句“连腮胡”就拿开了手机，他又对着手机讲了几句就挂断了。

玛丽亚听懂了他们的通话，问：“你们要多少赎金？”

“一百万美元。”“连腮胡”打开手机换了一个新卡，把旧卡捏折后扔到地上。

“什么？这么多！这根本就是办不到的！没有！”玛丽亚惊讶地回应。

“怎么没有？世界上都知道，除了美国人就是中国人有钱了。他不是你丈夫吗？他有多少钱你不知道？”

“我当然知道。所以我们办不到，而且哪有你们要这么多的！”

“他五十万，你是他老婆也五十万。这是你们俩人的赎金，一点都不多。”“连腮胡”狞笑着。

“我们没有这么多钱。你杀了我们吧！”

“拿不到赎金，我肯定杀了你们！”“连腮胡”面露凶相，用手在脖子上一划，做了个斩首的动作，转身走了。

玛丽亚把对话翻给了高诚，说完补了一句：“赎金开始都要的高。”

俩人情绪低落，没多讲话。

高诚最担心的还是妈妈，不知道妈妈听到消息没有，听到了会是什么情况。他现在真真切切地体会到了什么叫听天由命，他什么都掌控不了，他的赎金都不是由他来谈，由他做主。他唯一可做的就是想，但于事无用。

转天早晨天还没亮，凡尔丁和那个总是迷迷糊糊的看守做完礼拜，就把高诚和玛丽亚叫醒吃饭，告诉他们饭后出发去别处。一会儿来了两个二十来岁的塔利班，一胖一瘦。瘦的高，胖的矮，胡子长短差不多，穿着佩带都一样，挎着AK-47冲锋枪。吃过饭，他们反手绑了高诚的手腕，胖子还想绑玛丽亚，被凡尔丁制止了。他们带上馕和早已准备好的两提包药品就出发了。

门外拴了两头驴，一头驮药品干粮，一头驮凡尔丁。凡尔丁的伤恢复很快，但长途跋涉肯定还是吃不消。看来这塔利班还挺在意战友情分，想的挺周到，但就是没学过什么叫人道主义。同是伤号，一个骑驴，高诚却要跟着驴跑了。

那位年纪大的看守没跟来，大概回去睡觉了。一行五人上路，一个大胡子赶驴前面带路，玛丽亚高诚被押在中间，后面是另一个大胡子，最后是凡尔丁骑驴，沿着山间崎岖的小路向大山深处走去。

玛丽亚和高诚前后说着话。

“这是带我们去哪儿？”

“我是被带去山里他们的地方送药看病，你是被带去他们的安全地方。这里虽然也是他们的地区，但这里有公路汽车可以到，偶尔有美军和政府军的军车过来巡逻。往前走没有大路，汽车到不了，白天黑天都是他们的地盘。”

“看来他们是把我送他们老窝长期关押。”

“你是外国人，和阿富汗人不一样。阿富汗人被绑架，政府不管也管不了，阿富汗人也没钱，给点儿赎金就放人了。你们中国大使馆肯定会干涉，要求阿富汗政府救人。而且外国人要的赎金高，谈判交赎金时间长也复杂，所以他们要把你放在一个保险地方。”

高诚听后情绪更加低落，看来绑匪对他做了周全的安排，不存在任何侥幸，没有一点希望。

“他们要的赎金肯定是凑不上的，就是一半都办不到。”

“最后谈定的赎金不会这么多，不过这要费很长时间。”

“要多长时间？”

“不一定，说不好。”

玛丽亚的话十分老成，头头是道，让高诚意外，这和她的年龄性情不搭调。想想也对，战乱地区老百姓谈的都是这些东西，她又在这些事情的多发区工作走动，自然听的多，了解的多。他心里对她增生了钦佩，甚至有了依赖，愈加觉得把她比喻成一本书十分贴切。

俩人聊大，几次遭到身后的胖胡子的制止呵斥，但胖胡子又遭到骑驴的凡尔丁的干预，叫他不要管。

出于照顾高诚有伤，玛丽亚故意走得很慢，压住了后面一行人的脚步，前面的瘦胡子越落越远，常停下来等。后面的胖胡子屡次催促，玛丽亚推托说腿脚疼走不动，继续走得很慢。胖胡子过来举枪用枪托戳打玛丽亚，被高诚用肩膀把枪搪开，胖胡子急了，抡起枪托来打高诚，但被凡尔丁当即喝住。

胖胡子虽收住了枪，但怨怒终于爆发，朝凡尔丁急了眼，恶语相向。凡尔丁更是不忿，用更具压制性的语言高声回击。一来二去俩人冲突愈演愈烈，凡尔丁竟不顾伤痛跳下驴来，互相揪在一起，脸对脸怒目而视。

高诚自知现在的身份没有劝架的资格，待一边凉快着看热闹，心想这阿富汗塔利班人可真不好惹，太强悍了，同伙之间说急就急说打就打。不过他注意到俩人拎着枪没端起来，不然热闹就更大了。这凡尔丁还真行，面对比自己岁数大个头大的一点不怵，气挺盛。这小子算有点良心，没忘他的救命之恩。高诚想起凡尔丁摔在灌木丛中向他求救时可怜巴巴的眼神，脑子里又反映出绑架时这孩子迎面笑得单纯扭头给他一枪托的样子，虽然对这孩子有了好感，总还是心存顾忌。

前面的瘦胡子忙跑过来劝架，但在俩人毫不妥协互不退让的情势下，劝架的效果不大。

真正给他们劝开的是天上的不速之客——无人机。

最先发现无人机的是瘦胡子。他大喊一声，俩人才中止了冲突，慌忙拽住高诚和玛丽亚到山石下隐蔽起来。

无人机不大飞的不低，看上去像航模，转向爬升加速十分的敏捷，忽上忽下的看似随心所欲，一会儿就飞过去了。

他们再次出发，队形依旧，只是瘦胡子和胖胡子换了位置。瘦胡子接受教训，走多慢也不管了，爱怎么聊天就怎么聊。这让高诚和玛丽亚觉得不错，减轻了劳累和伤痛。

下午一行人走到一处有泉水草地的地方停下休息，他们仨人洗脸洗脚铺开围巾跪下礼拜，高诚和玛丽亚靠着石头坐下休息。

高诚抬眼望去，山涧绿草如茵，三个长袍青年在草地央起的地方跪立捧手默念经文，两只驴在一旁吃草。这是一幅多么宁静清纯的画面。只是那三条枪破坏了画面的协调。

他想：谁会想到这画面是罪恶过程中的一个片段呢？谁会想到沐浴着绿色、宁静环境中的三位虔诚的穆斯林会是正在犯罪的绑匪呢？

趁这工夫，玛丽亚查看了一下高诚的伤口，给他重新换药包扎。俩人在手和肌肤的触碰中传达相互的关爱。高诚的手被绑无法为玛丽亚护理，玛丽亚自己做了伤口的更新处理。

吃饭喝水休息了一会儿继续上路，一直到天黑才到达一个村子，也就是山坳里几栋土房子，简陋得不能再简陋了。进到这房子里让人时空错乱，以为回到了几千年前的生活场景。

还是要感谢凡尔丁，除了一路上放任他们外，晚饭还给了他们同等待遇，和绑匪一样的饭菜、馕和土豆。馕又黑又粗糙，煮土豆也没加盐。睡觉也没给玛丽亚捆绑，绑高诚把手放在了前面，绑得也松。这样不仅身体舒服了，心情也轻松了些，让他睡了个好觉。

第二天上午，玛丽亚给村里人看病送药，回来又给高诚和凡尔丁换了药。他们中午之前就继续出发了，还是沿着那永远走不到头的山谷，不过队形变了。胖瘦两个胡子看出了一些眉目，工作态度发生了变化，他们不那么有板有眼地忠于职守，而是松松垮垮地走到了前面，边玩边走，落下他们仨人和驴在后面遛遛达达。

三个人便有了没有约束的朋友式的聊天。

凡尔丁的家在内战中被炮弹炸毁，父母被炸死，只留下他和一个弟弟，是叔叔一直带着他，就是那个“连腮胡”，是他的亲叔叔。叔叔是塔利班的头目，他也就自然成了塔利班。阿富汗战争后，他跟着叔叔随塔利班残部进了深山，从那时起，他开始参加战斗。那年他不到十三岁，现在他十六岁，看得出来，谈到参加塔利班与异教徒占领军“圣战”，他的脸上充满自豪。

谈到那天出车祸摔在灌木中，凡尔丁当时认为自己死定了，看见高诚以为不会救他，甚至可能会打死他，没想到高诚奋力救了他。他反反复复说高诚是好人，中国人好，说得十分真诚，眼中还浸出了感激的泪水。

高诚敏锐地感到这是一个难得的机会，看他年轻质朴稚气未脱，思想不成熟，便不失时机地从大道理入手，讲述战争的危害，生命的珍贵，恐怖主义的不地道，以及和平的伟大意义。对他进行价值观教育，试图影响他的思想倾向。

没想到这一番话把凡尔丁惹火了，他立刻变了脸，正色厉言，历数美国对阿富汗和伊斯兰世界犯下的滔天罪行，宣称伊斯兰事业是伟大的崇高的，他们的“圣战”是正义的，是一定胜利的！至于说到恐怖主义，他说美国杀人更多，而且不择手段肆无忌惮。他讲得悲愤交集，简直就像换了一个人，从一个腼腆的男孩一下变成了一个义愤填膺的战士。

高诚这个后悔呀，做哪门子思想工作呀。这美国人干坏事本来就多，他们爱打打去吧，管这事讲这理干吗？这不没事找事吗！得，融洽的气氛给打破了，他也从大慈大悲的救命恩人的位置上跌了下来，成了没有正义感的糊涂虫。瞧这凡尔丁铁青着脸扭着头看都不看他一眼。

亏了有玛丽亚会调节，用姐姐的口吻和凡尔丁讲话，关心他的伤，问他是哪个部落的，和他套近乎。又问他订婚没有，未婚妻是哪的人，什么时候结婚。

问这个话题时凡尔丁脸色绯红，腼腆地笑了。他说刚订婚不久，叔叔已经跟女家谈妥了，明年结婚。姑娘十五岁，家就在前面今晚他们要去的地方。

玛丽亚说姑娘一定很漂亮吧。

他害羞地点点头。

高诚原来以为这塔利班整天就是打冷枪，埋地雷，装炸弹，搞恐怖，钻山沟，不考虑个人生活问题。没想到娶媳妇这事一点没耽误，而且抓得早，十几岁小屁孩就快结婚了。

玛丽亚突然转了话题，说："对我们，你们怎么打算？"

"今天去我未婚妻家那个地方就不走了。住一段时间。那里有些病人，需要你看病开药。"他并没有领会玛丽亚的话。

"我是说你们打算怎么处理我们？"

凡尔丁看了一眼高诚，说："赎金到了我们会放了你们的。"

"我们上哪去找那么多赎金？"

他思考了一下说："少一些也可以的，我去跟叔叔说。"他说这话底气不足，属于尽力争取，估计可以办到的意思。

"少一些少多少？少一些我们也没有。"

他犹豫了一下，小声说："我叔叔说中国人有钱。"

“我们没有钱！交不上赎金，你们会杀了我们吗？”

凡尔丁低下头没有回答。

可怕的沉默。

“我们是无辜的，我们不是你们的敌人。我们为这个地区的人民送医送药，跟你们做正常生意，你们却绑架了我们，还要杀我们！这不是真主的旨意，违反伊斯兰教义，不是穆斯林所为。”玛丽亚循循善诱，语调不高但义正辞严。

高诚心里真钦佩玛丽亚的聪慧和表达。

凡尔丁自觉理亏，憋屈了半天抬头说：“我不会让人杀你们，我保证！但……赎金的事，我会跟叔叔说的。”

他的保证说的还是有些勉强，有一定争取做到的意思，但态度是真诚的，而且实实在在没吹牛。

天黑以后他们到了目的地的那个村庄。

十五

他们住的地方是山湾的一处梯形山坡，下面几十米处的谷底有小股的溪水。由于有水，故而这山湾草木还算茂盛，有许多灌木，还有桑树榆树和窜天的杨树。梯形坡上依山建了三排房子，和阿富汗其他地方的房子一个模样，低矮方正的土坯房。几排房子的后面和左右两面，山坡较陡，所以房子不像其他地方那样分散而是比较集中。在谷底有两块不规整的田地长着已经吐穗的玉米。

高诚是睡了一夜早晨醒后透过关他房子的小窗看到这番景象的。关他的房子是几排房子下面最外面的一间，房子小，两侧墙脚有肮脏的、破烂的褥子，还有一条同样破败的被子。门口有一塑料方筒当尿桶，屋里臊臭难闻，只有小窗户这里透气，空气新鲜些。窗户不大，四四方方中间有几根胳膊粗的木棍立着。由于房屋接近山沟底部，日照受山的遮挡时间短，房间有些阴潮，木门锁着。他没有被捆绑，也可能这里已是大山深处，不怕他逃，他也逃不了。玛丽亚没关在这里，而是被凡尔丁安排在他未婚妻家，和女眷们一起住。

看见三三两两的挎着枪的塔利班人员松松垮垮地进出房子，下面水边有两个穿“布嘎”的妇女在洗衣服，房子中间空地有两个同样穿“布嘎”的妇女在做家务，周围有三四个小孩在玩耍。高诚想：不知道这几人中哪个是凡尔丁的未婚妻。

这闭塞的地方让他感觉是塔利班的后方根据地。

上午，玛丽亚和凡尔丁一起过来，端来饭食、水和药。打开门，玛丽亚进来看了看屋里的环境直摇头，把饭食又端出门放在外面，她一个人进门来给高诚换药。

她脱去“布嘎”，坦然显露自己的脸、头发和身体。她在这里待遇不错，脸和头发做了清洗，换了干净衣服，焕然一新。那身上已经淡去的香气再次强势袭来，让高诚精神为之一振，豁然清醒。她掀开高诚的衣服，悉心地给他的伤口清洗、上药、包扎。

“你的伤快好了，一点感染都没有，再有两三天就不用上药，彻底好了。”

“这完全是你的功劳，非常感谢！”

护理完身体上的伤口，又拿水给他擦洗了脸，再处理额头上的伤。

“这里也好多了，肿大部分消了，伤口也合上了，只是会留下疤的。”

她全神贯注地处理着高诚头上的伤口，脸和他贴得那么近，就在他的眼前显露出那娇好的容颜。美扑面而来，充满高诚的视觉空间，他怦然心动，瞬间那美的感染便传遍全身。他呼吸紧促，血流活跃，浑身愉悦，他囚困中那死潭般的心境立刻阳光灿烂。这几天虽然他们俩人在一起，但玛丽亚一直穿着“布嘎”，他并没有看见她的脸。看到她的脸在这之前只有两次，一次在爆炸现场，离得远；一次在车祸现场，天黑又容颜不整，都不像现在这样脸贴脸，看得真真切切。他就像看一块稀世的宝石那样仔细，吸吮着难得一见的美丽。当眼睛碰上她浅蓝色碧玺般清澈的眸子时，他的灵魂再也把持不住，不知不觉心甘情愿地为她所俘随她而去。

玛丽亚看到了他的倾心和痴迷，脸色绯红，羞涩地笑着收回目光。这是她喜欢的又是刻意想达到的效果，撒开一张情网，拉回满网的爱意。

看到她的面颊白里透红，高诚甚至产生了亲吻的冲动，可这地方环境太差又不合时宜，简直就是对爱的郑重表达的亵渎，他便打消了这个念头。

他们身陷魔掌，被绑架被囚禁遭受非人待遇，看不到前景，随时可能发生不测，但他们情感的火花却并没有熄灭，而是在心中生长蔓延。虽无表白也无盟约，但彼此心知，这成为他们相依为命的纽带，危难中生命的动源和面对残酷的精神支撑。

昨天夜里，玛丽亚没和他一起住，他心里没着没落地忐忑不宁，无法入睡。这里是魔窟，他想起那天车祸现场那帮大胡子塔利班看玛丽亚的贪婪的目光，担忧她的安危。他后来还是想通了，这阿富汗人虽然找老婆没完没了，但婚外搞女人还是有节制、有原则的。塔利班迫害妇女人所共知，对女人戒律既多且严，稍有违反，就酷刑伺候，不是枪毙就是“砸核桃”（即：用石头砸脑袋，将人制死），但性侵淫乱倒也鲜有所闻。即便如此他还是放心不下，心里觉得空了一块，直到今天早晨看见玛丽亚平安，他心里才踏实。

处理完伤口，玛丽亚拉他到室外吃饭，黑馕饼和土豆，粗糙的食物和这里的人们吃的一样，沐浴着阳光吃饭算是很好的待遇了。凡尔丁坐在山坡一块石头上，目不转睛地看着房前那两个穿着“布嘎”干活儿的妇女，估计是在看他的未婚妻。

玛丽亚在一边和高诚聊天。

“这里也在闹疟疾，有几个妇女病了。这里还有几个伤员，其中一个已经感染了。”

“连伤员你也看？”

“看看，伤口的处理我教他们，他们做。”玛丽亚看出了他的担忧。“你放心，我知道怎么保护自己。”

“住的地方好吗？”

“跟这些姑娘住一起。另外有个孕妇，预产期已经到了，需要看护。”

“接生你也会？”

“当然会了，我接生过十几个了。”她样子很得意。

“你千万小心，现在和你过去工作不一样。”

“知道，我会的。我会常过来看你，有什么消息我会及时告诉你。”

吃完饭，玛丽亚就回去了。她跨出房子前回头望了高诚一眼，随着她的消失，他灵魂的光亮也随她而去，孤独和空寂又笼罩他的全身。

在小屋里没别的事可干，高诚扒在窗户看外面，心里担忧着远在北京的妈妈且思念近在咫尺的玛莎。

转天晚上，玛丽亚来送饭时居然给他带来一盒还没打开的骆驼牌香烟，高高兴兴地交给他。

高诚吃完饭立即点上一支，贪婪地吸着，开始有些头晕，一会儿就好了。看着他那享受的样子，玛丽亚很开心。

“你在哪儿搞的烟？”

“我和这些女人搞的关系不错，她们给我的。抽完我再跟她们要。”

她还从那堆女人那里听到了一个消息，“我听她们说这里关着一个美国兵，又说是个中国人。你说会不会是你的朋友的那个孩子呀？”

这是个重要信息。真有可能是刘朱夫妇那个叫朱小京的孩子。

“他们已经交了赎金，怎么还会在这里关着？”

“他们交了赎金？”玛丽亚不知道这回事。

“是我陪他们一起去交的。为什么还不放人？”

“究竟是不是他也不一定。我再问问。”

“一定要打听一下。”

玛丽亚走后高诚一直琢磨这事，如果真是朱小京，那就不出他所料，塔利班不过是骗赎金，根本就没打算放人。联想到自己现在的状况，他更感觉一点希望没有了。

过了一天玛丽亚过来讲没什么新消息，她说已经跟凡尔丁打听了，他也听说过这事，再去给了解一下。

当天上午高诚从小窗口看见“连腮胡”带几个武装分子来到这里，还牵着几匹马。这里距可走车的公路得有几十公里，他们的交通工具看来除了人的两条腿就是马和驴了。

晚饭时高诚问玛丽亚。她说看见“连腮胡”了，吃过午饭又走了。她又说明天去二十公里外的一个塔利班的村子去看病，有个女孩陪她去，还有两个人押送。

早晨他们走的早，饭是凡尔丁送来的。吃饭时，凡尔丁比划着向高诚讲述着什么，可能是说那个美国兵的事，高诚不能理解准确，只能等玛丽亚回来再说了。

高诚整整一天惦念着玛莎，怕她出事，怕有意外，怕她受欺负，牵肠挂肚，望眼欲穿地盼她回来。天擦黑了他们才回来，玛丽亚踏上房门前的台阶时朝高诚住的方向摆了摆手，她虽然看不见但知道他一定在那小窗口处望着她。由于穿着“布嘎”怕他认不出，所以她摆了摆手。看到她回来，高诚心才安宁下来。

早晨玛丽亚过来给高诚送饭，告诉他凡尔丁打听了情况，并去关押美国兵的房间看了一下，说确实是中国人模样。

高诚想了想说："能不能叫凡尔丁想办法让我去看看。"

玛丽亚答应叫凡尔丁去想办法。

几天来玛丽亚给这里的女人看病，和姑娘们同住，跟她们关系相处得很好，也没人对她进行人身限制了，在这个村庄范围内她几乎可以自由行动。她来高诚这里更随便，来的次数也多了，这天她提了一桶水拿了条毛巾过来，还拿来一套不知从哪整来的干净的长袍。

"你的伤口基本好了，但还不能洗澡。你躲开伤口擦洗一下身体。把这件衣服换上，那件我拿去洗。"

高诚自从遭难到现在就没洗过，脸上身上又脏又臭，加上衣衫褴褛、蓬头垢面，自知破烂得不堪入目，他乖乖按她的指示把全身清洗了一遍，换了衣服。

玛丽亚洗完衣服再过来，看他清洁一新，注目了半天。

"漂亮多了，只是胡子不好看，应该剪一剪或者刮了……还是算了吧，这里全是大胡子，你比他们短多了。你要是没胡子，他们更说你不是穆斯林了。"

这天晚饭时玛丽亚通知高诚，今天夜间的岗哨和凡尔丁关系好，天黑后凡尔丁过来带他去那个关美国兵的房间。

入夜，凡尔丁过来开门带他悄悄地溜过排房，到靠边的一间，打开门锁，让他进去后又锁上了门。

屋里迎接他的是呛人的臊臭，他定了定神，让眼睛在黑暗中仔细地搜寻。他看到墙脚蜷着身子躺着一个人，黑黢黢的看不清楚，他凑过去，那人却坐了起来，靠在墙上垂着眼皮，死人般一动不动，甚至感觉不到他的呼吸。

这人的头发长时间没理可能也没洗过，长乱脏，胡子也已遮盖了他的嘴唇和下巴；他的身上没有任何美国兵的标记，穿的也是长袍肥裤的阿富汗服装，已非常肮脏，散发着恶臭。高诚仔细辨认他的长相，和记忆中看过的视频对比，心里有了答案。

高诚轻声问："你是朱小京吧？"

闻声，他身子震颤了一下，眼睛睁开，斜眼看了一眼高诚，旋即又恢复了刚才那副样子，弱弱地说："也被抓了，哪个部队的？我们连的？我怎么对你没印象？"

高诚摇摇头，"我不是你们部队的，我认识你妈你爸和你舅舅。"

他稍顿了一下，即抬头瞪大眼睛。他的眼中甚至放射出了光，伸出双手拽住高诚的胳膊，声音急促地说："我妈我爸我舅舅！他们派你来的？来接我出去？"

正儿八经的北京土音。

"不！我也是被他们绑架的，关在那头儿的房子。"

"噢……"他极其失望的样子，无力地松开手收回手臂，继续靠坐在墙脚，眼皮垂下还是那副半死不活的样子。不过没有多久他的眼中慢慢涌出了泪水，渐渐地淹过眼窝，浸满面颊，之后泪水越涌越多，竟"呜呜"地哭出声来。

他哭了很久，哭得十分凄惨。

那情形实在可怜，但高诚没有劝，他不知道说什么好，况且他自己也是同样的处境、同样的感受。泪水也充满他的眼眶，只是没有哭出来。

许久，他的泪水哭干之后，说："你是北京人？怎么认识我爸我妈的？他们在美国还是在北京？”还是那有气无力的腔调。

“他们在阿富汗，我们是在这里认识的。”

“他们在阿富汗！”他挺直起了身子紧盯住高诚。“他们在这里！来这里救我来了！对吗？”

高诚把他爸妈来阿富汗救他的经历和付赎金的情况简单地给他叙述了一遍。

听完他激动得跳了起来，高兴得手舞足蹈，嘴里喋喋不休。

“老妈没忘了我！还是我老妈！我真爱我老妈！我爸不行，从根上说我现在这样都是我爸害的。还是我老妈！我老妈太给力了……”

高兴了一阵后，他拽住高诚的肩膀，反复地确认。

“真的吗？我真的可以出去了吗？真的吗？”

“赎金付了，我跟着一起去的，当时塔利班说十天以后放人。”

“十天？现在过去几天了？几天了？”

高诚掰着指头算了算说：“大概过了八、九天了。”

“快到了！怎么还不放我？为什么？”

“他们说是十天以后。”

“那也就是说还有一天！两天！还有一两天我就自由了！明天、后天或者大后天我就可以回北京了！太好了！”

高诚心里明白，这里面不确定的东西很多，但看他高兴的样子，实在不好扫他的兴。不过想想倒也值得高兴，这么长时间像猪狗一样关在这里，他的境遇和心情可以用尽最悲惨的语句词汇来描绘。现在他终于有了生的希望活的可能了，高兴一下确实不为过。

相比自己他就更值得高兴了，同是待宰的羔羊，他有了活的希望，而自己还看不到命运改变的可能。看着他高兴，高诚的心里倒阵阵悲伤起来。

他还处在兴奋高潮中，在狭小的黑屋里来回踱步。“太好了！出去后我要回北京，把我爱吃的东西全吃一遍。好好和哥们儿同学玩一玩……”

高诚想起特地带了烟过来，便拿出来每人点上一支。

“有烟！太好了！哥，谢了！可有日子没抽烟了。”他贪婪地大口吸着，一下子弄得头晕了，便坐了下来。吸着烟，他的话匣子打开，滔滔不绝地讲了起来。

“我去美国的签证下来，我的哥们儿、小学同学和中学同学给我送行，天天聚会，想想那时候的日子真带劲。我的女朋友小婷，也是我的初恋女友，就在那时候我们在饭店开了房，把第一次给了我……真是第一次。多好的姑娘……”

这时他停顿了一下，陷入回忆，眼睛中闪动着幸福的光亮。

他狠吸了一口烟慢慢从鼻子中呼出，又接着说：“到美国开始还可以，看什么都还新鲜都觉好，没多长时间就不行了，待不惯。没哥们儿没朋友，把我憋闷的。那个社会没人气没人情，哪有咱北京这人气这热乎劲这人情味啊！他们看中国人眼神都不对，就跟看小偷似的。也找不着女朋友，你看他们那些女孩子，一个个肥得跟什么似的，作派跟男的一样，让你一点兴趣都没有，她们还看不上你。哥，我跟你说，到美国我连个聊天说话的人都没有，华人也一样。你瞧在国内这人都好着呢，办事局气互相帮忙，只要这中国人一到美国全变了，又抠又奸又鸡贼。别说帮忙，不损你就算好人了；吃也吃不惯，头几天还凑合，没几天就腻了。他们那儿吃的就那几样，全是垃圾食品，还齁贵。说实在话，美国哪个城市有咱北京好，破破烂烂的哪有咱北京这么漂亮。吃，想吃什么咱北京都有，而且还便宜；玩，想玩什么咱北京都有，北京这公园这景儿，他们那儿哪有……哥，还有烟吗？”

高诚把半盒烟拿出来放在俩人中间，俩人各取了一支点上。

朱小京大概长时间没使用语言功能，可逮着机会说话了，滔滔不绝，滚滚而出。

“一到美国，我爹就催着我学习。我英语不行，上社区学校学英语。在国内我就烦学习，都到美国了还得学习……

高诚没弄明白他这话是什么逻辑

“……我腻歪，不爱上学，也学不进去。头一年没过，后来老妈逼着又学了一年，语言总算过了，上了个破烂大学。上了一年，老爸工作没了，和我妈一样打零工。老爸老妈俩人干一年不吃不喝也挣不出我一年的学费来，我还上什么大学，只能辍学去打工。这一找工作才知道，原来这工作这么难找，除了中餐馆刷盘子、工地卖苦力、码头扛大包，正经工作根本就找不着，而且就是找着了，就一千多美元，都到不了两千。妈的！美国什么都贵，挣这点钱够什么？还不如北京一个农民工啊！这时候我才明白，原来到美国是艰苦奋斗来了！还面临一道道关口。上学、考试、学位、绿卡、美籍、工作、房子贷款……想想我都头疼……”

讲到这里，高诚才明白原来他以为到了美国就进了天堂，可以躺着什么都不干就挣钱享福了。

“哥，你说这不吃饱了撑的嘛！我爸我妈工作都不错，工资也高，生活过得好好的，去美国干什么去呀！自己找罪受，白手起家，艰苦奋斗，全是我爸一根筋把我妈和我带沟里去了。我爸原来在大学教书，去美国开始还可以，后来越混越差，现在在装修公司给人安地板。你说这不脑子有病嘛！这时候我看了招兵广告。我想这事不错，报酬高，退役还给一笔钱，直接入美籍，一劳永逸，一下几个关都过了，还解决了家里的经济困难。我就去征兵站参加了考试，还真通过了。哥，我就这么当了兵，半年之后就到了阿富汗。”

他讲到这里停了下来，长长地出了一口气，起身到墙角拿了一瓶塑料瓶装水喝了一气，回身坐下又点上了一支烟。

高诚想起了那个坎大哈的美军军营，说：“我和你爸妈去的是坎大哈边上那个军营，你是在那儿吧？”

“对，就是那个鬼地方！”

“外面防备挺严，里边看着挺随便的，不那么紧张。”

“那是什么军队？就是一黑社会！流氓组织！监狱！真欺负人呐！就是一群牲口！一白一黑全欺负咱中国人。中国人的地位比拉美人比阿拉伯人还低。受欺负挨挤兑，变着法儿的糟践你虐待你。哥，我都没法跟你说，说不出口。受了欺负你还没辙，只能受着！忍气吞声，混吧。不就是为了拿美籍，挣笔钱嘛！就当判了几年，豁出去了！”

高诚颇觉惊讶，说：“这么烂，过去没听说过。”

“你到哪听说去，不当这个兵我也不知道。在美国国内还好点，到这阿富汗来就更差了。什么坏事都干，更牲口了……嘿，阿富汗这鬼地方，没来之前就不知道世界上还有这么穷这么荒的地方，什么都没有。有女人吧，咱也能养养眼，可她们还把脑袋、身子全罩上了。巡逻，打仗，在营房囚着。真的，哥，能把人憋疯了。”

“那军营里就没有一点儿文娱活动？”

“啊，有，还真有。”他的脸上露出快乐的笑容。“从美国国内过来的劳军演出，我就赶上过一次，脱衣舞表演。真棒！那女星长得漂亮……体形太牛逼了，跳的扭的那风骚劲儿勾得你如醉如痴。上来穿的短衫短裙，跳一会儿把短衫脱了，再跳一会儿把短裙脱了，露出比基尼。这下面就激动上了，喊叫声一片。演出是在能装五百人的帐篷里，挤了得有六百人，这么多人叫唤那声音大的什么都听不见了。她跳几下脱乳罩，人们以为能见着真东西了呢，那个期待呀。没想到脱了里面还戴着乳罩，期待的叫喊变成失望的嘘声。她把脱下的乳罩扔向台下，下边的人玩命的抢啊，抢到的还一通亲。就这样脱了一条还有一条，她穿了十几条，脱完露出乳房，这下面就开了锅了。裤衩也是这样，一条条的脱，一条条的扔，正好一条粉红色的裤衩朝我扔过来，我一跳一勾手给抢过来了，给我高兴的。等她全脱光了，整个大厅简直就是波涛汹涌，那人全跟疯了一样……”

他说得手舞足蹈，兴高采烈，脸上发光。

高诚却听得发呆，十分错愕。

“……我抢了个裤衩，班里人那个嫉妒。乔治，那个班头中士和那个约翰黑人中士，这俩丫的成天拿我开涮，想尽了法儿地整我挤对我。就这次遭伏击，这俩丫的一块被炸死了，炸得那叫一个惨，身子全碎了。该！恶有恶报！我虽然被抓了，可我还活着，还全须全尾。而且老子就要出去了！哈哈！”

高诚极其诧异，瞠目结舌！

朱小京情绪亢奋，滔滔不绝。有时快乐异常，多数时候是发泄心中的怨恨。说的解气，说的痛快。一股脑儿地把心里积累的喜怒哀乐全部喷泻出来，一泻千里！

高诚实在听不下去了，好在此时在外面放风的凡尔丁进来叫他们小声讲话。高诚借机要走，刚跨出门，又被朱小京叫住。

“哥！你说的事是真的吗？”他扑了过来，拽住高诚的胳膊。

“真的。”高诚顿了一下，想补充一下留有余地的解释，但没有，还给了肯定的答复。

“哥，你没骗我吧？”

“没骗你。”

“哥！”他的泪水再次喷涌而出，“哇”地痛哭失声。

高诚扭头就走，快步离开，他回到自己的囚室，呆呆地坐下，一种莫名的恐惧袭扰着他。他觉得浑身发冷，心在瑟瑟发抖，泪水浸出了眼睛，缓缓流满面颊，一直无声无息地流着，止不住，他也没想止住。

是兔死狐悲的伤感还是那神经错乱的狂躁给了他震撼？说不清，他也没想理清。

只是止不住地流泪。

十六

早饭和午饭都是凡尔丁给高诚送来的，玛丽亚没有过来，他也没从窗户中看到。

上午看到陆续有二三十个塔利班武装分子进进出出，还看到了“连腮胡”。下午多数人离开，到傍晚这里又恢复了平静。

晚饭是玛丽亚送过来的。她一见到高诚就兴奋地告诉他：那个产妇生了，是个男孩，顺产，母子都平安健康。她讲的投入高兴，完全沉浸在生命诞生的喜悦中。

高诚却没受到什么感染，还奇怪她自己都这地步了，居然还能为别人生孩子这么高兴。女人就是这么有意思。

俩人说起了朱小京，她感叹了半天，说想办法打听一下塔利班为什么还不放人。

翌日中午，玛丽亚又提来一桶水，让他半洗半擦地洗个澡，把他那身洗好又缝补好的肥裤长袍换上。别说，洗后身体清爽，高诚心情也好了许多。

高诚坐在门外吃饭，玛莎陪他说话。她还是津津乐道地讲着那位母亲的产后恢复情况和新生儿的种种可爱。

中午是这个小村子最安静的时候。人们在屋里做礼拜，吃饭午休。只有房顶阴凉处坐着一个持枪的岗哨。没有人劳作走动。

这时，也只有这时，太阳才照进这大山深处的谷底，让这隐蔽在山窝里的小村失去了阴晦变得明亮。宁静就成了一幅图画，依山而立的一群土房，斜立的大山和草丛灌木中窜天的白杨，旁边是穿着“布嘎”的女人讲述着母亲生产婴儿诞生的种种令人欣喜的细节。置身其间的高诚忽然产生一种迷惑：这是什么地方？我是谁？我在做什么？这瞬间的自我与时空迷失造成了他头脑的迟钝。而他又放任这种迟钝，不愿意进入思考。从而宁静又浸入了他的心田，浑身就只有阳光洒在身上的感觉了。

这时，突如其来令人震撼的一幕在他们眼皮底下发生了，高诚眼睁睁地看见一枚导弹呼啸而来，他甚至看到了导弹尾部的拖烟。导弹突入上面的一栋房子，随即爆炸！山崩地裂的巨响！火光四射！地动山摇！几栋房子瞬间土崩瓦解，瓦砾铺天盖地，爆尘冲天……

这真是惊心动魄！令人肝胆俱裂……

在高诚被吓蒙、目瞪口呆之时，又一声巨响几乎震聋了他的耳朵，一时没了听觉。这第二次爆炸他没有看到导弹，直接受到爆炸的强烈震撼！他被炸飞起来，撞到墙上又弹回地面，滚落下山坡。在他身体弹离房子几乎同时，房子塌垮，瓦砾乱飞，烟尘爆起铺天盖地……

高诚的身子跌撞翻滚着坠下房前陡坡，摔在房子下面十来米深的一个丘起的土台上。和他一起泻下山坡的还有炸烂的瓦砾渣土。在他落在土坡上不动后，渣土仍然纷纷而下，埋住了他的身子。他的头部在跌坠时几次遭碰击，陷入昏迷。但没多久就恢复了知觉。他知道自己被埋在瓦砾渣土中，睁不开眼，几乎无法呼吸。他感到了恐怖，同时也迸发了一股强大的力量！他挣扎着把双手收到自己的身下，奋力将上身撑起，跪坐了起来！他想睁开眼睛，但眼睛已经被土和泪水糊住，只睁开了一条缝，什么也看不见。他不敢拿手去揉，只好使劲眨动让泪水涌出化开。终于他能看到了，周围粉尘弥漫。他再次发力在渣土堆中站立了起来！

他感到自己从头到脚几乎无处不疼。他慢慢依次活动了一下身体四肢，都灵能动，觉得没有大伤妨碍行动。他庆幸自己命大。这房子都是土垒的，如果是砖头石块下来，他恐怕就起不来了。

他忽地想起了玛丽亚，脑子里一晃，好像当时看到了她也像自己一样被炸得飞了起来。他立刻心急如焚！忙查看周围这些瓦砾渣土，在堆高可能埋人的地方扒着找。他的耳朵嗡嗡作响，什么都听不见，只能用眼睛四处搜寻，用手扒着去感觉土下的动静。他快速地搜了周遭，没有任何发现，他又回忆了一下那瞬间的记忆。想想玛丽亚可能没摔下山坡，或许被坍塌的房子拦在了上面。他迅速找路上了山坡，来到爆炸时他们待的位置，这里已经面目全非，满是废墟垃圾暴土扬尘。他顺着炸起的方向寻觅，见到有可能埋人或藏人的地方就扒开看看，没走多远就看到了她穿的“布嘎”，走近前，就看到了她的半个身子。原来她是被炸断的树干挡住，又被渣土和炸掀的山坡上的土埋住了一半身子，他扑上去，用力扒扯，没几下就把她的头扒了出来。由于有树枝树叶遮掩，埋的并不实，她的头罩着“布嘎”，看不出死活。高诚见她的身子也埋的不实，便几下扒开，掀起那“布嘎”，把她抱入怀中。她呼吸心跳都在，只是被爆炸震晕，高诚大松了一口气，大声呼唤她的名字。高诚耳朵的功能还没恢复，只是能微微听到自己的声音。

玛丽亚很快醒来，睁开眼看到高诚就哭了！

“我没死！我还活着！我活着……”

高诚也哭了。他抱牢玛丽亚，脸贴着脸，淌着泪水。

他们的精神被强烈的爆炸震塌，他们的心已然被恐怖掳去，他们的神经象薄冰一般脆弱。他们拥抱，紧紧地拥抱，传递尚存的温暖慰藉对方，吸取微弱的能量充实彼此；稳定情绪，获得力量。许久，他们才止住身体的颤抖和心的惶恐，重拾自己。

高诚扶玛丽亚坐起，互相检查一下身体。

“是怎么回事？什么爆炸？”

俩人耳朵的功能并没恢复，说话声高听着微小。

高诚想起看到了导弹。谁发射的导弹？他猛然醒悟：无人机！一定是无人机！

他举头望向天空，果然看见一架无人机在空中盘旋着，可能在观察轰炸效果。

玛丽亚站起活动了一下身体，她没有受重伤。

俩人当时处在小村边上，距导弹落点较远，恰好又在房子外面，只受到了冲击，没受到其他伤害。他们生命保留下来还没受大伤，实在幸运。

俩人这才观察现场，这山窝里所有的房子都不见了，只剩下残垣断壁，遍坡都是瓦砾渣土，灰尘密布，还有残断的木料门窗在燃烧冒烟……

玛丽亚突然惊呼：“孩子！孩子！……”她不顾一切地奔过去，到废墟上去扒孩子。

高诚明白，她是想到了那个新生儿，赶忙也跟了过去和她一起扒土救人。俩人在瓦砾堆上连搬带扒，由于地方认的准，没多久就扒出了母子俩。可惜他们都已经死了，血淋淋的惨不忍睹，玛丽亚不忍看，伏在高诚怀里伤心地哭着。

这时高诚看到废墟里一处有动静，忙拔腿过去，把瓦砾扒开，果然是一个孩子，还没死。俩人急忙把渣土清开，抱起孩子找了一块较平整的地方平放。这是个十岁左右的男孩，玛丽亚认出是凡尔丁的弟弟。孩子浑身是土多处出血，伤得很重。玛丽亚为他检查了一下，身上有几处被重击骨折。玛丽亚赶忙跑去找药。

高诚再伸头四下观望，现场废墟到处是尸体，形态各异；还有血淋淋的残躯断肢，场面恐怖，看得他胆战心惊不寒而栗！没发现活人。他突然猛醒：现场已没有活人了！塔利班都死了！没人看管他们限制他们了。

跑！机会来了。

他招呼玛莎，招手并高声叫喊。她却不理，继续埋头翻找着药品。高诚估计她的耳朵还没恢复，听不到，想过去拽她，却又停住了。他想起了朱小京。不知道他怎么样了。如果活着，应该带他一起跑。

高诚跑去寻到囚他的房子废墟，这里和其他房子一样，被炸烂满是破碎的土坯渣土。高诚扒了几下，看到了朱小京的衣服；再扒发现了他的身体；紧接着把他的上身和头扒出来，发现已经死了。高诚十分痛惜感伤，把他的尸体清理出来放平。一个北京小伙，如此不明不白暴毙在阿富汗的荒山沟里，着实令人叹息！

高诚扭身要走，却见朱小京双手紧握，一手各攥着一样东西。高诚心想他会不会有什么重要的东西带在身上？应该看看，将来有机会拿回去交给他妈妈。高诚掰开朱小京的手一看，一手捏着张照片，是一位清纯小姑娘的半身近照，背景是北京北海公园的白塔。高诚想这肯定是他提到过的初恋女友小婷。另一只手攥的是条粉红色的丝织女式内裤，不用想这肯定是那个美国脱衣舞明星扔给他的劳军礼物了。

高诚不禁哑然，瞧他这两件东西，一个屁股一张脸。拿哪件东西给他妈呢？这裤衩实在不着调，还是拿这张照片吧。高诚把裤衩又塞回他手里，揣上照片赶紧走了。

玛丽亚还在给男孩包扎，用木棍给骨折的腿绑上固定。男孩醒着，一直在哭，但没有闹。玛丽亚手上一边忙着一边说话安慰。

高诚过来凑到她耳边大声说：“这里人都死了！我们自由了！快跑！”

这下吓了她一跳，直躲，原来她的耳朵已恢复了听力。她立即醒悟并大喜，说：“对！我马上做完。我们走！”

高诚伸手帮忙，和她一起做完手底下的工作，俩人正准备走，却一眼看见一处有动静，还有活人而且像是个孩子。玛丽亚二话没说过去扒开，的确是个活着的女孩。高诚虽然心急但不可能对孩子见死不救，四下观察现场没出现可能阻碍他们逃跑的事态，便过去一同把孩子扒出，抱到男孩旁边，玛丽亚一边给孩子检查一边招呼高诚去拿药品。

高诚按她指的方向去拿药和纱布，找到拿起转身要走时，无意中看见不远处一个炸开的箱子里流散出一些美元。

他把药品拿过去交给玛丽亚，玛丽亚忙着给孩子处理伤口。他又返身回来看那箱子，是铁皮带花饰的那种阿富汗普通家庭用的箱子，已经被炸开，而且很可能是从别处炸飞到这里的。箱子里有许多散的美元和阿富汗尼及其他国家的货币。还有一个似曾见过的布包，他拿在手上打开，立刻大惊！

布包里竟是那颗硕大无比、红绿双色引诱他被绑架的碧玺！

这碧玺让高诚心中狂跳！他下意识地抬头四下看看，怕有人看见。哪有人呢？全是死尸。他迅速找了个双肩背包，把碧玺重新用布包好放进包里，转身就走。他走了两步又返了回来，在散落的钱币里找到了两捆没散开的美元，放入包里，又抓了把散钱也塞进包里。

他回到玛丽亚这里，她还没有包扎好，高诚上手帮她做完。她还是不放心，说：“要是几个小时没人来救他们，他们还是要死的。”

“也只好这样了。我们快走吧，会有人过来救他们的。”高诚催促着。

玛丽亚叫他等一下，也拿了个背包，找到几瓶水几块馕和药品纱布，放进包里，又找了条“布嘎”塞了进去。

高诚看她找的这些东西，心想她的心真细。

这时高诚发现不远处有个大胡子在挣扎着坐起，吓了他一跳！仔细看这人满身是血，伤得很重，手上没枪，心里稍安。但这也说明现场还有塔利班没有死，随时可能有人苏醒。

高诚上去拉了玛丽亚，不由分说小步快跑拣路而去。

这时俩人的心情如鸟出笼冲上天空，鱼破网跃入大海，恨不得一步跨出苦难，把生和自由的希望变成现实。

山路崎岖忽上忽下，他们跑了一段路后便不能持续，气喘吁吁，只能放慢脚步。在他们牵手翻过一个山坡，以为已逃离魔窟，喘口气面露喜色之时，背后突然传来大声的喝叫，显然是叫他们站住。

俩人回头不禁大惊失色！

一个人在他们身后二十几米处，端着ＡＫ—４７突击步枪，枪口对准的正是他们。

这人是少年凡尔丁。

“凡尔丁！你活着！”玛丽亚脱口叫道，她感到惊讶。

高诚这才想起，现场并没发现他的尸体。

凡尔丁身上没土也没伤，只是浑身汗透气喘吁吁。看来导弹袭击时他没在现场，可能是知道了袭击赶回来，看到他们逃跑尾追而来。他端枪向前继续靠近，在离他们十几米的地方停了下来。看得出来他满是汗水的脸上显示着执行职守的坚定。

这一幕立马让高诚想起那天前脸笑扭脸就给他一枪托的凡尔丁。

“你要干什么？你要带我们回去吗？”玛丽亚声音柔和困惑地问。

他没有回答。他的沉默就是回答。

“你要带我们回去继续关押我们，让我们继续受苦受难受折磨，等着有一天你或你的同伙把我们处死，对吗？”她的声音并没有升高，腔调却有了变化，有了明显的攻击性。

凡尔丁没有回应。他显然听进去了玛丽亚的话，但表情依然坚定。

“我们不会回去！”玛丽亚的脸上竟然有了些笑，带着苦味的笑。她后退了两步拉着高诚靠上身后一块巨石，看着他。那样子具有挑衅性。

凡尔丁还是没有讲话，但目光显现迟滞，脑子有点儿空，像是对这种情况缺少准备。

“回去对我们就是苦难，就是死！你们想怎么折磨我们就怎么折磨，想什么时候杀我们就什么时候杀。我们不回去！你现在就杀了我们吧，反正结果是一样的。”玛丽亚跨上一步，扬起她那张原本明媚漂亮现在却被灰尘泪水涂得面目全非、花瓜一样的脸。

凡尔丁仍然沉默，但这个沉默没传达出明确的信息，而是陷入了思考。看得出他的纠结。

“刚才美国的飞机在这里进行了轰炸，杀死了无辜的妇女和儿童，难道你也要杀死我们吗？你知道我们是无辜的，你清楚我们是好人。真主会允许这样做吗？”玛丽亚出动悲情咄咄逼人！

凡尔丁被玛丽亚的话所震撼，脸上波动出复杂的情绪，抹去了原来的坚定，握枪的手也变得无力。

"我……"他终于说话了，不过只说了一个字，就吞吞吐吐不说了。

"你不会杀我们的，但你管不了别人，你制止不了别人杀我们。我们不会跟你回去！你或者放我们走，或者打死我们。你决定吧。"玛丽亚趁热打铁，不给他过长的思考时间。

双方面对面对立地站着，都没再讲话。僵持！

渐渐地，凡尔丁的目光变得柔弱，终于从对视中垂了下来，枪也从平端滑下拎在了腿边。

这表示他放人了，虽然并没有发话。

玛丽亚抓住高诚的手，俩人转身快步走开。走出几十步她的两腿无力，走路踉跄不能自持。高诚赶紧搀住她，正好路边有块石头，便扶她坐下。见她身体颤抖，瘫软无力，忙把她抱住。

"玛莎！你怎么了？是不是哪儿受伤了？"

缓了一会儿，她才气定神回，说："没事。"

高诚这才明白，她其实刚才很害怕，是强撑着动心思讲硬话，这才脱身的。

俩人稍事休整，起身上路。后面却又传来凡尔丁的喊叫。俩人一惊！立即转身回看。

凡尔丁竟在原地没动，喊道："玛丽亚姐姐！不要走这条路，这条路上到处都是我们的人，你们要翻过那座山，绕过去走，路远但没人拦你们。"他脸通红，眼睛下面有泪痕。用手指着方向。

玛丽亚感动得热泪盈眶，回喊道："凡尔丁弟弟！我们救出了你的弟弟和一个女孩。我给他们进行了伤口处理和简单的包扎，快点想办法送他们去医院。注意骨折的地方不要再动，去医院接上，我做了止血处理，一定不要让他们流血了。凡尔丁你一定把他们救活！真主保佑他们！真主保佑你！”喊叫间泪水涌出她的眼眶，大颗大颗滚下，洒满脸颊。

凡尔丁同样泪流满面，喊着：“玛丽亚姐姐，谢谢你！中国人，谢谢你！真主保佑你们！”喊完，他转身跑远，消失在山间小路上。

高诚俩人按凡尔丁指示的方向，寻觅着路径，向那苍茫的大山飞奔而去。

十七

高诚和玛丽亚，两个刚刚恢复了自由，脱离了绑架囚禁，又刚刚从死亡的废墟中钻出来的年轻人，衣裳褴褛满身灰尘血迹斑斑。他们在这人迹罕见的群山深处攀缘向上。

这是一座群山中庞大的山梁，有着令人生畏的高度和坡度。山坡上满是黄褐色的土和被土埋了一半的大小石头。偶尔有歪七扭八的小树和并不茂盛的带着锐刺干枝的灌木，还有点缀在这土坡上的一簇簇的草棵子。他们满心欢喜，身体里充沛着兴奋的情绪。在平缓处，他们大步跨越。陡坡处，他们手牵手攀缘扯拽而上。他们现在有充足的体力，而逃生的意志和逃离险境的喜悦又让这体力加倍的增长。

他们攀爬途中见一处草丛郁郁葱葱，过去看其中有一洼微小的泉涌。他们兴奋地扑上去，趴下身子直接伏在泉上喝水。在饥饿还没有袭击他们之前，水目前是他们最迫切的生理需求。喝完水，他们又把脸洗了。水洼太小水太少只能将就着洗了脸。

洗完脸，他们立即抬头彼此相看，他们又看到了对方清晰的面容，脸上都现出欣喜的欢笑。

他们跨过了死亡的门槛，在地狱里转了一圈又让命运给拽了回来。他们觉得自己不是还活着，而是经历了死亡又获重生。

新生的感觉真好！而他们在一起的感觉更让他们喜悦！

他们把手握在了一起，四目相对，彼此相悦，终于他们的嘴唇亲吻到了一起。期待已久，自然而然，刹那间一股温暖像电流般地传遍他们的全身。这是他们第一次接吻，他们无言地述说着彼此隐忍已久的爱慕，表示对以往相互扶助的感谢，传递不离不弃共同把新生进行到底的坚定，交流着种种彼此都明了的情感。

的确，他们逃亡的路程才刚刚开始，前途仍然凶险。山高路远、险阻难行、环境恶劣、有匪环伺都有可能让他们的新生夭折，但老天给了他们机会，机会敞开了大门。他们不是独自一人的逃命，而是两个人为共同的新生跋涉前行，他们必须要成功而且一定要成功，他们不会有其他的选择。

他们立即出发了，他们没有时间耽搁，他们要在天黑前翻过这座山。这里海拔高，即使夏天山顶处也天寒地冻。特别是黑夜，根本待不住人。这些都是玛丽亚说的，她对这里的自然环境非常了解，而且对在大山中行走很有经验，这让高诚既钦佩又难以置信，原本他以为已经了解的玛莎又有了某种神秘感。

有玛莎漂亮的脸蛋相随，他的心里充满了喜悦。那明媚的浅蓝色的眼睛像兴奋剂一样融入他的身体，他觉得自己生机勃勃充满了力量。他奋力地向上攀爬，每上一个陡坡再伸下手来把玛莎拉拽上来。这是人迹罕见的大山，没有路，但植被少，没有遮眼挡住视线的树木，选择攀爬的方向并不难。路径易选并不意味着登走起来会省力，坡陡难行，每上一步都很费力。山高路远，长时间不间歇的努力很难持久。漫长的山坡逐渐地消耗着精神营养对体力的滋补。一段时间后，疲惫便侵蚀了他的身体并渐渐占了上风，步履越来越沉重，喘息越来越紧促。

玛丽亚发现了高诚爬山费力的一个原因，背包很沉。她上手摸了摸背包，搞不清楚里面是什么，便问他装了什么？

高诚喘着粗气，神秘又得意地说："宝石。"

"宝石？"她自然是十分的诧异。上手又掂了掂，一脸的迷惑。"这么重？什么宝石？你在哪弄到的？"

"你记得以前我对你的承诺吗？"

"什么承诺？"

"上次我收了珍贵的西瓜碧玺，答应给你看，你没能看到。"

"噢，是的，我下乡了。没赶回来。"

"这次我要兑现承诺，而且是惊喜。"

"你越说我越糊涂了，你到哪里搞的宝石？什么时候？"

俩人没有停下脚步，边喘息边说话，话讲得很慢。

"到时候我会告诉你的。"

"背这么沉的东西爬山，太累了！而且路还远，你能不能坚持下来？"

"没问题，我背得动。"他抬头看离山顶已经不远，朝上指了指说："我们就要到山顶了。"

高诚鼓足气力，奋勇向上，直到登上山顶。但上来以后又傻了眼，原来这只是凸起的一个平台。山顶仍然高高在上，离这里还有一大截子。气得他一屁股坐到地上喘气。

玛丽亚上来稍歇了口气，就拉他起来。这里不是休息的地方，和塔利班的村庄还在一个山谷里，还没有完全脱离危险。她一直强调，天黑前不仅要登上山顶还要翻过山顶，下到山那面的山腰或山谷才行。

高诚向上看看，山高得确实让人发怵；他又低头看看下面，发现他们已经走了很远爬了很高了。这让他兴奋，又信心满满劲头十足，继续奋力向上登攀。

终于，他们爬上了这山梁的顶端，他们觉得开心，他们自由自在地笑了。他们相牵相依相拥，又一起踉跄着跌坐在地。他们极其疲惫，然而他们一直在笑。

太阳依然高挂在天。天空是没有任何瑕疵的蓝色。不远处雪峰矗立在阳光下熠熠发光。他们所在的山顶背阴处和坑洼处尚有大块没化的残冰白雪。四外沟壑纵横群山耸立，登高望远，视野开阔，峰峦变矮变小。他们终于把望而却步的高山踩在脚下。现在他们确信已逃离了绑架囚禁，逃离了那随时都可能丧命的险境和生不如死的苦难。他们虽然疲惫已极饥渴难忍，但呼吸舒畅胸中如天空般明净。

特别是高诚，无故遭难几经生死命悬一线，如今奇迹般的脱身。还有意外的令人不可置信的收获。那勾他遭难的宝贝却在逃难时落入他的囊中；怀里还有梦寐以求的艳遇美女。他大悲大喜，喜出望外。缘分呢！打不走推不掉！他的乐观不仅是现在而且放眼未来。

俩人相视而笑，开心的笑；俩人接吻，热情洋溢；把喜悦留在这高山之巅，镌刻在蓝天雪峰的背景上。

俩人休息了一会儿，没敢多待，这里虽艳阳高照但清爽寒冷。玛丽亚观察了方位，确定了行走方向，俩人就向山下走去。这山不错，一边陡一边缓。把缓坡留给了下山这边。这让他们下山很轻松。这边山坡比那面还干燥，几乎全是裸露的土。没树，只有簇簇的枯干的草棵子。择路很方便。由于好走又是下山，没多久就接近了山底。一块巨石下有块平整的地方，玛丽亚提出在这里休息吃饭。俩人放下包靠石头坐下来。玛丽亚在衣服上抹了抹手，从背包里掏出一块馕，撕了一大半给高诚。又拿出一瓶水。

“我们路还很长，食物和水对我们很重要。这顿我们只能吃这么多，好吗？”

高诚早已又渴又饿，但他实在不好意思提吃喝，因为这食物和水全是人家玛丽亚准备的而且背在身上的。他背的包虽沉却没食物。他责怪自己，为什么就没想到要背上食物呢？所以他这时只有听话的份了，不会闹意见的。

俩人很快吃完并合喝了一瓶水，玛丽亚把空塑料瓶又放回包里。

这时天色尚早，太阳还没有完全落山，山尖上还有桔黄色的余晖。高诚打开背包打算向玛丽亚显摆收获的宝贝。他自己过去也只是浅浅地看过，迫不及待也想看看，好好把玩一番。

玛丽亚却先看到了美元，一把抓了过去，惊异地问：“怎么有美元？在哪拿的？什么时候？”

他讲了当时的情况，心里有点儿二糊，问：“我这样是不是不妥？”

玛丽亚眼睛一瞪，说：“不妥？怎么不妥？这是真主的安排！主给的。”她点了一下，高兴地说：“我第一次见这么多钱！”想了想又十分惋惜地说：“你拿的太少了，这只是他们抢你的两万。那么多钱，你应该多拿才对呀。”

高诚把那沉重的宝石举到她面前，掀开布，那硕大的碧玺便闪亮突现出来了。

这亮相立刻赢来玛丽亚惊喜的叫声：“这么大！太美了！”

的确太大太美了！那气势恢弘的形状，神话般的晶体，奇妙的色彩，不仅让人叹美而且让人震撼！这碧玺，圆柱形，直径有十几公分，重四公斤以上。红绿双色，恰在中间分开，各染一半。绿色浓艳，红色鲜丽。红色正是贵重的桃红色。晶体的品质极高，内含少，晶莹剔透。转动这碧玺可以看到色彩的灵动变幻，真是赏心悦目！实在是碧玺中的至尊！宝石中的至宝！

高诚入神地看着这碧玺，对玛丽亚说："你知道什么是缘分吗？中国人讲缘分。宝石和人要讲缘分。是你的就是你的，不是你的你是得不到的。这块碧玺我见第一眼就觉得和我有缘。正因为如此我才上当被绑架。他们的骗局我应该可以识破的。就是这宝石吸引了我。现在虽经一段时间磨难，它几乎是自动出现落入我的手里。这就是缘分！"

玛丽亚听明白了他的话。看着他全神贯注的眼神，她脸上出现了些许不悦，问："它很值钱吗？"

"很值钱，在中国可以卖到二三百万。"

她十分惊讶，叫道："什么？多少？"她以为高诚俄语数字报错了，反复核实，明确后，把手捂住胸口仿佛怕心跳出来，叹道："哎呀！值这么多钱！"

"而且价格涨得很快，以后还会更值钱，说不定翻倍。"

玛丽亚看了看天和前方山谷，站起身说："现在还早，我们继续走吧。天黑不能走了我们再休息。"

高诚小心地把碧玺用布包好放入包里。

玛丽亚想了想，犹豫了一下还是说了。"路很远又非常难走，可能要走很长时间。这个宝石太沉了，背着它你会很累的，而且……"

"没关系，再累我也会背它出去的。"

她没再多说，只是情绪有些低落。

他们继续上路，沿着这山谷又走了几个小时，直到已经入夜，直到疲惫不堪。

他们找了一块平整的地方准备睡觉过夜。没有铺盖，玛丽亚把背包里的“布嘎”拿出铺在地上。他们枕着背包躺下。这里虽是谷底，夜间依然很冷，不久就感到寒气袭人。

玛丽亚背对高诚侧躺着，说：“山里夜间很冷……我们……要靠在一起睡……才过得去。”她说的吞吞吐吐，羞涩得说不出口。

高诚早想到了，没敢做，怕玛丽亚误会，其实在这种情势下他不可能有那些不合时宜的想法。他翻过身搂住她，尽量用身体贴护住她的身体。

过了一会儿，她又说，还是吞吞吐吐含含糊糊的。“对不起……我衣服……和身体……都很脏……味……没有香味。”

高诚没有说话，只是把她搂得更紧了。

俩人用各自的体温传递着温暖，共同抵御黑夜的寒冷和恐惧。

第二天他们整日不停地在跋涉走路。这里的山形地貌没什么变化，庞大的山体，纵横的沟壑，人在其中十分渺小，走很长时间都没觉得走多远。他们行走在山腰或在沟底择路，又翻过了几道不高的山梁，和昨天比少了些兴奋和喜悦，多了许多疲惫，当然也多了忍耐。这里确如凡尔丁所说，没人。不仅没有人居住的痕迹，连人行走的痕迹都没有。原因可能是太干燥，山上没树没草，全是裸露的土，人走起来都能掀起一溜尘土。

早晨他们起得很早，天刚发亮就上路了。实际他们也就睡了两三个小时。不是不想睡而是睡不着了，睡卧的条件太差，俩人抱在一起虽抵御了寒冷，却也睡得很累。一觉醒来腰酸胳膊腿疼，便不再睡了。高诚这是头一次搂抱玛丽亚睡觉。过去自从见过她面貌后，别说看见，一想起来都激动得不得了，但昨天夜里却心如止水。玛莎依偎在他怀里时，他的身体四肢接待得规规矩矩。除了御寒工作之外没有一点异动。旷野之下逃亡路上，他不会也不可能那么不着调。

他对玛丽亚愈加的钦佩，她真有本事，能在迷宫般的深山中确定方位，总能不迷失要去目标的方向，且能在这人迹罕见的野山中找到路径，女人往往是没有方位感的。而且玛丽亚的攀缘能力惊人，很难想象如此美貌娇贵的姑娘能在这复杂的荒山野岭中行走自如。在这没有人烟的野外生存也有经验，如何找水，如何分配食物，如何分配体力，如何睡觉休息。

他向玛丽亚表达了钦佩赞赏，也提出了疑问。

她喘息着，笑了笑，说以后再告诉他，这时走山路无法长话。

高诚察觉到她的笑并不是听到夸赞后得意的笑，而是含有一种苦涩。

他们现在最需要的是水，他们吃了两次馕，用光了两瓶水，还剩一瓶水不敢再喝了。渴比饿更强烈地袭扰着他们。

中午后，玛丽亚一直瞄着有葱绿的树木的谷底走，寻到几处有些稀落的树木和草的地方，但都没有明水，只好继续向深谷走，走了很久，终于听到有水声。他们欣喜异常，加快了脚步，寻得水源。这竟是一处山泉，在崖处泻下，形成两三米高的水流，像个小瀑布，下面是个直径有两米的水洼，水质清冽。俩人欢悦着跑过去，伏下身子喝了个够，然后坐靠在山坡上看着这里的环境。没想到这里竟是一个幽静美好的地方。

此处林木茂盛空气湿润，泉流瀑溅，入水洼后向下散开，贴着地皮汩汩流动，使这漫坡的草地泛起晶莹的水色。这里地形错落有致绿草如茵，在荒芜的山中形成了一个小小的绿洲。

俩人斜躺着吃着馕。

“这里真不错，只是小了点儿。”高诚呼吸着潮湿的空气，看着大山中难得一见的水色。

玛丽亚靠在他的肩上说："不走了，再走就累死了。"

太阳还没有完全下山，山峰还有余晖。俩人吃完馕，在坡地草坪上仰身躺倒，享受着水和绿色形成的清静的小环境。玛丽亚这时兑现承诺，缓缓地讲述了高诚感兴趣的她的故事。

苏联占领阿富汗时期，玛丽亚的爸爸被送到苏联上学，在塔吉克的杜尚别和同在一个大学学习的俄罗斯姑娘也就是玛丽亚的妈妈相爱结婚。以后有了玛丽亚。她的爸爸妈妈大学毕业后都留在塔吉克工作，一家三口生活在塔吉克。她讲：她的童年无忧无虑，幸福快乐，是她记忆中的最美好的时光。

以后苏联解体塔吉克独立。玛丽亚的爸爸妈妈失业，家里生活陷入困境。随后塔吉克内战爆发，他们家又陷入灾难中，先是家里被抢劫一空，后来房子又在战火中被毁。塔吉克内战打了几年。为躲避战乱，他们两次逃难。

玛丽亚说："你问我为什么这么熟悉这大山吗？因为那时就在这大山里逃难。我那时才10岁。塔吉克和阿富汗一样都是山，也是又高又大的。第一次逃难，长途汽车没走多远路就中断被毁了。看路上有很多坦克，听到枪炮声，我们只能下车走山里。那山没有路没有人，走了几天，走得非常苦，断了食物，都走不动了。最后遇到一个小村子，才知道离我们要去的地方已经不远了。我们在村里吃了东西，按村民指的道，我们才走出了大山。第二次逃难和第一次差不多，但是……不如上次那么幸运……途中，我们遭到了抢劫，我妈妈……受了伤……病倒了……最后死在大山里……"

说到后面她已然哽咽，讲到妈妈的死，她哭了，哭得很伤心。高诚拉过她搂在自己的怀里，大颗大颗的泪水便洒落到他的胸前。高诚为她的经历深深触动。听得出来她的叙述很概要，略去了细节。可以想象这些细节内容对她太过残酷，太过伤痛，不堪回忆。

缓了一会儿，她接着说。

妈妈死后，她和爸爸作为难民到了阿富汗，这里的叔叔帮助了他们。塔吉克的内战结束，阿富汗的内战又打得越来越厉害，她和爸爸又作为难民回到了塔吉克。那时候塔吉克局势虽稳定了但国家非常穷，老百姓生活很苦，他们就更苦了。爸爸找不到工作，只能去工地打短工，去市场扛包推车。没有房子，他们在城边租了一间小房子。生活过得很艰难，但爸爸一直让她上学。在她十五岁那年，她的爸爸也病倒去世了。她成了孤儿，辍了学。为了养活自己到处打工……

讲到这里她又哭得厉害，而且喘息起来，好像胸口压了块沉重的石头。

这块石头也同样压在高诚的胸口，他感到了沉重和悲愤。

哭了一会儿，玛利亚安静下来，接着讲了参加人道组织工作又到阿富汗的经历。讲完后她坐起来长出了一口气，仿佛要把过去的不幸全部吐出来。她转过头来疲惫而又深情地看着高诚。

“后来碰到了你，又一起遭绑架，现在和你一起逃亡。”她苦笑着，似乎在嘲笑自己脱不开逃难的宿命。

夜幕在不经意间悄悄逼近。

玛利亚扬起头，抹去眼中的泪水，轻松地笑了笑说：“我什么都跟你说了，好了，我要洗个澡。”她拽起了高诚，指了指十几米外的一块巨石。“你去那石头后面，我洗澡你不许看！”

高诚去了石头后面，刚坐下就听到她追加的一声喊叫：“不许偷看！”

他静静地坐了一会儿，想着她在裸体洗澡，心里冒起了看的欲望，又怕她生气说他不绅士。不过欲望太过强烈，心想反正是自己的女朋友，便偷偷的在石头一侧有小树遮挡的地方探出头去。

只见玛丽亚在水洼里背靠崖壁，让瀑布自上而下淌过她的身体。虽然天色已暗，但仍能清晰地看到她雪白的身体，凹凸有致苗条而丰腴，就像一尊活着的把女性躯体的美雕琢到极致的塑像，美丽且圣洁。

那美让高诚惊叹窒息！他缩回头，怕让玛丽亚看见以为他卑琐。

玛丽亚洗完后，高诚也洗了一下。

玛丽亚在山坡柔软的草地上把“布嘎”铺开，仰躺在上面。高诚洗完过来趴伏在上面，面对她的脸。他虽然多少次看过她，多少次梦见她，每天想着她，但还没有仔细地看过她的脸，所以想到她时总是轮廓，他现在要读熟那细节。

这是一张洗浴后容光焕发颜色鲜明的脸，瓜子形，五官精美而细节丰富；黑色的柳叶眉醒目且清秀，双目深邃宛若清潭；上扬的长睫毛更让双眼妩媚。鼻挺且俏。脸蛋甜美生动；唇型和棱角彰显着诱人的性感；眼中晶莹通透的眸子更是宝光四射……

不可思议她美丽的容貌后有那么多沉重的伤痛；很难想象她年轻的生命中竟包含了如此多的不幸！她的美丽和她的经历同样深深打动了高诚，让他产生了强烈的冲动：要全心全意地爱她！不惜一切地保护她！结束她的苦难，让她无忧无虑，让她享乐，让她幸福。这是他的职责！他的担当！

高诚亲吻了她。不是那么激情，却是十分的郑重，表明一个态度，作出一个承诺。

玛丽亚睁大眼睛看着高诚，突然问：“你会娶我吗？”

“当然啦！我们走出这鬼地方，我做的第一件事就是向你求婚。”

在高诚心里这是不容置疑的事。这是天赐的良缘。如果说过去只是艳遇，只是相互爱慕，那么现在绑架逃亡的共同命运已然把他们的生命捆到了一起。相互扶助相互依存，睡觉都必须把身体贴紧，彼此用体温温暖着对方。这是天作之合，这是天大的缘分！

“真的？”

“真的！”

“可你为什么从来没说过你爱我？”

高诚的确没表白过。想想主要是没有合适的机会，并不是他不想表白。他明白这是女孩子看重的事，便诚心诚意补上这个空白。

“我爱你！爱你到永远！”

她笑了，笑得很感动。“我也爱你！永远。”

“我们相爱。我们在一起。永远在一起！”

她突然热泪盈眶，抱住高诚，伏在他胸上哭了。

“我害怕……我害怕……我累……我不愿意在这里……我不想看到这里的一切……我不要孤单。你抱着我……永远抱着我……你不要骗我！一定要娶我，带我走……答应我！带我去中国……我是个好妻子……你答应我……”

高诚坐起，把她紧紧搂在怀里，连连地答应着她。“你放心！我不会骗你。我爱你！我一定娶你。我们去中国，在北京生活。”

她不作声了，安安静静地躺在高诚的怀里，慢慢地睡着了。

高诚不想睡，甚至一点睡意也没有。他稍活动了一下身体，好让玛莎在他的怀里躺得舒服一些。他的思想还处在她那些经历的感触和震撼中。他现在明白了为什么她熟悉和这些匪盗黑恶势力及社会底层的江湖人打交道，因为她沦落其间在周旋挣扎中生存。可以想见一个孤儿、一个少女受了多少苦遭了多少难，多么的不容易。他发现玛丽亚十分贪恋他的肩膀和怀抱，愿意靠在他的肩上躺在他的怀里休憩。她是多么需要关爱依靠和呵护啊！她没有家没有亲人，甚至没有祖国。她虽有阿富汗和俄罗斯的血统，却不是阿富汗和俄罗斯人。她持塔吉克护照，实际和塔吉克国家没什么关系了。特别难得的是她没有堕落，终日在艰苦的环境中奔波着，做着人道救援工作。每次和她见面都让他心潮澎湃，每次和她谈话都让他刻骨铭心。他们的爱情是生命的联结。他固然对她有过几次救助，但没有她，他不可能走出这大山。命运带给他们爱情，爱情给予他们共同的生命。

睡梦中的玛丽亚依然那么楚楚动人。长长的睫毛像蝴蝶的翅膀，眼睛即使闭着，都那么生动媚人。高诚这时发现了“布嘎”的好处，它罩住了女人的脸和肌肤，免去了日晒风吹，使她的脸皮肤雪白娇嫩。如此漂亮善良的女人值得他为她付出一切，值得呵护关爱她一生一世。

玛丽亚蓦地睁开眼睛，叫道：“不好！我忘了，我们不能在这里睡觉。快走！”

高诚一脸茫然。

“快走！这里有野兽。”她把东西都收拾到包里。

高诚吓了一跳！毛骨悚然！忙问：“什么？是什么野兽？在哪儿？”

“豹子、雪豹、狼和野猪，还有其他一些。”

高诚从树上折了一根胳膊一样粗的树枝拿在了手上。

俩人快步离开这里。

玛丽亚边走边说：“这么一大片地方就这么一块绿地明水，是动物喝水也是狼和豹子狩猎的地方。”

山沟里漆黑一团，俩人慌不择路走得磕磕绊绊。

“你怎么不早说？”

“我忘了，刚才看到草地上有野兽粪便。我们净顾说话了，没在意，后来才想起来。”

“这里野兽多吗？”

“听当地人说过去多，打了这么多年战争，现在少多了。”

快步走了一段上坡路，俩人太累，无奈放慢了脚步。估计走得够远了，他们才驻足，在山脚找了一处落石形成的浅洞相偎坐下。周围黑洞洞的寂静无声。

俩人认为这里相对安全了，便商量着倒班睡觉。他们必须抓紧时间休息。他们还有很长的路要走，况且也疲倦得受不了了。

玛丽亚先睡，她一头扎在高诚怀里就睡着了。

高诚警惕地瞪大眼睛四外里观察，一直没发现有什么异动。过了一段时间他疲倦得有些坚持不住了。他眼睛睁不开，头向下坠，想叫醒玛丽亚，看她睡得正香，不忍心叫她。不知不觉自己也睡着了。

不知睡了多长时间，俩人同时被一声嚎叫惊醒！支起耳朵定神倾听，又听到了一声长长的嚎叫。这回他们听清楚了，是狼嚎！

这声音吓得俩人毛骨悚然。玛丽亚身体抖动抱住高诚，高诚挑起那树枝，支起脖子，瞪眼朝那出声的方向寻摸。

又听到了两声狼嚎！听得他们心惊胆战。那叫声离他们并不远。顺着叫声，高诚好像看到了黑暗中有两颗绿色的玻璃球样的发光体。一定是狼的眼睛！他指给玛莎看，玛莎却没有看到。他再仔细看又看不到了。究竟是看到了还是幻觉，他也吃不准了。

不过叫声已证明狼的存在，而且就在附近。他们惶恐而紧张，用眼睛在黑暗中搜寻，没了一丝睡意。

以后却没了什么动静。

直到天启明，黑暗渐渐退去。俩人抱紧身体抵御着寒气，眼皮才慢慢合上睡着。

天大亮后俩人醒来，活动了一下身子，高诚觉得很累，头脑迷顿，浑身酸痛，腿发软。他望着那遮天蔽日层层叠叠的大山，心里产生了深深的恐慌。死亡的暗示又袭扰心头，生的希望再次变得遥远。

十八

他们继续在大山的漫坡上寻找可行的路径，沿着山谷艰难的跋涉，在山谷的拐弯处翻过一道山梁。他们很累很疲惫，也没有了这两天的兴奋心情，走得比昨天慢了很多，但他们没有停下脚步。

狼的嚎叫使他们惊魂甫定，总是左顾右盼，怕狼跟踪而来出其不意地袭击他们。好在这大山中荒凉得连草都没有，视野开阔，可以把周遭看得清清楚楚。他们看到了一些山鼠或是野兔，狼却一直没有出现。

高诚现在真切地意识到了走出这大山绝非易事，简直堪比登天。他早没了头天登上山顶时的兴奋和豪迈，不祥的预感笼罩在心头，对能不能走出这大山产生了疑问。这倒也刺激了他的体力，让他在疲惫不堪的状态下坚持地走下去。他知道没有别的指望，生的希望完完全全就在他的双腿上，就产生在一步一步的步履中。

这时他才真正感到了背包的沉重。背包越走越重，拖慢了他的脚步。特别在上行登高时大大地消耗着他的体力，每走一步都要停顿一下攒一下体力。这使他第一次思想产生了动摇，是继续背着这宝贝碧玺还是放弃。但一想到此便觉心痛。所以仅是犹豫而难以割舍。

还有一个情况让他们紧张，他们断粮了，下午吃完了最后一块馕饼，这情形骤然让他们感觉危险更加迫近了。

另外，今天走了一路没发现任何水源。昨天灌了三个塑料瓶水喝了两瓶，仅剩一瓶了。他们现在已然渴得要命，这瓶水根本不挡喝。只是玛丽亚把着没拿出来而已。

他们必须对前途做出探讨和规划了。

高诚问："我们在向什么方向走？目标是哪？"

玛丽亚答："向公路方向走，目标就是公路。"

"是哪条公路？通往坎大哈的柏油公路吗？"

"那条公路很远，但我们走不到。我们应该先到可以通汽车的土路。"

"到这条土路还有多远？"

"原来我以为需要三四天，现在看来根本不可能。我没有来过，我只是根据方向大致判断。"

"你估计还需要几天才能到？"

她脸上现出为难的神色。"我说不好。我只知道我们走的大方向没有错。"

在这人迹罕见地形复杂的大山里，玛丽亚没有地图却能找到方向并寻出路径来，实属不易！精确地计算是根本不可能做到的事。

但现在又必须精确地做出计算。如果再有一天能到达，他们还能勉强坚持。再多一天恐怕就倒在这大山里永远出不去了。走在路上登高望远，看不到任何公路。他们必须要想办法，或找到食物和水，或另辟蹊径。

高诚想到了一个方向，问："我们现在离凡尔丁带我们来的那条小路有多远？"

“本来是一个方向，这边绕远。现在离多远我也说不好，那条小路弯弯曲曲的，这边我们也是随山走绕来绕去的，没法判断。”

“我们会不会已经越过了那条小路？”

“说不好。这边远不好走，而且都不是直行，说不定已经岔开了，离得很远了。”

“我们是不是可以向那个方向插过去，回到那条路上去，这样是不是近一些？”

她扭头向那个方向看了看，又想了想，点了点头。

高诚还认为这样走不仅近还比较确定，肯定能走到。这里地形这么复杂，山叠山，山套山，没路没人迹。按现在这样走下去大方向即使正确，偏差一点可能失之千里，要走很久。这对他们来说与死路无异。

“可是那里有塔利班的人，我们会被发现的。”

“但继续向这个方向走，可能几天也到不了公路。没有食物，我们走不下去了。”

她又点了点头。

“你估计得走多长时间能到？”

她再次露出为难的神色，摇了摇头说：“说不好。”

“方向上你能确定吧。”

她站起身看看天，又四下看看，态度坚定地点点头。

高诚握住她的手，说：“我们改变方向，朝来的那条路走。先搞到食物，再看那边的情况，决定后面怎么办。”

玛丽亚点头同意。她再次起身看了看地形，考虑了一下走向，说：“这里山高坡陡，以我们现在的体力翻过去很困难。咱们继续向前走，找一处低矮的山梁或找一处坳口插过去。”

天色尚早，他们决定立即出发，以免让刚刚补充的仅有的能量白白耗掉。

这时，高诚从背包里拿出了那颗碧玺。

玛丽亚劝他说："放弃吧，太沉了。我们没有体力了，先保命吧。"

他捧起碧玺缓慢地转着变换着角度看。那碧玺中的红色在阳光中娇艳喜人，旋转时竟能看到火苗般的跃动，真像是有灵性的物件，实在让他爱不释手。想到经历这么大的磨难波折获得的宝贝，要丢弃，他心里顿觉空了一块，像丢弃自己身上的肉一样的心疼。

他又想起，碧玺被称为愿望之石，或许真有助人实现愿望的灵性。他辛苦地背着它，诚心所至，它定能让愿望实现，让奇迹发生，保佑他们平安！

想到此他定了定心，又把碧玺包好放回了背包。

玛丽亚欲言又止，看了看他没再劝拦他。

俩人继续出发，拖着疲惫，忍着脚疼和浑身散架般的疼痛，一步一步走着。走得很慢，但他们没有停，一直走到黄昏。绕过了那又高又大让他们胆寒的大山，望见了一条两峰之间矮了一大截的山梁，他们当即止步，不是想停而是走不动了。

他们随即倒下，把身体摊开在山坡上，一动不动。他们已经筋疲力尽，甚至连讲话都没了力气。许久，在晚风里他们依偎在了一起，用体温相互温暖，用心跳和生命的感觉补充彼此的能量。

他们脸对着脸，眼睛失神地凝视着对方，渐渐地泪水浸出，盈满他们的眼眶，慢慢地又滴出，洒湿他们的脸。俩人都没讲话，任凭泪水默默地一颗一颗地滴淌。许久，他们不约而同，用手指给对方擦去泪水。

他们没有绝望！他们也不该绝望。他们并没有到绝境，山梁那边会有新的希望。他们还能坚持！他们必须坚持！

慢慢地，不知不觉他们睡着了。

深夜，在他们沉睡中，山间又传来狼的嚎叫！

他们立刻被惊醒！坐立起来四下观察。睡了一段时间，俩人气力有了些恢复，但身体各处的疼痛反倒加剧了。

又传来几声凄厉的狼嚎！

他们找到了狼叫的方向，听声音没靠近他们，四下里黑洞洞的什么也看不见。但仍让他们毛骨悚然，身体瑟瑟发抖。他们紧抱在一起，看四周空荡荡的，不远处有巨石壁立，便相互搀扶着转移到那里，委坐在石壁的夹角处警惕着周边。

从前面两个方向传来两声长长的狼嚎，一前一后，一呼一应。

二人被吓得身体一激灵！高诚把那根一直当拐棍用的树枝握紧放在胸前，把玛丽亚掩在身后，做着拼死一战的准备。他的心一直“砰砰”地跳着。他明白，他们面对的不是一只狼，是两只可能更多。

他们在这恐怖的状态中坚持着，紧张地调动起身体里剩余的体力，准备应对狼的袭击。

一段时间后，狼的叫声却远去了，直到消失。山谷里又恢复了寂静。他们紧绷的神经逐渐松弛，直到身体松垮下来，相依着靠在石壁上又睡着了。

俩人醒来天已大亮。他们挣扎着站起，浑身真如要散架一般，几乎无一处不疼。而且疼痛十分严重，疼得他们直咬牙。他们忍痛活动了一下身体，大口呼吸几下，提振一下精神，就向着那山的垭口出发了。

背起那沉重的背包时，高诚犹豫了一下，最后还是费力地背起了。玛丽亚看在眼里没有讲话。

早晨醒来时，饥饿难忍。但没有指望也就不去想了。上路后胃里饥饿感倒不那么强烈了，但饿劲儿却扩散到了全身。肌体因没有能量补充而软弱无力。他们迈步变得艰难，每走一步都十分费力，步率很慢。好在山坡度不大，也算比较平坦。走了一段后身体的疼痛有了些缓解而脚底的疼痛却加剧了。走了几天脚底早已磨满了血泡。前天泡没这么多的时候玛丽亚用背包里带的药水处理过一次，昨天晚上太累了又加上恐惧紧张，他们连鞋都没脱。不过处理也起不了什么作用，泡该长还长，脚该疼还疼，除非不走路了。这样他们迈步走路不仅艰难而且疼痛不堪。但他们没有停步！他们不能停，他们不敢停。

出发时，看那垭口也就三四公里远，走到那里才看到要翻过这道山梁还有很远的路要走。而且究竟有多远还看不到，这让他们失望。但他们只停留了片刻，就继续走下去了。他们清楚没有其他的选择，这是他们唯一的生路。他们没有奢望翻过这道山梁就会到达目的地，但他们相信那里能看到他们希望的前景。

就这样他们在苍茫荒芜的大山中，手挽手拄着那根打狼用的树枝，忍着饥饿和疼痛，艰难地蹒跚，走得慢但没有停歇。途中喝光了最后一瓶水。终于在太阳没落山时，他们跨过了那道山梁。不过让他们大失所望！

一座高耸入云让人望而生畏的庞大山体堵在他们要去的前方！

他们一屁股跌坐在地上，望着遮天蔽日的大山，恐慌的情绪笼罩了他们。他们默默地坐着喘息没有讲话，不久俩人的脸上分别出现了两道泪痕。再不久俩人相拥流泪。

现在的处境对他们来说几近绝望！

过了一会儿，玛丽亚安顿了一下情绪，先开口说话：“我们走的方向没有错。”

方向没错但谁能想到有这么一座大山挡在前方呢?

玛丽亚看了看四周，又琢磨了一会儿说：“我觉得翻过这座大山就到那条小路上去了。”

这对于他们已经是不可能做到的事了。

她指了指大山的一侧说：“从那边低处山腰翻过那道山梁，绕过去，路远但好走。”她面对高诚坚定地说：“我们可以走过去，我们一定可以走过去。”

这是他们唯一可能的选择，虽然他们已然没有了信心。

俩人拉扯着挣扎着站起来。

这时，玛丽亚拍了拍背包，劝他说：“人都走不动了，别背了，太沉了。”

他苦笑了一下没有言语。他没有扔，他觉得扔不扔的已经没有意义了。

他们按设定的方向继续蹒跚上路，而是拖着虚弱疲惫的身体，挣扎着迈动脚步。好在是下坡又比较缓，比以前的上坡路省力。走了一段路后，他们终于在山腰一处有灌木和绿草的地方发现了水源。这让他们过于低沉的情绪稍有缓解。不过水少得可怜，只是一块突出的尖石，在石尖上一滴一滴的滴水，而且滴得很慢。

俩人轮流弯着身子扬脸张嘴，让水滴进口中，半天才算喝了点水。这样喝实在太累，他们坚持不了，便把玛丽亚背包里的空塑料瓶放在水滴下面用碎石固定住接水。俩人坐在一旁等水有了一些后再拿瓶喝水，这样耽误了不少时间。

看看天色渐晚，俩人想多接些水，决定就在此过夜了。

狼一直是他们的心腹大患。虽然他们只听见狼叫没见到狼的身影，但他们时时感觉到狼的存在。高诚心里认为，狼之所以没有袭击他们，一是狼少，可能只有两只，没有形成狼群；二是狼看他们还有活力，打算在他们体力不支失去抵抗力时给他们致命一击。

他觉得今夜到了最后的关口。

他们俩人现在极其虚弱疲惫体力尽失。高诚这几天和狼的隔空对峙耗尽了精力，长时间紧绷的神经已超过了极限，他的精神几近崩溃！脑子里甚至出现过爱怎么样就怎么样放弃的闪念。死对他都已不再可怕。他受不了的是狰狞的野兽去撕咬玛莎美丽的容貌雪白的肌肤。一想到这一幕他就热血沸腾心脏抽紧疼痛。

俩人又喝了些水，把瓶子放好准备夜里继续接水。然后在附近还是找了一处有石壁的地方过夜，这样狼只能从正面发起攻击，至少保证了背后的安全。他们又拣了一些拳头大的石头摆在身前以备反击用。

安排好后，高诚把玛丽亚抱过来，欣赏着她的美貌。她刚才用水抹了把脸，虽然疲倦虚弱，仍美丽动人。他亲吻了她，然后说："夜里狼来了，我会拼命守卫你，和它们搏斗。你记住了，不要管我！不管发生什么情况，尽量保全自己。记住：逃出去！活下去！"

她的眼里立刻涌出泪水，喊叫着："不！不！不！……"她扎在高诚的怀里伤心地哭起来。她明白现在的事态，说什么都已经不管用了，只剩痛哭了……

这哭声撕心裂肺，似生离死别。

她突然止住哭，抹去泪水，振作起精神来，像虔诚的穆斯林那样用手做着清洗头脸身体的动作。她清理出一块平地，恭恭敬敬地向西跪下，手捧脸下，口中念念有词，做起了礼拜。

高诚没有打扰她。他从背包取出那块碧玺捧着看了一会儿，心想：碧玺称为愿望之石。这碧玺之王，亿万年淬炼大自然煅就，天地造化，说不定真有神奇的力量，助佑他们转危为安。那就许个愿吧。

他把背包放在前面地上按平，亲吻了碧玺，毕恭毕敬地把碧玺红色朝上摆在上面，然后跪下双手合十，口中喃喃：“你和我们缘分深厚，用你的神通给我们个奇迹，助我们转危为安。”

两个人分别拜毕，心态已平，相拥而卧彼此温存。他们原无睡意，但虚弱已极不久就昏睡过去了。

夜半，狼如期而至，依然先声夺人，几声凄厉的嚎叫，立刻让这静寂的山谷腾起恐怖的迷雾。

他们被惊起！

高诚一把把玛丽亚掩在身后，抄起那根一直随身的木棍，做好抵抗的准备。身后的玛丽亚也拿了两块石头握在手中。

高诚听出今天狼的叫声和以往不同，声音短促，像是两只狼在相互呼应。听叫声离他们已经很近了，而且还在快速逼近。这证实他的估计，狼即将对他们发起攻击。

他现在已没有了惧怕，只有拼死决战一个念头。他站起身，瞪大眼睛盯住狼来的方向，调集身体里全部残余的力量，摆开架势准备迎击。

终于，他看到了那绿色的发光的眼睛！看到了两条黑影低叫着向他们窜来。在离他们几米远时，他看到了那呲牙咧嘴凶相毕露的狼脸向他们扑来……

突然，天上传来隆隆声响。高诚看见身前的碧玺晶体中火苗般的一跃，接着发出璀璨耀眼的红光……

狼受了惊吓一般，停止了攻击，掉头就跑……

瞬间，天上那节奏铿锵的声响来到他们头顶上方，十分巨大和震撼。从天而降的强光照得山谷如白昼，那两只狼落荒而逃。

高诚抬头看天，竟然是两架直升飞机从他们头顶掠过，发出巨大轰鸣声，还打出强光照射地面。

他一屁股坐到地上，和玛丽亚相视而笑，相拥而泣……

玛利亚眼睛一亮，“一定是真主护佑了我们，我的礼拜起作用了。”

她虔诚地再次向西跪拜，捧手默诵。

高诚却捧起了那碧玺。他亲眼所见在狼扑向他时，碧玺跃出了火苗发出了红光，吓退了狼。虽然出现了飞机，那光也可能是飞机强光突然照射的反射，但这晶体那红色的火焰太神奇了！他更愿意相信这一切都是愿望之石碧玺的神通。

他们仰躺在山坡上回想刚才的场景，开心得哈哈大笑。然后他们睡着了，睡得很安逸。

当太阳照到脸上时他们才醒。之后他们就要集中体尝身体所有难捱的痛苦，加上头晕和极其虚弱，连站立都会变得艰难。

高诚又举起那块碧玺，在阳光中这晶体中的桃红娇艳惹人，旋转时确见火光的闪动，真是有灵性的宝贝。他把碧玺包好放回背包里。他不会丢弃的，即使再难只要活着！

他们先到滴水的地方，那瓶子早已滴满了水，玛丽亚把盖拧上，放包里准备路上喝。又拿出一个空瓶接水现在喝。他们等了一会儿，各喝了些水就继续上路了。

他们相互搀扶着拄着棍蹒跚而行。他们明白，没有食物他们的身体状况坚持不到明天。今天是他们最后的路程，甚至半路就可能一步栽倒再也起不来了。但他们决不放弃！他们衣衫褴褛，体力殆尽，步履艰难，走得歪歪斜斜，却显得悲壮。

绕过这大山，翻过那相连的低矮的山梁，其实不到十公里，有起伏但坡度不大，平常走一个多小时可到，现在对他们可是太漫长了，几个小时的艰难跋涉才走了一半。这时又不得不停下来，玛丽亚穿的简易旅游鞋前两天就已断裂，现在掀开了，鞋底掉了一半，只好用纱布裹上脚，再把包里的“布嘎”撕下一块布来，把鞋整个缠上，这样能凑合走了。但这是凹凸不平的山坡，踩着硌脚，走一段就把布磨得破掉了，又需要重新包缠。这样他们走得更慢了。

尽管如此，他们仍然倔强地一步一步地走着，朝着那既定的目标。他们相信山的那边有他们生的希望，那也是他们最后的希望。

他们终于在太阳即将落山时登上了那道山梁，但放眼望去却目瞪口呆傻了眼。

山下一望无际，起伏平缓，却是没有人烟的沙漠。

绝望和心力交瘁让高诚晕厥，跌倒在土坡上，昏迷过去。

玛丽亚同时栽倒，虽然气力已衰但还清醒。她挣扎着抱着高诚，费力地呼唤着，试图把他唤醒。她已然气短，声音断断续续的，但她仍不停地呼唤，用她最后仅有的气力……

他苏醒了，没有表情没有讲话，只是睁开了失神的双眼。

玛丽亚想拉他起来，她知道现在不拉他起来，他就永远起不来了。但她拽不动。看他的背包仍然坠着他，便把背包脱卸下来，然后攒了攒力气，奋力拉他坐了起来。

那背包也被拽了一下，晃了晃，竟然坠下土坡，滚落而下……

高诚看见立刻想到背包中的碧玺，下意识地伸手去捞，一下身体失去平衡，连带着玛丽亚一起也栽下土坡，滑滚到了坡下。这土坡有十米来高，土质松软，俩人没受什么伤。高诚趴在坡底转头四下里却找不见背包。俩人奇怪，这坡下面地形平缓四外开阔，远处近处一览无余，那么显眼的背包怎么可能找不见呢?

他们没气力站起来，在地上爬着寻摸，没见到背包却在平地上发现了一个洞，方方正正的一个洞。高诚探头朝里面看，一眼就看见了背包在下面。他试图用手去捞，但够不着。他要进洞去拿，先把腿顺了进去，想用手臂支撑着让身体慢慢下去着地。可手臂已没有那个力量，一下就坠了下去，跌坐到了洞底。这洞不过一人高，也没摔着他。

玛丽亚从洞口往下看，担心他。

高诚把背包带攥在手里。再看这洞，原来这是人挖的一个地窖，方方正正的，面积比双人床大些，顶子是用树枝和草搭的。那洞口是入口，应该有个盖。看下面果然有个损坏的树枝编的盖子，一定是背包正好砸在这盖子上，把盖砸坏落了进来，否则从上面根本发现不了这有地窖。再看里面，他惊奇地发现在墙角有四个瓶装水和一个扁桶形有提梁的军用饭盒。他尽力扑了过去，把饭盒拿在手里，使足了力气打开饭盒，里面塞的是馕饼!

他们有救了!

高诚立刻松弛瘫倒，头脑心情变得轻松，浑身血液的流动变得顺畅。他朝玛丽亚笑了笑，摆手叫她下来。她下来后，惊喜得哭了起来。

俩人各开了一瓶水喝着。馕已经放了很久早就干了，很硬。玛丽亚掰成小块在饭盒里用水泡上，待稍软再吃。

高诚拿出了那碧玺，充满感情地端详着。这真是有神灵的宝物，太神奇了。这已经是第二次救了他们。他亲吻了碧玺，道了句:“谢谢!”

他们吃着馕。这馕真是好东西，放了这么久，干但不坏。

玛丽亚想了起来。她听人说过，塔利班在野外行进中怕遭无人机或直升机的攻击，在光秃秃的山坡和地面上修了些地窖。飞机来了他们就钻入地窖，飞机发现不了。可能是怕在里面长时间躲避，就备了一些吃喝的东西。

没想到塔利班的隐蔽所几乎救了他们的命。

玛丽亚高兴起来。“这里有塔利班的地窖，说明这里是他们活动的地方。这里离我们要找的路不远。”

高诚认可她的话，心里苦笑，原来是尽量躲塔利班远点，现在却要主动靠近他们。

俩人就在这地窖里过夜了，而且安安静静地睡了一宿好觉。

早晨，俩人钻出了地窖。玛丽亚看地形辨方向，指着前面的山梁，认为翻过去就能回到那条路上去了。他们需要沿着和沙漠交界的山坡走一段，再去翻那山。路程相对他们的身体状况并不算近。

俩人立即出发了。他们要趁身体好转，抓紧时间走。他们还有两瓶水一块馕，准备路上最需要时用。最让人担心的是玛丽亚的鞋，她说没问题，又重新缠了布。

高诚又背上了那沉重的背包，俩人都笑了笑。玛丽亚帮他背上的，她再也不会劝他扔掉里面的宝贝了。

他们的身体有了改善，但所有的疼痛并未消退，脚底痛得更加严重了。特别是玛丽亚，脚痛钻心。她强忍着，走起来一瘸一拐，走一段还要重新给脚缠一次布。开始那段路较平缓，起伏坡度不大，走起来较轻松。这段路走完又开始爬山，虽然坡度不陡，仍然让他们十分吃力。很快他们身体改善的部分就被消耗掉了。各种消极的感受又统治了他们的身体。但他们的精神状态比前两天要强。生的希望变得确定，少了恐慌，多了坚定。

他们仍然相互搀扶，这对刚开始的恋人，像两位相守一生的老人那样迈着已经走不动的腿在这荒凉的大山中艰难跋涉，为了拯救生命做着最后的拼搏。他们一瘸一拐，一步一摇，歪歪扭扭走着。除了给玛丽亚的脚包扎以外他们尽量不停。他们要在天黑前翻过这个山梁。中午时分他们到达了山腰。往上走坡度大了，路难走了。他们走得很苦，也就越来越慢。但他们没有停步。尽管如此，太阳落山时他们离山梁顶部还有一大截，天黑前翻过山显然是做不到了，而这时又不得不停下来。

玛丽亚脚的情况十分糟糕，纱布用光了，“布嘎”也被撕完了，没有包脚的布了。她已疼痛难熬，迈不开步了。高诚扒开她脚上的破布，脚掌已血肉模糊，还在渗血。这情形心疼得他倒吸口气不忍看，忙用药水给她擦拭，再从自己袍子上撕了块布给包扎上。这脚已经不可能走动了，一步都不能动了。

高诚建议休息一会儿，他拿过最后一瓶水喝了几口，看看山上将要走的路，又看看玛丽亚那憔悴痛苦的面容，心里在做着一个艰难的决定。

他又拿来仅有的那块馕，自己吃着，没给玛丽亚吃。玛丽亚感觉到了他的异样。

吃完馕，他把心一横，从背包里拿出那块沉重的碧玺，捧在眼前端详着。他想把这宝物的形状晶体颜色，全部细节镌刻在心里。他凝视着那宝石的晶莹剔透和颜色的流动闪耀……

然后他亲吻了碧玺，放在地上，说：“不要了！”他的心里一阵酸楚，两行泪水流过他的脸颊。

“不！不！”玛丽亚惊讶地阻拦着。不过她立刻明白了高诚的想法，感动得同样流下两行泪水。她不再阻拦，捧起碧玺看着、亲吻着。突然她扬起眉毛，精神振作了一下，抬头看了看周边，几米外有个土埋半截的巨石，是这里最明显的标记了。她抱着碧玺爬过去，把碧玺埋在巨石旁边，上面堆了些碎石，然后说：“对不起！先把你放在这儿。等战争结束，等没有了坏人，我们来接你。一定来接你！”

高诚过来拉她起来，不由分说把她背在背上。他步伐沉重，但却毅然决然地向上蹬行。

玛利亚没有推辞，没有讲话，乖乖地趴在他的背上。只是泪水止不住，滴洒了他一脖子。

高诚几步一回头，朝那巨石旁看。几天来那碧玺在他心目中已是有灵性的生命体，和他的生命相联。弃它而去，难舍难分！他泪水涟涟。

背着玛丽亚蹬坡，虽然沉重，但比他预估的要好些，玛丽亚没那么重。他尽量找坡度小的缓坡走。遇到躲不开的陡坡，他就走S形。他步履很慢，走几步歇口气。累了就放下玛丽亚，坐下休息一会儿。他要节省体力，分配好体力。后面的路并不近。而他的两条腿现在承担的是两个生命的最后希望。他一定要挺住！

天黑了，他们没有到达山顶。他们不想休息睡觉，因为明天早晨没有食物和水他的身体还不如现在好。而且山顶已经很近了。他继续按原来的步率缓慢地走着，走走歇歇。终于在半夜时他们登上了山顶。这时高诚已筋疲力尽。他放下玛丽亚，坐下来喘着气。

两个人望着山下，黑洞洞的什么也看不见。他们不知道那里是不是目的地。歇了一会儿，高诚感觉又缓过点儿劲来，背起玛丽亚继续向山下走。

黑暗中他择路而行，和上山一样找平缓的地方走。走下坡要省些力气，只是他太累了，走不多远就要歇一会儿。走走停停的缓慢向山下移动。几次他都累得走不动了，可歇了一会儿，又继续走了下去。就这样走了很久，大约下到山腰了。玛丽亚叫他停下来。

“你听！”她侧耳倾听着山下的声音。

高诚尽量抑制住喘息，也把耳朵朝向山下。

“有水！你听到了吗？”

他隐约听到了水声。

玛丽亚脸朝向他，眼睛红润，面容激动，踏实地说了句：“我们到了。”

是啊，那条公路和小路都环绕着水。有水就有路有人家。真的到了！他的精神立刻松弛了下来，浑身瘫软歪倒在玛丽亚的怀里睡着了。他累坏了。

玛丽亚流着泪抱起他，让他躺得舒服些。不久她也睡着了。

天蒙蒙亮时他们即醒来，忙着往下面山谷看。虽然朦胧但还是看到了山沟那一带植物的绿色，流水声也清晰可闻。俩人大受鼓舞，高诚背起玛丽亚继续出发，为他们的生命发起最后的冲击。

越往下走看得越清楚，山沟里有葱绿的树木，还有农田农作物和依山坡而建的土房院子。

生命之火重新在他们身体里点燃，他们心里充满得救的欢欣。极度的饥渴和疲倦，反倒调动起高诚身体里残留的潜能，催动了他的脚步，走得比昨天还快了。

接近谷底时，一道用树枝荆条编成的篱笆挡在他们前面，原来是篱笆围成的一块田，里面种的是玉米。

高诚、马丽亚扒开篱笆，进了玉米地，他们饥饿已极，掰下玉米棒子，扒皮就吃。玉米还没成熟，颗粒不鼓，他们就嚼食玉米芯棒。吃着吃着，俩人一同躺在玉米地里昏睡过去了……

十九

高诚醒来时已经在屋里了，躺在墙脚褥子上。他不知道自己睡了多长时间，只看出现在是白天。屋中一老一小跪立着，手捧脸前，做着每日定时的礼拜。老人头上缠着“土班”，白髯及胸，弯腰驼背，看样子应该在七十岁以上了。男孩十二三岁的样子，长的偏瘦小。

玛丽亚没在这里。

高诚的手脚是自由的，身体没有任何被强迫的痕迹，因而他判断这是普通民居，他是被善待进来的。

礼拜毕，少年偷眼看到他醒了，转头小声告诉了老人。

老人过来，手拢着胡子面无表情地看了他一眼，支使少年一句，少年随即出去了。

老人的脸上没有任何敌意，这让高诚更加放心。他看到自己的背包在脚下不远处，想拿过来打开看看，又觉得这样不太礼貌，容易让人误解，便打消了念头。

少年提来洗手的水壶和盆，高诚坐起来洗了手，面朝少年报以感谢的微笑。少年也以笑回应他，笑容淳朴又腼腆，让他想起了凡尔丁。

少年随后给他端来了饭和茶。

看来这家子是把他当客人招待，并没因为他们偷吃玉米而怪罪他。

那盘子里盛的竟然是热腾腾油光光黄灿灿的抓饭！他惊讶这小山村看着很贫穷的家庭竟有如此佳肴。那扑鼻的香味攫住了他的全部欲念，他变得迫不及待。但碍于一老一少两双眼睛的注视，他尽量表现得斯文，并学着当地人的样子，捏一把塞进嘴里，那滋味让他忘掉了以前吃过的所有美食。更让他惊喜的还有，饭里竟然埋着一只鸡腿，那肉的味道不仅享受了他的唇齿，还愉悦了几天来他严重衰败的身心。

吃过饭，高诚也学他们的样子，手捂胸口欠身致谢。

老人点点头算作回应，表情没有什么改变。

少年从里屋出来，用手示意请他进去。

进得里屋，只有玛丽亚一人，躺在褥子上朝他笑，看样子精神不错。这家里的女人们为了回避他去了另外的房间。玛丽亚的伤脚晾着，像是刚用过药，红肿有几处破损，伤得很重。

高诚急切地问这户人家的情况和现在的位置。

玛丽亚有些得意地一笑，说："这户人家我认识。"

高诚大感意外。

"以前我到过这里，给她们看过病送过药。今天早晨老人发现了我们，和他儿子用车把我们推到家里。家里的女人认出了我。"

没想到玛丽亚他们的人道工作做得这么深入，什么地方都敢来。

"我们现在在什么地方？"

"就在那条小路附近，离能走汽车的土路不远。"

"这还是塔利班的地盘呀，他们家里有没有塔利班的人？"

"应该没有吧。老人有两个儿子，和他们的媳妇孩子都住在这两个院子里。大儿子在家种地，小儿子经常跑外，据说在赫拉特帮人做生意。两个儿子的媳妇和她们的婆婆都和我挺好的。没听说有人在塔利班。”

“你怎么说的我们的情况？”

“我说你是我丈夫，都是做人道医疗工作的，我们在大山里迷了路。就这么说的，他们信。”

高诚笑了笑，表示赞赏。

“抓饭好香，还有鸡肉。他们家生活不错。”

“我给了他们五千阿富汗尼（约合一百美元），让他们做些好吃的。他们杀了家里养的鸡，做的抓饭。我还给了五千让他们给我们找两身衣服，还有‘布嘎’和我的鞋。他们很穷，不给钱他们不舍得给做。我是从你背包里拿的钱。”她注视高诚的反应。

高诚不仅没有怪她，反而埋怨给少了。“特别是鞋，一定要买好的旅游鞋。这些钱买这么多东西哪够呀。”

“他们去哪买？这离最近的商店也要上百公里。她们是在家里找。家里没有再去邻居家找，找到了给些钱买过来。先这样吧，走的时候再给他们一些。”

“你是说她们可能去村里别的人家给我们买衣服和鞋。”高诚思索着。“这样不好，村里人就知道我们在这儿了。他们家没有塔利班，村里肯定有，还会有塔利班的房子。”

玛丽亚也意识到了事情可能的后果。“我忘了这点了。山里人都非常朴实，即使我叮嘱了不要说我们在这儿，他们也不会在意的，也会对人讲的。”

“他们对塔利班什么态度？”

“他们怕塔利班又拥护塔利班。他们都是老实巴交的山里人，不懂那么多。如果在美军、政府、塔利班之间选择的话，他们肯定选择塔利班。”

的确这事没法办。即使向他们强调保密，他们也不会有这个意识的。还有这些孩子恐怕早就说出去了。这么个小山村来了生人，一男一女，还是外国人，来路蹊跷，肯定是重大新闻。他们来这里的消息可能已经扩散了。唯一的办法是尽快走。可是玛丽亚的脚又伤着走不了。没办法只能等等看，好在这里没有手机信号，消息扩散到外面，不会那么快。

晚上他们分别用盆洗了澡，换上了主人家按玛丽亚的要求找来的衣服。衣服是穿过的，不破还算干净。然后高诚又睡过去了。睡得很死，一直睡到第二天中午。醒后他感觉身体大为改善，头脑也变得清醒。

高诚立刻意识到了现在的危险。昨天太累了脑子没缓过劲来，竟然想到要等玛丽亚脚好了以后再走，这至少要等一周以上，这无异于自投罗网。必须想办法马上走！

他用手示意屋里陪伴他的那个少年，要去里屋见玛丽亚。少年领会他的意思去了里屋，不一会儿出来请他进去。

玛丽亚依然晾着脚躺着，洗过换了衣服，焕然一新，休息的也好，脸上恢复了靓丽的光彩。

他说出了自己的担忧和想法。

玛丽亚有些发愁。“这里离柏油公路很远，离可以走汽车的土路很近但路很差，没有公共汽车，车也很少。到有长途汽车的小镇可能有四五十公里。我的脚走不了这么远，即使走的话要走几天，这样也很危险。”

“他们家有没有小推车？或驴？”

“有，但这样的话，他们会送我们，也不好。”

“这里驴多少钱一只？”

"大该三百美元吧。"

"这样，你给他们五百美元，买他们一头驴。明天一早我们就走，带上水和吃的。先不要告诉他们明天走，晚一点再说，省得外人知道。"

晚上，玛丽亚告诉他：都准备好了，明早出发。

早晨天刚蒙蒙亮，他们就出发了。老人的大儿子，一位淳朴的阿富汗农民把驴的缰绳交到高诚手里。驴很乖，一副任劳任怨不打算闹意见的老实样子。

他们原打算悄悄地出门，没想到一家人全送了出来。几个女人还和玛丽亚抱在一起哭了起来。虽都穿着"布嘎"，仍哭得一塌糊涂。

这场面搞得高诚诧异，总共待了两天还净睡觉了，瞧她们这关系亲近的，和亲骨肉生离死别一般。

高诚把玛丽亚抱上了驴背，牵着驴上路了。没走多远就到了那条小路。小路曲折崎岖但比他们在荒山上翻来转去的好走多了。高诚几顿好吃好喝，三十多个小时的睡眠，身体彻底地获得改善。虽然还有些疼痛，但已不在话下。也不负重了，走起来十分轻快。他们怕在路上碰到人，走一段就前后观察一下。一直走完这条小路，他们也没碰到人。

上午，太阳照进山沟里后不久，他们就到了那个关押过他们的村庄。到了那条可通汽车的土路的起点。

他们没敢进村，在沟底绕了过去，上了那条大路。这条路一车宽，路况很差，坑坑洼洼，可能从来就没维护过。不过这对他们来讲，比之前好走了许多。他们大步流星地走着，只是在吃饭时停了一会儿，也让驴吃些草。

他们仍然小心翼翼地边走边观察前后，几次躲开来往的汽车。他们不敢拦车搭车走，怕是塔利班的车。路况差汽车走得慢，给了他们躲藏的充分时间。驴则拴在路边坡下或灌木后。他们没有觉得汽车发现了他们。

实际上这条路上汽车很少，多的是摩托车和骑马的人，在这路上他们的交通工具比汽车跑得快，发现他们躲避已经来不及了。而且让他们看到躲躲闪闪反而不好，索性也就不躲了。这些行人看到他俩人也没有特别在意。总的讲路上的人车很少，绝大多数时间都是两个人和驴在奋力疾行。按照玛丽亚对路程的回忆，在天黑前到达有长途汽车的小镇应该没有问题。

他们没有料到的是，他们的行踪早已暴露。在他们从那户人家出发的当天上午，塔利班就到了，打听了他们的情况，并追踪而来。到达有手机讯号的地方用手机通知了下面，在他们的前方已经布下了埋伏，在等候着他们。

当高诚俩人兴冲冲沿路登上一个山坡拐入弯道时，迎面三支AK—47冲锋枪对准了他们。

跑，没有可能。他们只得愣愣地束手就擒。

冤家路窄，三个拿枪的人正是绑架高诚的“连腮胡”，鹰钩鼻司机和那个押解过他们的又矮又胖的年轻胡子。他们身后是那辆破旧的丰田车。

高诚头脑“嗡嗡”作响，懊悔和绝望让他心脏收紧血液倒流，几乎晕倒。玛丽亚的心情不比他好，对前景没有了一点儿乐观估计。他把她抱下驴，俩人对视，眼中依然深情，却都是惋惜和悲伤。两个人手紧扣在一起，表达了赴难的共同心愿。

鹰钩鼻司机和矮胖子过来不由分说把他们俩反手用尼龙绳绑了，又把他们的包从驴背上取下，踹了驴一脚，让驴跑掉。把他们推拽上汽车。汽车随即启动，没有沿道朝前走，而是在一处较平整的地方拐入山里，走到一处四面环山的山坳停了下来。矮胖子把从背包里翻出的两沓美元和一些散钱交给了“连腮胡”，然后把他们俩人推拽下车，一起按跪在空地上。

果然如他们所料，大胡子们要动手处决他们了。

“连腮胡”阴沉地看着高诚，愤恨地说：“我原本不想杀你，你的朋友一直跟我拖时间，最后只给了我两万美元。以后又一再违约，没给我后面的钱。所以我必须杀了你们。否则我们就没有信用了。”

玛丽亚翻译完他的话之后脱口而出：“不！不！已经付给了你们赎金，你们杀了我们才没有信用了。以后再绑架就没人再给你们赎金了。”

“连腮胡”把头转向玛丽亚，愤怒的情绪更大。“你说什么？他给的赎金太少了！”

“两万美元还少？这对每个家庭都是大数目。”

“连腮胡”举起那两沓美元，情绪更加恶劣地说：“这是什么？你们偷了我们的钱！就这点，我都要杀了你们！”

玛丽亚狡辩说：“那不是偷，飞机轰炸时钱散到山下，我们只是捡了点儿，准备路上用。”

“捡了点儿？这是两万美元！”他瞪眼吼着。“告诉你，就是我们队伍里人私拿这些钱都要被杀的！别说你们了。”

“他是中国人！你们不能杀！”

“中国人为什么不能杀？”

“中国人没有占领过阿富汗，没有和你们发生过战争。”

“是的，要是西方人我早就杀了。正是因为他是中国人我才拖到现在。如果他要是给足了赎金我会放了他。现在说什么都晚了，没有用了。你呢，说说你吧，你和他不是夫妻，你们还没有结婚……”

“我们订了婚，已经确定了夫妻关系。如果不是被你们绑架我们已经结婚了。”

“那也不行！你和一个还没办婚礼的男人在一起，这严重违反了伊斯兰法律！”

“那是因为被你们绑架，把我们放到一起的。这是主的安排。”

“连腮胡”恼怒地吼着：“你胡说！另外你工作的那个组织是西方人的，是异教徒的组织。你为西方人工作，而且不理会我的赎金要求。”

“这个组织是西方人的，但没有宗教背景，并不反对伊斯兰教，只做人道救援工作。”

“你可真会狡辩。没有用！你们的生死要由伊斯兰法规审判，由我判定。你们都该处死！执行！”他凶狠地瞪了俩人一眼，摆手指使两个手下同伙动手。

高诚一直在倾听他们的对话。玛丽亚有时给他翻有时来不及就没翻译。他基本也能判断出内容，知道一切无济于事了。

鹰钩鼻司机和矮胖子把他们俩人推搡到山脚。后退两步端枪就打……

千钧一发之际！

突然“啪”“啪”两声清脆的枪声从远处传来，一阵急促的马蹄声由远及近。这突如其来的声响中断了刽子手的操作。三个胡子一起转身举枪指向枪响的方向。

只见一骑飞驰而来。骑马的人扬鞭奋蹄，马后踏起滚滚飞尘。及到近处几个人才看清策马而来的是少年凡尔丁。

玛丽亚失声叫道：“凡尔丁！”

高诚的眼中也闪烁出希望。

三个大胡子一时愣住，不知所措。

凡尔丁骑马冲到，飞身下马，突入大胡子和他们要处死的人之间，把双手伸开在身后护住高诚和玛丽亚，坚决地说：“不能打死他们！”

他的连腮胡叔叔大感意外："为什么？"

"他们是好人！他们救过我的命。美军的飞机轰炸，他们又救了我弟弟和小达娃的命。所有的人都死了，都没活过来，只活了他们两个孩子，都是他们救的。"

高诚和玛丽亚又有了死而复生的感受，看到了生的希望。

但他的连腮胡叔叔的面容从惊讶又返回了阴沉，话还是那般凶狠。

"那是私下的事，我们做的是真主的伊斯兰事业。进行的是伟大的'圣战'！一切从事业考虑，按伊斯兰律条办，哪管这些乱七八糟的事。"

凡尔丁态度异常坚定，"他们是好人！他们是真正的穆斯林！不能杀他们！"

高诚这才知道，在凡尔丁的心目中，真正的穆斯林是崇高的人类道德典范。

"连腮胡"的火气越来越大，声音也越来越凶。"他们是什么人，杀不杀他们你说了不算，我说了算！"

"他们没有伤害过我们，还救了我们。他们不是我们的敌人，我们不应该杀他们。"凡尔丁依然倔强，没有妥协的迹象。

"他们坏了我们的规矩，就是我们的敌人！为了圣战，该杀就要杀！"

凡尔丁跪了下来，但手臂一直张着。他乞求着他的叔叔："叔叔，他们救过我们的命。我向他们保证过不杀他们！你答应我吧！"凡尔丁的语言并不丰富，一根筋，认准的东西就坚持到底。

"这不是我们家里的事，这是队伍上的公事！你滚开！"

少年岿然不动，坚定地说："我不会让你杀他们的！"

“连腮胡”气得胡子都在抖，命令那两位：“把他拉开！执行！”

两个人过来拽凡尔丁。凡尔丁站起把背在后背的枪往前一顺，亮出枪还没做射击的姿态，就把俩人吓退。

“连腮胡”见状暴怒，“反了你！你敢背叛我！背叛伊斯兰！背叛真主！”

凡尔丁冷静但严峻。“不！我永远不会背叛伊斯兰，不会背叛真主！也不会背叛叔叔！我只求你别杀他们！”

“连腮胡”气急败坏，提起冲锋枪对准凡尔丁，“滚开！”

凡尔丁异常坚定，毫无惧色，纹丝不动！

“连腮胡”暴跳如雷，“那我就打死你！”他真的拉上枪栓打开保险举起枪……

现场气氛骤然紧张。

忽然，蓝色的“布嘎”长裙一飘一闪。谁也没有料到，玛丽亚从凡尔丁的身后转到了他的前面，顶住枪口把凡尔丁护在了身后，喊叫着：“你不能打死他！他这么年轻，还是孩子！你是他的叔叔，他是孤儿！”

“连腮胡”怒不可遏。“滚开！这是我们的事！再说我立刻打死你！”

凡尔丁冲上前，再把玛丽亚护在身后。

玛丽亚喊叫：“你怎样才能不杀我们，放了我们？”

“连腮胡”没听明白。“什么？”

她把话又重复了一遍，语调出奇地冷静。

“连腮胡”听明白了，冷笑了两声。“不杀你们？还放了你们？哼！钱！把你们的赎金拿来，我立刻放了你们。”他的语调中充满了你们根本实现不了的嘲弄。

“你说话算数？”

“当然算数。没有赎金我立刻宰了你们！”

“你要多少？”

“你们俩人一共五十万美元。”

“五十万太多，我们没有。”

他冷笑了两声，说：“你们有多少？”语气里还是充满嘲弄。

“十万美元。”

“连腮胡”笑了。他像猫在耍弄爪下的猎物，取笑着摇摇头，“十万不行。一个人行，两个人不行。”

玛丽亚追问：“一个人十万，两个人二十万，对吗？”

他大笑了两声：“哈！哈！行！就二十万！”

玛丽亚把话凿实，“二十万美元给你，你放了我们俩人对吗？你说话算数？”

“算数！二十万美元给我，我肯定放了你们。但没有的话，我立刻杀了你们。钱呢？拿来吧。”

“钱有，但不在这里。”

“没关系，告诉我在哪儿，我叫人去取。”

“在中国北京。”

“连腮胡”勃然大怒：“你耍我！想多活一会儿拿话拖时间。我这就毙了你！”他又摆弄起了枪。

凡尔丁依然顶在了前面。

玛丽亚赶紧说：“我说的是正经话。钱有，你拿不来，有一个人可以给你拿来。”

“谁？”

“他。”她侧身用肩指了指高诚。

“他？”“连腮胡”没明白她的意思。

“对！你知道为什么他的阿富汗朋友只给你拿来两万美元吗？”

“……”

“因为钱在中国北京的银行，只有他亲自去取才能拿到钱。别人拿不出来，所以只给你拿来两万。”

“你是什么意思？”“连腮胡”疑惑地问。

“你放了他，让他回北京取了钱回来给你。”

“连腮胡”大笑起来。“哈哈哈哈！你这主意不错呀！我抓了人质，再放了这个人质，让他去拿赎金回来赎他自己。你在做梦吧，哪会有这样的事。你把我当傻子了！我没时间和你废话，现在就毙了你！”他又提起了枪。

玛丽亚急促地说：“别！你听我说完。我不走，你们把我扣下，他把钱取来给你们，再放我。我来当人质。”

“连腮胡”狞笑着，恶狠狠地说：“你不值这个钱！只配这颗子弹！”

他举枪要射击，又被凡尔丁挡住。

“叔叔，我看这样可以！”

“连腮胡”勃然大怒：“你小孩子知道什么？滚开！”他用枪托试图戳开凡尔丁，用力过重失手打中了他的额头，血淌了下来。

“连腮胡”有些懊悔自己失手，但没做任何表示，依然保持着盛怒的样子。其他人一时怔住，不知如何是好。

场面有了片刻的停滞。

凡尔丁依然原地站着没动，待了一会儿突兀地说了一句：“叔叔，任务我领了。”

“什么？”“连腮胡”没明白他的意思。

凡尔丁把叔叔拉到一边，谈着只有他们俩人能听得见的内容，且态度都很严肃。

此时玛丽亚把刚才的对话翻译给了高诚。高诚惊叹玛丽亚的急中生智随机应变。她非常具有想象力地想出这绝处逢生舍己救夫的办法。但高诚清楚“连腮胡”是根本不可能同意的。

凡尔丁叔侄俩的谈话结束了。回到这边，他们态度有了明显的变化。“连腮胡”虽然保持着凶狠的面相，但目光在高诚和玛丽亚身上扫了扫，思考了一下，有了明显的缓和。

他盯住高诚问，叫玛丽亚翻译。

“二十万美元有问题吗？”

“没有问题。”

“一周之内你把钱送到。”

他竟然同意了。太意外了！

高诚顿觉心血来潮，血液奔流让他的头脑身体充满复生的激动。身体头脑涌满复生的感动。但时间上还是要实事求是。他知道一周根本不可能。

“不行，阿富汗喀布尔到中国乌鲁木齐的班机一周只有一次，最快也要十天。而且三天以后才有班机，我需要两周时间。”

“连腮胡”想了一下说：“看在你们救过我们几个孩子的份上，我就信你们一次，给你们一个机会。两周以后，你把二十万美元送来，我放了她。钱没到，我杀了她！”

“两周后我会把钱送到，你一定要兑现诺言！”

“连腮胡”没再答话，他恶狠狠地瞪了高诚一眼，扭头就走，招呼两个手下人把玛丽亚拽上汽车。

玛丽亚倔强地回过头，痛哭着喊叫：“高，丈夫……”叫声却又止住，只剩下哽咽的哭声。

这喊叫声撕心裂肺，高诚的眼泪喷涌而出。他叫着：“玛莎！等我！两周后我来接你！”

汽车载着玛丽亚走了，卷起滚滚尘土……

高诚自由了，而且不会有人追堵威胁他了，但他的内心却空落落的。一切都来得太突然，而且落差巨大，让他反应不过来，失了神一样不知所措，仿佛魂魄也被罩在“布嘎”之中押在汽车里远去了。

凡尔丁给他解开了被绑的手，把他扶上了马，自己上了马，骑着马时跑时走地把他送到了前方有长途汽车的小镇。俩人一直没有说话，也说不出什么话。

在镇外分别时，高诚用手比划着求凡尔丁关照玛丽亚。凡尔丁在马上捂胸欠身请他放心。

进了小镇，高诚碰到一个老人，会说几句俄语。老人把他带到家中，给了他茶水和馕饼吃，高诚用老人儿子的手机给沙哈利打了电话，电话里没多说，只说出来了，叫沙哈利订好去中国的机票。当晚高诚就在老人家里睡了。第二天老人的儿子把他送上去喀布尔的长途汽车。让司机和沙哈利通了电话，说好到喀布尔时间地点，到后付车费。天刚亮汽车就出发了，到喀布尔已经入夜。

这是令人难以置信的变化。变化之快转变之大让人瞠目结舌，来不及反应。在掠去生命的枪声即将响起之际死神却悄然而去。高诚大喜过望的是不仅活了下来，还重获自由，回归正常的生活中。但他却没有欣喜的感觉。从跟玛丽亚分别到喀布尔，高诚的脑子里就没离开过她。对这件事他越想越明白，越想越感伤，越想越动情。他眼睛一直潮湿，背着人时还以泪洗面。

这死而复生的生命转机出自玛丽亚的机智。几天逃亡亲密无间的接触，她的美貌已熟读于心。而她的机敏又使她的美丽多彩。她的身世已经披露，神秘的面纱已然揭开。她长于乱世，长年颠沛流离；父母双亡，孤单一人挣扎在冷酷社会，周旋于黑恶之间；她的机敏正是源于生活的磨难，风霜的历练。恰如碧玺，诞生于地壳剧烈的运动这种破坏性的灾难中，又被压在几千米的地层下饱受高温炎热的煎熬，经过无数劫难才炼得晶莹剔透绚丽多彩。

这是玛丽亚生死关头的情急之作。她根本就不知道高诚有没有钱，能不能在这么短的时间内拿得出这么多钱来。对他获得自由后回到中国再回来拿这么多钱来赎她，更没有把握。她可能对这些想都没想，没时间想。赎金说少了对“连腮胡”没有诱惑力，所以说了二十万的高赎金。这让“连腮胡”觉得值得赌一把。她是在蒙“连腮胡”，她成功了。现在，享受成功的是高诚，她承担的是成功的代价。她以自己的生命作为抵押，继续在命悬一线中煎熬。当然她也有所得，她同样燃起了生的希望，只是把生命的权力交付给了高诚。

高诚记起分别时她哭喊了他，好像要说什么而没有说。像是被哭声噎住，又像欲言又止。她想说什么——爱你！一定来救我！快回来，我等你！别辜负了我……他想了很多，觉得这些都是她想说的，也有可能不是。她穿着“布嘎”，看不到她的表情。但那哭声中明显反映出一种惧怕，还可能是担忧。

她惧怕什么？她怕他不回来救她，她怕从此和他分离。她的担忧是正常的，因为他回不回来赎她决定她的生死，还寄托了她未来人生的全部憧憬。而对于他已然没有了任何约束。俩人虽相处时间很短，但共同的遭遇把他们捏合在了一起。从两情相悦一下子让命运把他们结合成了患难之交，一个彼此离不开的生命整体。希望越大失望可能越大。她的痛哭和欲言又止，可能是怕说出让自己都害怕的话。因为这失望代价太大，不仅是梦想的破灭还意味着死亡。也可能她已然做了自我牺牲的准备，在毁灭之前绝地一搏。凑到钱高诚回来俩人获救，否则只他一人。

但她的担忧是多余的。偷偷脱身不来赎她，这种想法一刻都没在高诚脑子里出现过。虽然她梦中与他初次相处那些童话般的感觉已经消失，但同生死共患难的经历早把他们的关系超越了简单的情爱。高诚绝不可能让她翘首空等，他要完成她开启的情义之作，共同打造这刻骨铭心的爱情传奇。

不过她有一点担忧和高诚是共同的，就是他手里没有这么多钱。在这么短的时间内凑足这么多钱的确是没有把握的事。但无论如何他要办到，故此他心急如焚。

沙哈利在长途汽车站点接到高诚，俩人见面百感交集，相拥而泣。

高诚当即从沙哈利的手里拿到自己的手机给北京的妈妈拨了电话。接电话的是爸爸，听到他被释放回到了喀布尔已经安全，爸爸惊喜得血往上涌头晕差点没栽倒。爸爸告诉他妈妈在医院观察室，跑着冲进病房把电话给了妈妈。妈妈听到电话里他的声音立刻就哭得稀里哗啦。他也泪水滂沱，心里充满了对妈妈的愧疚。

沙哈利给高诚订好了后天的机票。他回到沙家洗了个澡。俩人吃饭喝酒聊到天明。高诚讲了绑架后的经历，沙哈利听了啧啧称奇。随后也把他这里所做的事都讲了。绑匪和沙哈利几次通话，赎金最后谈到三十万美元，他凑不出这么多钱，绑匪催得紧。沙哈利怕他们撕票，送去了两万美元拖一下时间。高诚的手机每天都不停有来电，都是北京家里打来的，沙哈利语言不通不敢接，怕对方误会把事情搞复杂了。绑匪几次都威胁他，不许报使馆，不许报警。他没办法还是去找了中国使馆，让使馆和高诚北京家里联系沙哈利说明情况凑赎金。中国使馆的人对这事挺重视，一直和他联系，了解核实情况。以后中国使馆找了阿富汗政府，内政部也向他了解情况。沙哈利叫高诚一早赶紧给中国使馆打电话把情况通报一下。

高诚十分感动。沙哈利为朋友做到了所能做到的一切。他感谢这位阿富汗哥们儿。

二十

高诚到了乌鲁木齐后立刻给妈妈打电话，妈妈的精神病情都大为好转。

由于阿富汗飞机晚点，到乌鲁木齐没赶上当天下午去北京的航班，高诚第二天坐早班飞机中午到的北京。本打算打车直接去医院，没想到妈妈一早出院回家了。更让他没想到的是给他报的地址是旧宫附近的一处平房。到了才知道，为了凑赎金妈妈已经把楼房卖了，租了房子暂住。

高诚和妈妈见面自然是一通掉泪。连爸爸这不怎么哭的人眼窝也是潮红的，姐姐也是泪掉个不停。但人全须全尾的回来了，一家人虽哭心里是踏实的。

家里和使馆几乎每天都通几次电话。虽然使馆一直说绑架还需要核实确认，但也把沙哈利的话如实传达给了家里。在这之后的一个多星期里，家人就急着筹这三十万美元。现款肯定没多少，又赶上姐夫工程出了质量事故，他负有责任被查，姐姐也拿不出多少钱，只有卖房。卖了爸妈的房，找客户便宜卖了大部分宝石，加上一些现款，凑上了一百六十万人民币。高诚的房子因本人不在卖不了，找了个贷款公司，准备抵押贷款。正要办这事那天，高诚的电话来了，及时停办了。

妈妈看到高诚额头上的伤疤，又扒开衣服看了身体上的伤痕，痛哭着说：“孩子，你要是有个好歹，妈妈可就活不了了。”

话虽这么说，但妈妈是坚强的。得到他的消息后妈妈没有倒下。她操持着营救儿子的所有事项，倾其所能，倾其所有。去医院观察室住是心脏和血压已不正常，爸爸和姐姐怕出意外劝她住的。而妈妈也怕出意外耽误了营救儿子，所以才同意住的。在病房她一刻也没有休息，主持操劳着所有的事。在这么短的时间，办了这么多大事，可见妈妈在病榻上的效率。

高诚尽量平静地讲述了遭绑架的经过，隐去了其中一些对妈妈太过刺激的内容，对结尾被释放一节也没有讲。他不是不想讲，而是想放在以后再讲。讲出这些无疑会扯出后面的一大套事来，告诉妈妈事还没有完，他还要回阿富汗再入险境。他不忍搅扰妈妈和家人灾难过后刚刚安顿的心，破坏才恢复的家里的和谐和正常。

当然他不会把命悬一线等待他救赎的玛丽亚甩在脑后。他还知道他在北京只能待四天时间。他心安的是筹钱的困难家里给解决了。现在的难题是说服妈妈把这笔钱给他用，而且别要死要活的为他重返阿富汗担惊受怕。

晚上，一家人团团圆圆高高兴兴安安宁宁地吃了一顿饭，踏踏实实地睡了一个长觉。高诚一夜难眠。

第二天上午，看妈妈休息得不错精神焕发，迫不及待地开始了他的思想工作。

“妈，您知道我是怎么脱身回来的吗？”

“你不是从大山里走了几天逃出来的吗？”

“不！”

他讲述了昨天略去的故事中的高潮部分，那惊心动魄的生死瞬间，起死回生的大逆转，玛丽亚临危机智一搏所取得的一人抵押一人释放的结果，和他该承担的最终把事情圆满结局的任务和使命。

妈妈为他讲的跌宕起伏的情节，危机时刻闪烁的情义所感染和震撼，在他讲完后还不住地唏嘘流泪感叹。过了一会儿她才醒过闷儿来明白了他的意图。

“你是说你这次回来是拿二十万美元再过去赎人是吗？”

“是这样的。妈，来龙去脉您都清楚了，这是必须的，确定不移的。”

妈妈怔住了，表情变得冷静。这事太出乎意料了，她需要思考不敢贸然作答。

“妈，没别的办法，我必须做这事。而且只有四天时间，我就要过去。”

妈妈用冷漠的目光盯了他一会儿，说：“不行！”声音不高但斩钉截铁。

高诚立刻慌了，“妈！那是要出人命的！”

爸爸气忿忿地插话过来，“这事就不该你管呀！你报警了吗？这是他们政府管的事。付赎金或是出动警察那是他们政府的事。而且她工作的那个机构应该出面。怎么也轮不到你呀！”

“爸，您以为那是在中国？报警什么都不管用，没人管。最后还把人质害死了。”

“他们政府警察都不管，管不了，你管？你就更不该管，管不了了！”

高诚着急了，说：“爸，妈，事情的经过我都讲清楚了，没有别的办法。”

“这事太大了，不行！这不是你可以做主的事。”

这房子是三个明间的北房，妈妈从谈话的堂间站起，打算进里间休息，结束谈话。

高诚也起身拦住妈妈，说：“妈，我想好了，您和我爸搬我那儿住，房子等于卖的是我那套，其他的钱我会尽快凑上的。”

妈妈气恼地看着他，说：“儿子，这不是钱的事！你遭难险些死了，我们也差点儿没命，你还要铤而走险，你这是要你妈的命！不行，你死了这个心吧！”说完进了里间把门甩上。

高诚心悬了起来，跌坐在椅子上，头上冒冷汗，手足冰凉。过去想到过这思想工作会有难度，但没想到被妈妈一口回绝。还是事情匆忙缺少思想准备。现在到这份上了还真不好办了。钱就凑不上，卖他那套房子时间来不及。即使来得及或抵押借款也不够。卖宝石的钱和其他钱都在妈妈手里。想其他办法都不可能了。再有，就是有了钱，妈妈不让他走也没辄。又不敢跟妈妈着急说，妈妈的身体明摆着呢，经不起生气上火。

高诚一筹莫展，心急如焚！

下午，他出去到超市买了些妈妈爱吃的食品和营养品，送进里屋。妈妈冷冷地看了一眼，躺下闭眼不理他。

他炒菜做饭，和爸妈一起吃饭，想着晚上和妈妈慢慢谈。饭后，爸妈一起散步去了，把他一人撂在家里，又没谈成。

高诚一宿躺在床上辗转反侧，根本就睡不成觉。他抽了一包烟，想来想去没有其他办法，只有说服妈妈这一条路，还是想办法和妈妈慢慢谈。

高诚上午刚起床，姐姐来了，见他也没给好脸，直接去了里屋。

他感觉姐姐知道了他的事情，一定是妈妈讲的，可能是通了电话，很可能姐姐是妈妈叫过来的，过来一起找他谈话，做他的思想工作，让他回心转意。

果然不出他所料，不一会儿，爸妈和姐姐出来，叫他一起坐下，正儿八经地召开家庭会议。

妈妈先作了开场白，表情上严肃得过分。

“你说的事太大了，不是你一个人担负的事，需要这个家庭我们共同担负。钱是一个方面，这个钱超过我和你爸一辈子的全部积蓄。而且这事非常危险，这不是你和我们这个家承受得了的。我们大家都要发表意见，你也必须尊重我们的意见，大家都反对就不能去做。你说对吧？”

没等他答话，爸爸的话就接上了。

“这不是危险，这是玩命！完全是胡来！这是私底下你个人能解决的事吗？这是国家政府的事。你付了钱，他们不放人怎么办？他们拿了钱再把你抓了怎么办？他们把你打死了怎么办？那是恐怖组织！是没有任何信用的杀人组织！这不是你能解决的事，也不是你该管的事！”

姐姐的话也是连珠炮一样。“凭什么？凭什么我们付赎金？你跟她被绑架有什么关系？她在你之前就被绑架了，对吗？就因为你们俩被关在一起，赎金就由我们出？家里有多少钱你不知道？为给你筹这笔钱，爸妈把房都卖了，着了多少急！病了差点儿就死了。你怎么不过过脑子，能这么做事吗？！”

妈妈扫了高诚一眼，说：“别光我们说，你也说说。”她关注着儿子的思想动态和变化。

高诚低眉顺眼地说：“爸、妈、姐，我赶上这事，让你们操心着急受累，付出了很多，受到很大伤害，我很愧疚，也很难过，这是我最不愿意看到的。但这不是我的选择，我是遭遇到了劫难。你们是我的亲人，是我在灾难中的依靠。我已经说过了，她并不是和我不相关的人。我喜欢她，她也一样，我们在恋爱。在逃亡时我们共患难，相互支持，不然我们早就死了。我们谈到了结婚，虽然不是正式谈，在那种情况下也没法正式谈。但我们是这么想的，所以我对她有责任……”

姐姐打断了他的话，“孤男寡女又都年轻，在大山里逃跑，在一起说几句动感情的话能当真吗？结婚这么大的事能轻易的几句话就定下来？你对她了解吗？你跟家里说了吗？爸妈同意了吗？这些根本不能算数不能当回事。”姐姐的语速很快，断然否决。

妈妈的态度也很明确，说：“我看也是，一个外国人，就算正经谈恋爱，也还要很长时间考察了解，看看合适不合适呢。哪有在大山里转两圈就把终身大事定了呢。你过去也不是没有教训。这不能算数，我们也不能认可。”

“妈，我跟您说得很清楚了。是她救的我，不然我已经死了。在塔利班就要动手的时候，她急中生智，说出了这么个主意。她用自己的命做抵押，放了我去取赎金。如果我不回去，她必死无疑！”高诚尽量抑制心情的激动。

这句话产生了一定的震撼，但寂静也只有片刻，让他的话失去效果的还是姐姐。

“是不是这么回事呀，你是人质，抓你是为了索要赎金，现在把你放了，自己拿赎金回去赎自己。会是这么回事吗？这塔利班有这么傻吗？是不是人家做局骗你？”

“骗我就不可能把我放了，是她说我们是夫妇，塔利班相信了，把她作为人质扣押，放我回来取赎金的。”

“我是说你的判断可能是错的，他们说什么话你也听不懂。我们听着这事不像这么回事。”

爸爸摇着头说：“我看也是，从头到尾这事都邪性。另外，这阿富汗、伊拉克天天死人，这是美国人该负责的事，他们折腾的。咱们中国人，小小老百姓，没招谁惹谁，凭什么管这事？我们管不着，我们也管不了。”

妈妈接着说：“这事情理上和咱们有点关系，给些钱帮个忙，没问题。但你要做的事太大了，太危险了。不该咱们担负，咱们也承受不了。”

谈着，一直这么谈着。苦口婆心，循循善诱。各有各的情，各有各的理。双方都没有妥协的打算，不会接受对方的意见，都在想办法说服对方。中间吃了两顿饭，一直谈到天黑入夜，没有谈出任何结果。

夜里，高诚更加煎熬，绞尽脑汁想不出办法来，非常失望灰心。他看家人态度坚决，答应他想法的希望已然没有，而且仅有两天的时间了，便想退而求其次，确定一个坚守的底线，就是必须按时回阿富汗，争取把卖宝石的几万美元拿上，到阿富汗再想办法。

早晨他主动进里屋找妈妈说话，刚叫声“妈”就被妈妈迎头拦住。

“昨天说了一天了，你的话我们都听了，我们的话也都跟你讲了，不要再说了，我们不会同意的。我也累了，你也心疼心疼你妈。你这次遭绑架，你妈着急受罪不比你小。你姥爷姥姥得病去世，我都没着这么大急。你也为我为家里人想想。”

高诚迎头碰了个钉子，一时语塞，妈妈的一番话却也触碰了他感情的按钮，他冲动起来，泪水喷涌而出，腿一软跪在了妈妈跟前，痛哭失声……

“妈，儿子不孝……对不起！妈……这事儿子不能不办呢！她救了我，我不能不守承诺，忘恩负义！见死不救！我们相爱，我不能弃她于死地，而我独活！背信弃义，我还算个男人吗？我还算个中国男人吗？您答应我吧……”

妈妈见状，悲伤地闭上了眼睛。不久泪水从她闭着的眼睛中浸流出来，然后她睁开失神的眼睛，伤感地说了句：“看来你什么都不顾了。”

妈妈擦了擦泪水，控制调整了一下情绪，平静地招呼他起来，一同到外屋堂间坐到沙发上，依然平静地对他说：“看来你是真喜欢她呀。真情实意，奋不顾身，倒也难得。你就跟我说说她吧，我看看是什么女人，把我儿子迷成这个样子的。”

高诚也把情绪稳定下来，详细地讲了和玛丽亚的相识相遇，被绑架和逃亡的共同经历。她的外表、家世身世，对俩人的相处，他讲的更加细致和感性，对玛丽亚的介绍也更加全面。

妈妈虽然是第二次听他们的故事，但仍然听得认真，脸上的表情变化不大，但能看出她还是被感动的。高诚讲完后，她依然回味着思考着，断断续续地表达着感言：“这孩子太苦了……这孩子倒是有情懂义……咳，没人疼的孩子……”

然后，妈妈陷入长长的思考，脸上时而悲伤，时而忧郁，时而纠结。这是一个痛苦的思考。

早晨爸爸出去了，高诚的故事快讲完时回来的，他几次试图打断他们的谈话和妈妈的思考，都被妈妈制止。这时爸爸做好了午饭，摆上桌叫他们吃饭。

吃饭时爸爸说：“托共产党的福我们的国家越来越好，我们的生活越来越好，无忧无虑，无灾无难。我们说话都老了，招不了灾呀难的，经不起折腾了。”

爸爸的话是沉痛的，三个人的心情都是沉痛的。

吃完饭，妈妈坐回沙发，依然在漫长的思索中挣扎。

高诚的心里依然焦灼，这边父母为他所累，被不该有的灾祸袭扰；那边遥远的山里爱人生命的时钟每次摆动都敲击他的心房。他无法要求父母作出痛苦的决定，也不可能不去拯救爱人的生命。他的内心长叹了一息，把昨夜的想法托了出来。

“妈爸，我都说清楚了，我不过去是不行的。如果您同意，就把卖宝石的那部分钱给我……”

妈妈苦笑了几声，“这是钱的事吗？这钱确实不少，你爸你妈都是工人，又都退休了，这钱也算是命根子了。房价都在涨，让我们再去买房，这辈子做不到了。你虽然做生意，但你结婚买房都是家里给你添钱。”

妈妈转笑为哭，而且一下子就泪水滂沱。“我看出来了，你这次和过去不一样。妈妈了解自己的儿子，你动的是真情，而且你要一根筋地做下去……”妈妈哭得越来越厉害。

爸爸拿毛巾给妈妈擦泪，想发表意见，被妈妈制止。

妈妈仍然哭着说：“没有父母去让自己的孩子冒险的。儿子的命就是当妈的命……妈妈难呀！让你去，太危险，妈妈揪心。不让你去，又怕拆散了你们这难遇的好姻缘。这姑娘不错，要是因为不让你过去她死了，我……怎么觉得……是我……害死了她呢……我这心里哪担待得了这个呀！”妈妈已然痛哭失声。

高诚也哭了起来，“妈，对不起……”

爸爸看这状态想说什么也不好说了。

妈妈哭了一阵，定了定神，擦干泪水，进里屋拿出了一个提包放在茶几上。爸爸想拦被妈妈制止，爸爸只有摇头叹息。

妈妈指着提包说：“这是一百六十万。其中一部分你姐姐已经换成了美元，拿去吧。”然后转头对爸爸说：“谁让咱们赶上了，咱们认了！”

又回过来对高诚说：“如果你有心，等生意挣了钱，给你爹妈买套房，别让我们活得这么委屈。”

“妈爸，放心！这事办完，我回来一定好好尽孝！”

妈妈看他拿包又把包按住，“哎！我还有话说，拿这个钱是有条件的。钱你拿过去，但送钱你不能去，让你的阿富汗朋友去。你只能在喀布尔待着。钱我们可以出，险我们不能冒。答应我，钱拿走。不答应，钱不能拿，人也不能过去。”

高诚想都没想一口应承，“您放心，我懂得的，知道轻重，不会冒险。”

高诚立即给调汇的熟人打了电话，今天已经来不及了，约好明天上午换汇。第二天换钱、汇款、购机票整整忙了一天。转天上午的航班，他收拾好随身带的东西，和妈妈告别。

妈妈呆坐在沙发上，没有答话。脸上憔悴，更多的是忧郁。

高诚一阵心酸，泪水浸出。他不敢久留，扭身快走，刚拉开门，被妈妈叫住。

“诚子！”

妈妈的叫声有些凄凉，让他心弦颤抖，泪水喷涌。回身看去，妈妈已经泪水满面。他一下向妈妈跪下了。

“……记住我的话，钱送出后不管人放没放都必须马上回来。不要继续做什么，没有用的。每天都要和我通电话……快去快回，全须全尾地回来……记住！你踏出这门，妈妈每时每刻每分每秒都会挂念你！妈在等你回来！”

高诚在泪水中告别妈妈，毅然决然地上路了。

二十一

早晨，接过“连腮胡”的电话，高诚和沙哈利就出发了。沙哈利开着他那辆丰田车，只有他们俩人同行。按“连腮胡”电话里的指示，他们的车沿坎大哈到赫拉特的国家公路一路向西。车的左后视镜系一条红色的布条，打开车窗的玻璃，中速行使。

高诚到阿富汗的第三天接到的“连腮胡”的电话，叫他到坎大哈等消息。昨天晚上他们到的坎大哈，今天一早“连腮胡”的电话就来了。他们没敢耽误，好在都做了准备，迅即开车上路了。

他们到坎大哈依然住到了玛丽亚的叔叔维德家。维德竟然不知道玛丽亚被绑架了，只是觉得她一个多月没回家时间有些长。听说他们特地过来营救她，维德十分惊异也十分感谢。当然高诚没有说许多的具体细节。不过维德还是认为这不是塔利班干的，他说塔利班绑架外国人是可能的，不会绑架一个帮助穷人的姑娘，一定是打着塔利班旗号的小股武装团体干的。他提出要和他们一起去，高诚当即回绝。他怕人多了“连腮胡”疑心坏了事。

这一大早的路上车还挺多，虽不拥堵但前后往来总有车。高诚看了眼两腿中间夹着的密码箱，里面装着二十万美元。又看了一眼脚边横躺着的AK-47冲锋枪，以前沙哈利只带一把手枪出来，方便，这次是高诚要他把长枪也带了来。

高诚心跳得厉害，从一上车就这样，紧张得要命。而且抑制不住缓解不了。其实自打一踏上阿富汗的土地他就高度紧张，这几天几乎没怎么睡觉，不困，脑子一直在高效率的思索。现在则紧张得愈加厉害，因为下面的一两个小时太重要了。不仅是对他自己，牵扯的是几个人的生命，影响的是几个人的一生。又都是他的亲人。还让他紧张的是高度的不确定性。你不知道会发生什么事情，不知道对方会做什么，几天来他设想了多种可能发生的情况局面，想应对之策做预案。但几天下来心里还是没谱，所以他紧张。

非常遗憾，他没有听妈妈的话，还是自己过来了。让沙哈利一人过来冒险，他做不到，说不出口。况且沙哈利做不了主，处置不了意外情况，不如他自己来可以随机应变，敢作敢为，事情成功的可能性更有把握。当然危险是明摆着的，所以他没有告诉妈妈，电话里骗妈妈说在喀布尔。

汽车在路上走了两个多小时，“连腮胡”还没电话过来。这又加重了高诚的心跳。汽车五六十迈走了也一百多公里了，还没来电话指路，时间似乎有些长。高诚因此疑虑重重，情绪上变得不安焦虑。时间过了三个小时，还没有电话过来。他心里愈加慌乱，这超出了他的预估，唯恐事情有变。

沙哈利也觉得走得太远了，事情不对，提出了疑问：“怎么这么长时间还没电话？”他看了看高诚，意思是问还继续走吗？

高诚阴沉着脸没有答话，心里捋着种种可能的原因，想的净是些让他最担忧害怕的事情，竟泌出一脸的冷汗。

又过了半个小时，“连腮胡”的电话终于来了，电话叫他们掉头沿原路往回走，他们照办了。

高诚和马丽亚又紧张起来，他们认为，绑匪一直在注视着他们，掉头回走，是看有没有和他们一同行驶的武装车辆。

走了一段，电话再来，叫他们即拐入前方不远的路口，仍然是一条曲折起伏坑坑洼洼走起来暴土扬尘的土路。路上空寂，无人无车。走了约两公里，在丘陵间的道路弯曲处，电话突然又来了，叫他们停车并打开所有车门。

他们把车停下，没说话，只相互对视了一眼，二人观察了一下周边，四周空旷没人。俩人明白绑匪是在远处用望远镜在观察他们，看他们车内有没有藏人藏枪。沙哈利的手枪别在腰上袍子里，外表看不出。他拿眼示意高诚快点儿把AK-47枪藏好再开车门。高诚用幅度很小的动作把腿右侧的枪拿长袍套住。然后俩人推开前后车门。

稍后“连腮胡”电话中说可以开车继续沿路向前行驶，但只许一个人过去。说完电话就挂了。

沙哈利听后一愣，脸上立刻变得阴沉起来。高诚听完他的翻译，看出他的担忧犯怵，立刻说：

“我去，你留下。”

沙哈利没有想到，反问：“你？行吗？”

“有什么不行？本来就是我的事。”

“右舵车，开着行吗？”

“没问题。”

沙哈利没有坚持，叮嘱说：“那你小心点，别靠得太近，看情况不对，掉头就跑。”

高诚点点头，说："把手枪也给我。"

沙哈利有些犹豫，"打枪你行吗？"

"你们家的孩子早把我练成神枪手了。"

沙哈利很隐蔽地把枪塞给了高诚，就下了车。

高诚把手枪放入长袍的衣袋里，把AK-47放回车底，从后座上把装钱的号码箱放到他原来坐的副司机座上，然后坐到司机的座位上，毅然开车出发了。

其实这些高诚早已料到，知道自己该做什么，也想好了怎么做，有充足的思想和精神准备。此时他慌乱的心跳反倒不再有，虽然紧张但冷静而坚决。头脑清醒高效率地思考，警惕着，准备着应对可能出现的各种情况。

汽车继续走了约两三公里后沿路蜿蜒进山，拐过一个山包迎面看见"连腮胡"和两个手下站在路上，身边停着一辆丰田两厢车。三个人站立的姿态松松垮垮的，但挎着的AK-47枪都是横着的，枪口指向高诚的来车。

按"连腮胡"的手势，高诚把车停下。

双方距离约三十来米。在片刻的观察或等待后，高诚下了车，从车尾绕到车的另一侧，从开着玻璃窗的前门伸臂进去，先把AK-47枪放在伸手可及的位置，再把密码箱提了出来，打开，向他们展示了一下里面的钱，然后合上密码箱，放到车前盖上，身体靠在车前门上观察着对方，等待他们的回应。

"连腮胡"指使"鹰钩鼻"过去。

"鹰钩鼻"横挎着枪，小跑颠颠地过来，打开密码箱清点查验了里面的美元，朝"连腮胡"点头招呼了一声。

“连腮胡”手一勾让他返回。

“鹰钩鼻”合上箱子，看了高诚一眼，转身欲走……

高诚密切地注视着他们的举动。他以为亮出钱后，对方应该让他看到玛丽亚，然后再进行人钱交换。现在没见到人就要把钱拿走，岂有此理！情况不对！而这比“鹰钩鼻”看他时朝他轻蔑嘲讽的一笑也让他勃然大怒！

高诚丝毫没有犹豫地出右手快速有力地用弯臂锁住“鹰钩鼻”的脖子，左手从衣袋里掏出手枪顶在他的头上，同时大喊：“把钱放下！别动！动就打死你！”情急之下脱口而出的是汉语。

“鹰钩鼻”被这突如其来的挟制吓蒙了，没有反抗，浑身颤抖不敢乱动。

高诚见他老实，松开右手伸进车窗把AK-47枪拽了出来架在车前盖上，枪口直指“连腮胡”俩人，高喊：“玛丽亚在哪里？我要见到玛丽亚！”他意识到了刚才说了汉语，这次用英语和俄语说了两遍。

其实不管他用什么语言他们都听不懂，但全明白他的意思。

“连腮胡”俩人吓了一跳！下意识地缩身到车后，稍后向前伸手张开手掌做出妥协的示意。

高诚明白他的意思，继续高声强调：“我要见到玛丽亚！”

“连腮胡”用手掌示意稍等，指使手下人从车里拽出一个穿着“布嘎”的女人，她从车里出来就使劲挣扎。那押她的人解开勒住她嘴的绳子和蒙住眼睛的布，她立刻朝高诚的方向扭头高叫，显然她听到了高诚的喊声。

“高！我！是我！我在这里……”她反复叫着，声嘶力竭，带着哭腔。

这声音告诉高诚，她正是玛丽亚！

高诚心里一哆嗦！瞬间热血滚过他的心头，涌上他的脑际，泪水打湿了他的眼帘。他高声叫着，同样的声嘶力竭。

“玛莎！我来了！不要怕！我救你来了！你现在怎么样？”

此时玛丽亚眼上的布已除去，她看到了高诚，激动得泣不成声。

“我还好……没事……你来了……真的来了……太好了……”

高诚握紧左右手的长短枪，镇定了一下，喊叫着说：“你告诉他们，让他们把你放了，然后我这边也放人放钱。”

玛丽亚把话翻译了，得到回应后喊道：“他们说双方一起放。”

“好！这样可以。告诉他们，不要搞鬼变褂，不然我让他们全死在这里！”

绑匪解开玛丽亚身上的绳索，她跨步走来，这边高诚也放了“鹰钩鼻”。两个人各自以正常的步速走着，不敢太快怕引起误会。双方的AK-47枪仍然相互瞄着，做着随时发射的准备。特别是高诚目不转睛地盯着，早已下定了决心，稍有异常或差池就立刻开枪射击。

高诚用余光瞟着玛丽亚。在这荒芜没有色彩的山里，一件蓝灰色的下摆很大的“布嘎”飘荡过来。高诚第一次感觉到了“布嘎”的美感。

什么都没有发生。玛丽亚走到了他的身边，他把玛丽亚拉到身后。

“告诉他们，让他们先走。”

玛丽亚的喊声一落地，几个大胡子钻进车快速开车离去了。

就在绑匪的汽车刚一启动，高诚的枪口还在送他们的时候。玛丽亚把“布嘎”脱去，一把甩开，迫不及待地扑上来和高诚拥抱在了一起。

俩人面对面四目相视，刹那间百感交集，泪如泉涌。长封的情感暴发了出来。他们紧紧地拥抱，热烈地亲吻，肆无忌惮地抚摩、纠缠，感觉着彼此。他们任凭泪水喷洒，哽咽着说不上一句整话。这时也不需要说什么了。他们又钻进车里，泡在泪水中缠绕，拥抱，亲吻，抚摩……

苦盼和悬念迎来如愿以偿的重逢，命悬一线涣然成洒满阳光的生命，艰难的生死经历换来美好的爱情，苦难的情节终于演变成灿烂的结局。虽然泪水汹涌，但这是从炼狱升入天堂的感觉。

高诚从拥抱中脱出身来，尽量让自己清醒。他知道这里不能久待，坐到司机位置上，开车掉头往回走。

车刚开出几步，高诚从反光镜看到山包上站着一个人，仔细看好像还提着一支枪。他立刻紧张起来，拽出枪来放在腿上。

玛丽亚认了出来，“是凡尔丁。”

高诚忙刹住车，探头回看，果然是凡尔丁。

高诚和玛丽亚下了车，一起向他挥手。

这时高诚突然明白，凡尔丁一直在这里监视着现场，保障这次赎人的顺利完成。他心里一热，泪水重新涌了出来。凡尔丁兑现了对他的承诺。

凡尔丁也向他们摆了摆手，却没有了以往孩子般的笑容，脸上是没有表情变化的坚定。

回到车里玛丽亚告诉高诚，那次美军无人机轰炸炸死了凡尔丁的未婚妻及其全家，只活下来未婚妻的妹妹，也就是他们救的那个小女孩。从此他就变了，再没有了笑容。

高诚驾驶汽车沿路走着，自觉越来越体力不支，头晕乏力越来越严重，继而浑身抖颤脸色惨白。长期没休止的劳累，过度的思虑，紧绷的神经，极端的情绪波动，睡眠很少昨天一夜没睡，他已心力交瘁。当目标达到，任务完成，精神松弛，身体便一下垮了下来。

马上就要到沙哈利下车的地方了。高诚想到要赶紧给妈妈打电话，拿出手机。由于车太颠，他无法接通，便把车停了下来。

电话接通，他说：“妈，事情办完了。一切顺利。”

“是吗？太好了！你都好吗？”

“都好。”

“那个女孩救出来了？”

“救出来了，我们在一起。”

“太好了！这我就放心了。”他听出了妈妈的哭泣声。

妈妈的电话还没有挂，他把手机给了玛丽亚。

“是妈妈。”

玛丽亚知道了很多人关注着这次赎救，关心着她，油然有了久违的被亲人关爱的感觉。她从手机里听到妈妈的声音，立刻唤起了对妈妈的感觉。她的泪水一下子泻了下来，连叫了几声“妈妈”。用俄语说了一堆感谢的话。关了电话，转头看高诚。高诚歪倒在车座上，已经昏迷过去了……

高诚醒来已经是第二天的下午了。他躺在医院的病房里，玛丽亚守护在床边，哭泣加上没睡，她的两眼红肿得像桃子，一脸憔悴。见他醒来，她高兴了一下又泪眼汪汪。

昨天沙哈利直接开车回了喀布尔，把高诚送进了医院。当时他昏迷不醒而且高烧，医生做了检查处理。今天又做了全面检查，主要是发烧劳累过度睡眠不足，没查出其他疾病。

高诚住了三天医院，烧退了，但身体还十分虚弱。

沙哈利原打算把他接到家里。玛丽亚觉得不方便，就找了个庭院式的有公共厨房的旅馆租了一间房，把高诚接了过去，二人同住便于照顾。

玛丽亚买来鲜花把房间布置得明丽温馨，准备了丰富的晚餐，找借口支走了沙哈利。

俩人相傍而坐，慢吃细品，彼此欣赏，笑声低语，品尝着苦尽甘来的甜蜜和转危为安重逢的喜悦，享受着温情浪漫的氛围和爱的时光。

玛丽亚说了分别后对他望眼欲穿的苦盼和对他如约来救赎的确信。她说她赢了，赢得了生命，赢得了爱情。她太高兴了！

高诚讲了自己不离不弃与她同生共死对爱情的坚守。他说他也赢了，赢得了生命，赢得了难得的佳缘。

他们聊了以后，聊到了结婚……

他们内心原本激情难抑，怎禁得住这么多热浪的碰撞。于是他们接吻，热吻……

吻，打开了他们情感的闸门。爱的激情化作澎湃的潮流，汹涌地不由分说地把他们提前冲上了婚床，在爱河的奔腾交汇中溅起美丽的朵朵浪花……

二十二

高诚身体恢复得很快，俩人开始办玛丽亚去中国的手续。玛丽亚的护照在遭绑架时为了不暴露身份丢弃了，要补办。到塔吉克驻阿富汗使馆咨询了，需要当地警察局开具丢失护照的证明。高诚找了沙哈利的哥哥，当天就给办好了。等拿了所需的材料，填好了申请递上去之后才被告知，要等两个月以上的时间才能办好。护照下来还要补办阿富汗的签证，才能办去中国的签证。整个过程下来至少要三个月的时间。这期间玛丽亚哪儿都不能去。这让他们烦恼。

高诚陪玛丽亚去她工作的那个慈善组织办理辞职。到了办公室同事见了她都十分惊喜，和她拥抱亲吻。那位负责人，四十多岁的德国妇女，更是和她相拥而泣。德国女人俄语很好，和玛丽亚交流没障碍。她把被绑架的过程问了个详细。玛丽亚隆重推出了高诚，宣布他们准备结婚、到北京定居的安排。所有人都表示了祝福。

离开办公室玛丽亚告诉他，德国女人说慈善组织明确不能付赎金的，希望她理解，但打算给她一些补偿。高诚问给多少？她说可能三千美元。对这钱她挺高兴的。

自从高诚病好之后，玛丽亚就主导了俩人间的谈话，主题就是高诚家的情况和去北京的生活和工作。这些高诚也没考虑过，现在属于共同探讨。他说中亚独联体阿富汗伊朗的商品大都从中国进口，玛丽亚会俄语、普什图语、塔基克也就是波斯语，再把汉语学了，可以去外贸公司或雅宝路当翻译。玛丽亚听了非常兴奋，立即开始跟高诚学起了汉语。对于生活居住，说到了房子，玛丽亚这才知道赎金的大部分是卖父母房子的钱。她的内心被震撼感动，大颗大颗地掉着眼泪。那一夜她一直想事，没怎么睡觉，不停地亲吻着高诚。高诚见她心情沉重，怕她有思想负担，劝慰说："没关系，好好做生意赚钱，给妈爸再买一套大的。"

姐姐打来电话，告诉高诚一个好消息，店里剩下的碧玺差不多销完了，叫他立即再选购一批，随后会把钱汇过来。

高诚颇觉振奋，当即联系了沙哈利和穆加迪一起去宝石市场看货订货，然后和玛丽亚商量，打算货购入后回北京一趟，把货带回去，她在喀布尔等护照。现在挣钱要紧，同时也要把生意生活都安排一下。高诚本以为她会不高兴，哭哭啼啼的舍不得他走，没想到她挺支持，样子还有些高兴，这让高诚没料到。

走的那天在旅馆吻别时，高诚叮嘱说："哪儿都不许去！只在旅馆待着。钱不够打电话告我，给你汇来。"

玛丽亚也撅嘴提出了要求："你还没有正式向我求婚呢，过来时要带戒指正式向我求婚。"

高诚自然是答应了。

沙哈利开车送他，玛丽亚也偏要送到机场。喀布尔路窄，近期汽车又增加了不少，路上堵得厉害。就好像全世界的同一款式的圆屁股两厢丰田旧车全集中到了这里。路上就像是报废丰田的停车场。

玛丽亚眼尖，发现路上卖报的手举的报纸上，有张照片很像凡尔丁，她叫过来买了一张，一看大惊失色！当即哭出声来。

高诚拿过报纸一看，果然是凡尔丁，但他看不懂文字。

正好车被堵住，沙哈利拿过报纸看了看说：“他三天前开了一辆装满炸药的汽车，在坎大哈对美军基地发动了自杀式袭击，三死九伤，美军一死三伤。你们认识？他还是个孩子。”

泪水立刻浸满高诚的眼窝，滴落脸颊。他没有说话，凡尔丁的所有影像在他的眼前组接浮现，一张张一幕幕……

他忽然想起一件事，一件几乎被遗忘的事，就是他被释放时凡尔丁曾和“连腮胡”在一边单独说了会儿话。这之后“连腮胡”的态度发生了变化，最后接受了玛丽亚情急之下的提议。他不知道他们说了什么，但感觉他们的谈话对他的释放甚至对最后玛丽亚的赎放都起了作用，甚至可能还是重要的作用。

他问玛丽亚这个问题。

“我也不知道他们说了什么。”玛丽亚哭着回答。刚说完又想起了什么，“哎……好像听到了一句，说任务我领了。”

“任务我领了。”高诚心里琢磨着。“任务？他答应接受了任务！什么任务？是不是就是这次的自杀爆炸袭击……”想到这里他惊呆了！头脑“嗡嗡”作响，一阵眩晕，继而巨大的悲痛催动他的泪泉，他泪流满面。

高诚觉得很有可能凡尔丁是以接受这次自杀袭击任务作为释放他们的交换条件。

玛丽亚一直伤心地哭着，她并不完全认同高诚的想法。她说，自从凡尔丁的未婚妻被美军无人机炸死之后，他就不想活了，一心就想报仇，有没有他们的事他都会执行这类任务的。有可能是他央求他叔叔“连腮胡”在他死之前满足释放他们的愿望。

凡尔丁他们谈了什么已无从知晓，也无法探究，但可以确定他的这次谈话对高诚二人的释放起了重要作用，而且和这次自杀袭击有某种关联。

从此，这个阿富汗少年的形象让高诚终生难忘。

高诚除了悲伤以外，心里特别难受。纠结，拧巴，憋闷，心绞着痛，还有一种说不出来、找不着主的愤怒。

车行到换汇那条街上，就是他曾被乞丐围困的地方。路依然拥堵，车行很慢。成群的肮脏的孩子和穿着“布嘎”的妇女仍然在这里乞讨，蜂拥着抢拾着从汽车上扔下的零钱小币。

高诚突然拿过玛丽亚的小包，大把抓出里面的阿富汗尼，这是刚才在旅馆分别时高诚给玛丽亚留下的，一把抛向车窗外的街道上……抛给了那些比凡尔丁还小，有着和凡尔丁一样面孔的孩子们……

进了机场才知道飞机晚点，机场工作人员也不知道晚点多长时间，旁边一个阿富汗乘客对高诚说：“他们不知道。阿富汗的空中管制归美军负责，飞机几点能飞得去问美军。”

反正也没急事，晚就晚吧。听说过自己也经历过阿富汗的飞机就没正点过。高诚决定还是过关到候机室去坐等。一到候机室傻眼了，原来待机的不是一个航班，而是全部航班。候机室里满是人，别说坐的地方，站的地方都满了。这喀布尔机场国际候机室就这么一间，还不大，没什么设施，连空调都没有，热得要命。但最要命的是这些五洲四洋的外国人的汗味太过呛鼻，高诚实在忍受不了，只好挤到靠机坪跑道这边的大玻璃窗边，在开着的小窗跟前透透气，看看外面也让心里敞亮些。

喀布尔的机场很大，只是地上建筑太小也少，而且太破旧，没有现代化的设施。高诚见靠窗的人都朝一侧望着，他也探头向那方向看去。

在停机坪上停着几架深灰色的大型军用运输机，估计是什么C—17或C—130之类，机身上有醒目的美国国旗和USA的字标。其中一架飞机舱门大开，正在举行什么仪式。看了一会儿他明白了，原来是运送死亡士兵登机回国的仪式。

几名仪仗兵在舱门前列成两排，行持枪礼。六个士兵齐肩抬着死亡士兵的棺木，棺上盖着鲜艳的美国国旗。他们缓步但齐整地走过仪仗兵的夹道队列走上飞机。仪仗兵的军服漂亮，军姿帅气，仪式好看而且庄重肃穆。

高诚听到人群中有人用汉语说话。

“……美国兵的命可值钱啊。”

“人家这叫尊重生命……”

他看到了说话的人，是两个年岁不大的中国人。看不出他们到阿富汗干什么来了。

这时他有点明白了，可能是这项尊重生命的军事行动造成了航班晚点。

仪式结束后，飞机收起舱门，过一会儿就飞走了。又过了一段时间，开始放行，陆续有航班开始登机。但一直没有乌鲁木齐航班的消息。好在候机室空了一半，也有空座了。他捡了个座坐下继续等。

高诚落座后一抬头却意外地看到了熟人，刘女士和朱先生正从外面进来，可能他们知道飞机晚点或是看到候机室人多没有进来。朱先生消瘦了很多也苍老了很多，白头发的比例大幅增加。刘女士的变化更大些，几乎瘦得不成样子。她原来就十分的憔悴，现在更添加了许多让人看着心酸的模样，折损了她残留的一些亮点。不过让人惊奇的是她的精神矍铄，不似朱先生一副失落的样子。

从他们情形上看，高诚觉得他们应该知道了朱小京的死讯。但不知他们是否了解死亡的详细情况。那张从朱小京尸首上拿的照片早在逃亡时丢了。跟他们讲不讲朱小京的死因死况，他有些吃不准。正在考虑这些问题时，刘朱夫妇朝他的方向走来了。

高诚迎了上去，和他们打招呼。

朱先生见他，稍惊讶了一下，脸上立刻变得柔和，眼圈甚至发红，有种见着亲人的感觉。

刘女士却直愣愣地看着他，一脸诧异，说话也愣头愣脑。“你是谁？美国人？中国人？”

高诚大为错愕，忙拿眼睛去问朱先生。

朱先生错开他的眼光，低下了头，两眼浸湿了泪水。

高诚明白了，刘女士的精神出差错了，而且差错不小。

他忙给俩人让座。大厅里虽走了不少人，座位还是紧张。俩人挤着坐下了。

“去乌鲁木齐回国？”

朱先生点点头。

刘女士一直盯着他看，忽然好像想起来了，笑逐颜开拉住他的手。

“啊！你是小京的同学……你叫什么来着？哎，我想不起来了……你来我们家好几次……哎，小京没跟你在一起？你怎么在这……你也来美国了？”

她说得眉飞色舞，没完没了，越说越没边，弄得高诚不知如何应付。

朱先生见高诚招架不住，拦住她的话头，和颜悦色地叫她安静休息。说去买水，拉了高诚一起离开去了卫生间。在卫生间洗手的地方，客气地向高诚致歉。

来一趟阿富汗，这朱先生性情大变，改变不小。不仅变得柔软还知道跟人客气了。

“高先生，你不知道……小京，死了。”他哽咽了，停顿了一下。“她受了刺激，所以……”他在水盆里洗去脸上的泪水。

“噢！你们是什么时候知道的？”

“咳……是这样，付赎金之后就一直等，很长时间没消息。几个星期之前吧，塔利班打来电话，说小京在公路边一个地方的草丛里。我们开车过去找到了。但人已经死了，而且死了有几天了……本来以为儿子能活着回来，没想到会这样。对她刺激太大了！当时就晕过去了，醒了就成了这样了。”说话间他的泪珠变成了串，滑落下脸颊。再次在水盆洗了脸。

“那……后来呢？”

“后来？”朱先生觉得这问话有点多余。“后来就把遗体运到了那个我们去过的军营。经过几天核实确定了身份，今天运回美国了。”

原来刚才运走的那批美军中有朱小京的尸体。看来他们是参加完仪式后过来坐班机的。

“他们……他们说是怎么死的？”

“怎么死的？”朱先生对高诚没完没了的探究觉得有些诧异。“噢，虐杀致死。咳，孩子死得惨呢！”他的泪水在脸上的皱纹中纵横。“我和他妈妈就看了看他的脸，不敢看他的身体。我们受不了……”

高诚真想告诉他朱小京的死亡真相。看他太伤心，情绪激动，刘女士又是这种情况，没法说。况且说来话长，这里实在不是说话的地方。

这时外面大厅有些喧哗，他们听到了刘女士高声讲话的声音。俩人忙跑出去。看到刘女士凑到几个西方人堆里聊天，不过聊天的声音实在是高了点。

“……后海！你们不知道？后海，什刹海，鼓楼，这都挨着。我家……北京漂亮吧？北海，景山，天坛，知道吗？漂亮吧……还有颐和园。我告诉你们，我在世界上就没见过这么漂亮的公园……”

几个西方人不懂汉语，搞不清她说什么，后来也觉察她的精神有问题，也就不再那么惊奇了。

朱先生上去拉她，同时向几个西方人用英语道歉。

刘女士不干，推开朱先生的手，依旧高声大嗓。“你拉我干什么？聊会儿天……你们美国不行！你们哪个城市比得上北京？楼房建筑街道公园，差远了……”

朱先生请高诚帮忙一起连架带拽把她拉到角落的座位上。她对他们拽她十分气恼，忿然斥责他们。还好航班开始登机。朱先生搀扶着刘女士，高诚又担负起提箱子的任务。没廊桥没摆渡车，他们两条腿步行过去登机，这个距离并不近。

俩人搀扶着拥在一起缓慢地走着，看得出来他们的身体已经极其虚弱，走一段就要驻足休息一下。即使这样他们还是气喘吁吁。好不容易上了飞机就座安排好，没注意刘女士又有了新举动。她竟然用手拍了邻座一位五十来岁的西方男人的头，还嬉皮笑脸地说：

“你知道后海吗？，我们家。我们回家了……小京，我儿子，在家等着我呢……”

把这西方人吓了一跳，惊诧得不知所措。

朱先生忙跟人道歉。他和她换了个座位，让她去靠窗坐。又请高诚和人调了位置，和他们夫妻俩一起并排坐。

高诚见刘女士过于兴奋，怕飞机起飞后闹出什么事来，便提醒朱先生说：“到医院看过这病了吗？”

“看了。”

“那你有没有药啊？应该吃点镇静药。”

朱先生觉得对。他取出药，向乘务员要了水，哄着她吃了。

药管用，随着飞机起飞，刘女士睡着了。朱先生要了两条毯子，两个人各盖一条，不久他也睡着了。

高诚看着睡着的俩人，心里漫上了一股凄凉。人生对于他们已然变得残酷，幸福已经远离了他们的生活。甚至你会感觉他们的精力都已用尽，生命的动能已然耗光。他为他们感到深深的悲哀！

到了乌鲁木齐，姐姐提前在北京给他买好了当天最晚一班到京的航班机票。时间已经很紧，高诚便和朱先生夫妇告别，匆匆赶着去登机了。

半夜到北京，高诚直接去了爸妈那里。他们没睡，一堆问题等着问他。见他精精神神没伤没病全须全尾的站在眼前，二老乐了也放心了。问题的焦点转移到了未来的外国儿媳妇上。还好高诚早有准备，拍了几张照片在手机里，放到电脑屏幕让他们自己看。二老一看这外国姑娘长得有选美比赛头几名的水平，人太漂亮了。俩人更乐了！妈妈饶有兴致看照片，让他睡觉去了。

第二天一早高诚去了店里，把带回来的碧玺逐一跟姐姐和店员做了交代。然后就是盘存、理账，一连几天。

西瓜碧玺卖了，几块上好的都卖了，为了救他卖的都便宜，好在不亏还有小利。他最关心的那块蓝碧玺还真没卖，心里一阵高兴。

姐姐说：“你开的价太高，我又没底价，没法降，没卖。”

“太好了！我的好姐姐！这块碧玺我有用。”

“我就知道你成心不卖，没敢给你卖了。”

高诚拿了这块蓝碧玺到做首饰的熟人店铺，切下一块大的做吊坠，切下一块小的做戒面，都配白金。

工作忙完，他跟妈妈商量，让爸爸妈妈到他方庄那套楼房去住，他住这边租的房子。

妈妈哪儿干呢，说：“儿子，你这是结婚！这么漂亮的媳妇，你让人住这城乡结合部来，像话吗？你要有心，好好做生意，赚钱给妈买一套。”

高诚心里感动，庄重承诺：“您放心，我一定做到！”

按照妈妈的指示，他找了个装修公司，给楼房做了简单的更新装修，又添置了一些家具。

首饰做好了，吊坠和戒面都是心型，周围白金托上配一圈碎钻，漂亮，完美。

生意上也让高诚欢喜。回来一个多月，所带碧玺卖的就剩了两块小的。他还了部分债务，还留有一定的资金。这让他真有了大难不死必有后福的体验。

让高诚生气揪心的是玛丽亚。她居然违反不许外出的禁令，又去给她过去那个慈善组织帮忙，去了阿富汗南部，而且七天没通电话，把他急得恨不得立刻飞过去把她揪回来。好在七天头上来了电话，说她安全回到了喀布尔。气得他在电话里暴跳如雷。她却拿他发脾气不当回事，一通撒娇耍赖。

在京两个月，高诚把所有事情安排妥，然后带上钱，接新媳妇进新货，又去了阿富汗。

出了喀布尔机场，只有玛丽亚来接机，没见沙哈利。玛丽亚说：“没让他来。他来了又要接你去他家，一待就是一天，晚上还要喝酒。”

他们打车到了旅馆，还是那间记忆中的甜蜜房间。屋里打扫得干净，插着鲜花摆着水果。特别是房间里弥散着和玛丽亚身上一样的香味让他心醉。

高诚搂过玛丽亚就要亲吻，没想到她却挣脱开去，在桌沿娇俏地半坐半依，仰脸含笑地看着他。

高诚醒悟，从包里取出首饰盒打开盖，单腿跪地，扬起脸正儿八经地说："我爱你！玛莎，你愿意嫁给我吗？"

玛丽亚听完他的求婚，手捂胸口，激动得仰头朗笑。阳光斜射进屋照在她的脸上，她的笑就更显明媚。笑毕低回头，脸上虽还是笑容，那双蓝色的大眼睛泪水充盈。还沾湿了黑色的长长的睫毛，像两片蝴蝶的翅膀。

"我也爱你！我愿意！"

高诚给她戴上戒指和吊坠项链。

她看了惊喜道："啊！太漂亮了！"

俩人拥抱在一起接吻。嘴唇刚一碰上，她又把高诚推开了，弄得高诚一脸的诧异。

"你就要我一个吗？"她的脸上露出神秘的笑。

"什么？"

"你不想看看我的嫁妆？"

"嫁妆？"

玛丽亚让开身子，露出身后桌子上一块黑底红花围巾盖着一个偌大的物件。

"这是什么？"

她的脸上现出天使般的笑，一把掀起围巾，披露出下面的东西——

高诚惊喜得目瞪口呆！

桌上摆的正是他们丢弃在大山中的那块大气磅礴、晶莹剔透、绚丽生辉的硕大宝石——那块双色碧玺。

2013年11月7日完稿

图书在版编目（CIP）数据

碧玺 / 马齐著. — 北京 : 北京日报出版社, 2016.10
ISBN 978-7-5477-1825-4

Ⅰ. ①碧… Ⅱ. ①马… Ⅲ. ①长篇小说–中国–当代
Ⅳ. ①I247.5

中国版本图书馆CIP数据核字(2016)第231595号

碧玺

出版发行	北京日报出版社
地　　址	北京市东城区东单三条8-16号东方广场东配楼四层
邮　　编	100005
电　　话	发行部：（010）65255876
	总编室：（010）65252135
印　　刷	廊坊飞腾印刷包装有限公司
经　　销	各地新华书店
版　　次	2016年10月第1版
印　　次	2016年10月第1次印刷
开　　本	787毫米 × 1092毫米　1/16
印　　张	17.625
字　　数	220千字
定　　价	38.00元

[illegible]